우리는 부탄에 삽니다

우리는 ——

부탄에 삽니다

고은경, 이연지, 김휘래

지음

이 책에 왕실 사진을 제공하고 사용할 수 있도록 허가해주신
부탄 왕실 미디어 사무국에 깊은 감사의 인사를 드립니다.

We are deeply grateful to the Royal Office for Media, His Majesty's Secretariat,
Kingdom of Bhutan, for giving us permission to use photos in this book.

추천사

'집'은 친밀하고 사적인 의미를 지닙니다. 그렇기 때문에 우리는 문화, 종교, 신념에 관계없이 '집'에서 '내가 그 안에서 온전히 속해 있다'는 편안함을 찾습니다. 그러나 어떤 사람들은 '집'에 대한 갈망이 그들을 가장 먼 이국땅으로 데려갑니다.

부탄은 지난 세기, 오랜 기간 세계로부터 스스로를 고립하는 것을 선택했습니다. 부탄의 고립 정책은 부탄의 정치적 독립을 지키기 위한 선택이었지만, 그것은 또한 부탄의 독특한 문화와 정신적 전통을 보호하기 위한 노력이기도 했습니다. 그 기간 동안 부탄의 많은 이들이 눈 덮인 산봉우리 너머에 있는 세상의 모습과 사람들을 궁금해했습니다. 부탄에 최초로 외국인들이 입국한 것은 지금으로부터 겨우 몇십 년 전인 1960년대였습니다. 아주 소수의 사람들만이 각자의 카르마*에 이끌려 부탄으로 오게 되었지요. 그들 중 몇 명을 소개하고 싶습니다. 캐나다의 한 예수회 수사는 부탄에 와서 최초의 근대적 학교를 설립했습니다. 일본의 농업 전문가는 부탄의 농업을 현대화시켰지요. 스위스에서 온 농부는 부탄 사람들에게 치즈 만드는 법을 가르쳤습니다. 이 사람들은 부탄에 오기 전까지 이곳에 대해 거의 알지 못했지만 여러 가지 놀라운 유산들을 남겼습니다. 부탄에 왔던 외국인들 중 많은 이들이 부탄을 떠나지 않았습니다. 부탄은 그들에게 '집'이 되었고, 부탄 사람들은 그들의 가족이 되었습니다. 그들은 부탄에 온전히 속해 있는 자신을 발견하게 되었고, 부탄 사람들은 그런 그들을 부탄인으로 여깁니다. 이 얼마나 놀라운 카르마인가요!

지난 20년 동안, 부탄은 조심스럽게 세계화와 현대화를 받아들여 왔습니다. 그리고 그와 함께 새로운 세대의 외국인들이 그들의 '집'을 찾아 부탄으로 왔습니다. 은경, 휘래, 연지는 이 새로운 세대의 일부입니다. 자신의 카르마로 그들의 인생에서 부탄과 인연을 맺고 그들의 부탄에 대한 사랑을 세상에 알리기 위해 《우리는 부탄에 삽니다》라는 책을 출판하게 되었다는 소식을 듣고 무척 기뻤습니다. 부탄에서 살아가는 이분들의 개인적인 이야기를 통해, 세계가 '부탄에서 사는 것이 어떤 것인지' 엿볼 수 있는 기회가 되기를 바랍니다. 저는 또한 이 책을 통해 부탄 사람들 역시 이 책의 작가들이 가진 부탄에 대한 사랑에 감사할 수 있는 기회를 갖게 되길 바랍니다. 우리가 당연한 듯 쌓아온 이 나라에 대한 사랑이 작가들에게는 자기 자신의 집과 가족을 떠나 이 먼 니라, 부탄에서의 삶과 문화에 적응하려는 부단한 노력으로 이루어진 것이기 때문입니다.

《우리는 부탄에 삽니다》를 쓴 세 명의 작가가 부탄을 위해 해준 모든 것들과 그들의 아주 개인적인 이야기를 공유해준 것에 대해 감사드립니다. 여러분의 이야기는 오랫동안 기억될 것입니다.

파우 초이닝 도르지(Pawo Choyning Dorji)
(부탄의 영화감독. 우리나라에서도 2020년에 개봉된
〈교실 안의 야크(Lunana: A Yak in the Classroom)〉라는 부탄 영화로
제94회 아카데미 시상식 국제장편영화상 공식 후보에 오르기도 했다.)

김휘래 번역

* 카르마는 산스크리트어로 '행동(action)'을 의미한다. 카르마는 힌두교와 불교에서 중요한 개념인 인과관계의 순환을 가리킨다. 본질적으로, 카르마는 행동과 행동으로 인한 결과 모두를 가리킨다. 현재의 행위는 그 이전의 행위의 결과로 생기는 것이며, 현재의 행위는 미래의 행위에 대한 원인이 된다. 인연은 사람뿐만이 아닌 장소와 시공간, 여러 삶을 거쳐 오며 맺은 연결과 결과를 뜻한다.

The concept of 'home' is something so intimate and personal. Every person, irrespective of culture, religion, or creed, wishes to be home and have a sense of belongingness. Yet there are some individuals whose longing for 'home and belongingness' takes them into the furthest lands.

For most of the last century, Bhutan chose to remain in a self-imposed state of isolationism. This was done to safeguard our political independence, but also to protect our unique culture and spiritual traditions. During that time, most Bhutanese could only wonder what the culture and people beyond our snowy peaks were like. It was only in the 1960s when the first foreigners came into Bhutan.

There was only a handful of them, but each of them was drawn to Bhutan by incredible winds of karma. To list a few; a Canadian Jesuit who came to Bhutan to start Bhutan's first school, a Japanese agriculturist who came to modernize Bhutan's farming, and a Swiss farmer who came to teach Bhutanese how to make cheese. Each of these individuals came with very little knowledge of Bhutan, but left behind the most incredible legacies that still define today's Bhutan.

Many of them never left, making Bhutan their 'home', and the Bhutanese their family. They discovered the sense of 'belongingness' in Bhutan, and are now considered Bhutanese by the Bhutanese.

What amazing karma!

Over the last two decades, Bhutan has cautiously embraced globalization and modernization, and along with that, a new generation of foreigners have come into Bhutan to seek their 'home'.

Eun Kyoung, Hwirea Kim, and Yeonji Lee are part of this new generation. They are foreigners connected with Bhutan in this life because of their karmas. I am happy to know that they are publishing a book 'Living in Bhutan', to share their love for Bhutan with the world. I hope that their personal stories about Bhutan's life will let the world get a glimpse of what it is like to live here.

I also hope that through this book, the people of Bhutan will appreciate their love for our beloved homeland even more, because many times we take for granted how difficult it must be for them to leave their homes and families behind and try to adapt to our way of life.

I thank the three writers for everything they have done for Bhutan, and for sharing their personal stories. May your legacies be remembered.

Pawo Choyning Dorji

    2019년, 그렇게 바라던 부탄에 왔다. 우리 가족(은경의 가족)은 한국 사람이 몇 없는 부탄에서 한식당을 운영하고 있는 연지 님을 만나게 되었다. 부탄 음식이 입에 맞지 않던 초창기에 연지 님이 만든 한국 음식은 우리 가족에게 많은 위안이 되었다. 인도 유학시절, 대학교에서 캠퍼스 커플로 만난 부탄 남자와 결혼하고 부탄에 정착한 연지 님. 그녀는 처음 가게를 준비할 때부터 날밤을 새우며 일했고 부탄에서 안정적으로 자리 잡은 지금도 식당 주방에서 부지런히 일한다. 그런 그녀는 부탄인들 사이에서 근면 성실한 한국인의 표본으로 알려져 있다. 많은 부탄인들과 이곳에 사는 외국인들이 연지 님의 한식당을 찾는 것을 보면서 한식에 대한 뿌듯함과 자부심이 느껴진다.

이곳에 막 도착했을 때, 또 다른 한국인으로부터 연락을 받았다. 국제기구 파견 차 부탄에 온다는 한 한국인이 현지 정보 파악 차 페이스북을 통해 접촉한 것이다. 예의 바르면서도 유쾌한 그 사람은 바로 휘래 님이었다. 두 달 차이로 먼저 부탄에 자리 잡은 나는 휘래 님이 부탄에 도착하자 동네 구석구석을 안내해주었다. 이렇게 부탄에 오자마자 자연스레 연지 님과 휘래 님을 알게 되었고 우린 금세 친구가 되었다.

2020년 초부터 코로나19가 전 세계적으로 퍼지기 시작한 시기, 부탄은 빠른 국경 봉쇄를 시행하고 철저한 방역 정책으로 그 여파를 덜 받고 있었지만 자신이 살고 있는 지역 외 다른 지역으로 이동할 수 없는 답답한 나날이 계속되고 있었다. 부탄 생활에 적응을 했어야 하는 2020년 초에 부탄 초기의 생활은 코로나19로 생각보다 쉽지 않았다.

그렇게 힘들었던 시기의 어느 주말, 우리 가족은 휘래 님과 함께 코로나 시기에 그나마 갈 수 있었던 근교 도시, 파로(Paro)로 여행을 갔다. 부탄에서 유명한 탁상사원(Tiger's nest)이 먼발치에 보이는 글램핑장에서 나와 휘래 님은 긴 대화를 나누며 지쳐 있던 상태에서 다시 활기찬 에너지를 얻게 되었다. 우리는 부탄이라는 영성(Spirituality)이 충만한 이 나라에 살면서 느끼는 것들, 여기서 일하는 이야기, 코로나19로 인한 고립이라는 특별한 상황에서 서로 의지하며 함께 지낸 이야기를 그냥 흘려보내기에는 너무나 아까운 경험이라고 입을 모았다. 그래서 우리는 이 소중하고 특별한 경험을 어떻게 남겨야 할지 고민하다 책을 쓰기로 결정했다. 그리고 여행에서 돌아오는 길에 이곳에서 우리보다 더 많은 시간을 보낸 연지 님을 바로 찾아가 우리의 생각을 이야기했다. 특별한 인연이 되려고 했는지 연지 님도 책을 쓰자는 나와 휘래 님의 계획에 흔쾌히 함께하기로 했다. 이렇게 우리 셋은 부탄에서 만난 인연으로 이 책을 쓰게 되었다.

처음엔 신이 나서 당장 글쓰기를 시작했지만 막상 부탄의 어떤 이야기를 써야 할지 도중에 숱한 고민을 했다. 부탄이라는 나라에서 살고 있는 우리는 과연 어떤 이야기를 하고 싶은 것일까?

먼저 이 고민을 시작으로 글쓰기를 시작했다.

부탄. 은둔의 나라, 신비의 나라, 그리고 행복의 나라!

이렇듯 부탄을 표현하는 말들은 모두 우리가 사는 현실 세계와는 동떨어진 별개의 세계 같은 느낌을 준다. 부탄은 개별여행이 허락되지 않고 부탄에 사는 한국 사람도 많지 않다. 그래서 부탄에 대한 정보를 얻기가 무척 어렵다 보니 그런 표현들이 더욱더 많은 이들에게 와닿는 것 같다.

그렇다면, 부탄의 실제 일상은 어떤 것이고 부탄에서 일하며 산다는 것은 어떤 것일까?

이러한 물음에 대해 답하기 위해 잠시 스쳐 가는 부탄의 모습이 아닌 짧게는 2년, 길게는 10년씩 부탄에서 자리 잡고 살아가며 느끼는 부탄의 현실적인 모습에 대해 보여주려고 한다.

우리는 부탄에서 일하며 부탄에서 일상을 살아가고 있는 한국 여성들이다. 부탄에서 일하면서 부탄 사람들과 밀접한 관계 속에 살아가는 외국인은 그리 많지 않지만, 그중에서도 한국인은 유독 적다. 이 책이 출간된 2022년 현재는 10명이 채 안 되는 한국인이 부탄에서 살고 있다. 그중 우리는 한국 공공기관(2022년 8월 현재 NGO 단체), 자영업, 국제기구라는 각기 성격이 다른 곳에서 일하며 부탄에서 살아가고 있다.

《우리는 부탄에 삽니다》는 70년대생, 80년대생, 90년대생의 세 여자가 부탄에서 친구가 되어 살아가는 모습을 담은 책이다. 각자 부탄에서 살게 된 계기도 모두 달랐고, 부탄에 오기까지 경험했던 삶도 사뭇 달랐다. 그랬기 때문에 '여행지'로서의 부탄이 아닌 '일상'으로서 부탄의 모습을 각자 다른 시각과 관점으로 풀어낼 수 있었던 것 같다. 이렇듯 가지고 있는 삶의 모습과 환경이 모두 제각각인 우리가 경험하는 부탄에서의 삶은 어떤 것인지, 그 특별한 경험을 바탕으로 책을 썼다.

70년대에 태어난 은경은 한국국제협력단(KOICA, 코이카)에서 부탄 월드프렌즈코리아 사무실에 처음 파견된 여성으로 한국인 남편, 여섯 살 아들(당시)과 함께 부탄에 와서 살고 있다. 부탄에서 일과 육아를 하면서 느낀 경험과 코로나19 팬데믹 상황에서의 부탄 생활상을 생생하게 담아냈다.

우리 셋 중 가장 오랫동안 부탄에서 살고 있는 80년대생 연지는 부탄인 남자와 결혼하여 사는 단 한 명의 한국인이다. 지난 10년간 부탄에서 살면서 보고 느낀 부탄의 가족과 문화에 대한 모습과 부탄에서 유일한 한국 식당을 운영하며 경험한 일들을 전해준다.

90대생인 휘래는 유엔(UN) 부탄 국가사무소에서 국가 단위의 개발조정분석가로 일하고 있다. 전 세계에서 온 동료들, 그리고 부탄의 동료들과 부탄을 위해 일하며 느낀 특별함과 함께 '행복한 나라, 부탄' 뒤에 숨어 있는 다양한 시각의 이야기들을 전해준다.

이 책을 쓰는 우리는 각자의 경험과 관점으로 부탄에 관해 이야기했다. 그렇기에 책에는 서로 다른 목소리들이 섞여 있다. 평범한 일상에서 얻은 깨달음이 담겨 있기도 하고, 부탄의 사회·경제에 대한 분석이 담긴 글도 있으며, 부탄에서 부탄 사람들과 함께 일하는 과정에서 나오는 현실적인 경험이 담겨 있기도 하다.

바로 이런 점이 이 책이 가지고 있는 매력이 아닐까 싶다. 아무쪼록 부탄에 대해 관심을 두고 있는 사람들이 이 책을 통해 부탄에 대해 좀 더 다양하고 깊게 들여다보는 계기가 되었으면 좋겠다.

2022년 부탄에서
고은경, 이연지, 김휘래

2부 연지, 부탄에 삽니다

3부 휘래, 부탄에 삽니다

1부
은경, 부탄에 삽니다

우리들의 이야기를 쓸 수 있도록 옆에서 돕고
한결같이 지지해준 남편과 아들에게
이 책을 바칩니다.

굿모닝,
팀푸!

2022년 부탄, 팀푸에서의 출근길

2022년 부탄의 수도 팀푸(Thimphu)시, 어느 아침 출근길 풍경.

전통복장을 곱게 차려입고 한 손은 스마트폰으로 통화하며 바삐 출근하는 사람들이 보인다. 교복인 부탄 전통복을 입은 학생들도 한 손에는 도시락 가방을 들고 총총걸음으로 등교하느라 분주하다.

불과 10년 전까지만 해도 도로가 아주 한가했던 수도 팀푸의 오늘은 출퇴근 시간이면 빽빽하게 줄지어 멈춰 선 차들이 있고, 운전자들은 이 도시에 없는 신호등 대신 수신호 경찰관의 손 모양을 유심히 살펴보며 운전한다. 최근 몇 년 사이에 팀푸 시내는 급격한 차량 증가로 출퇴근길 교통체증이 생겼다. 그래도 뒤에서 차들이 빨리 가라

가장 최근에 발표된
5대 국왕과 왕비,
그리고 다섯 살과
두 살 된 왕자들의 가족사진

고 경적을 울리거나 끼어들거나 새치기하는 모습은 거의 보이지 않는다. 길이 막히는 도로조차 조용하고 차분한 느낌이다.

벌써 이곳에 온 지도 3년이 되었다. 불과 3년 전까지만 해도 내가 부탄의 수도 팀푸에 살면서 부탄 전통복을 입고 사무실로 출근하고 있을 거라고는 상상하지 못했다. 한국 사람과 부탄 사람은 생김새가 비슷하다. 전통복을 입고 거리를 걷고 있는 나는 누가 봐도 딱 부탄 현지인이다.

히말라야 산맥 해발 2,400미터 고지. 커다란 계곡 분지 안에 자리 잡은 부탄의 수도 팀푸. 하늘에 닿을 듯 높이 솟아 있는 산들이 첩첩이 줄지어 있고 산은 너무 높아 산자락에 구름이 걸쳐 있는 모습을 자주 발견하게 된다. 여름의 비가 오는 우기 기간을 빼곤 부탄의 하늘은 늘 청명하고 파랗다.

왕국인 이 나라는 도로 곳곳에 왕과 왕비의 사진이 간판처럼 걸려 있다. 왕의 인자한 미소가 빛나는 이 동화 같은 나라에서 나는 오늘도 하루를 시작한다. 차가 없던 시절에는 왕이 행차하시면 거리의 사람들은 가던 길을 멈추고 왕에게 경의를 표했을 것이다. 현대에는 왕의 차가 지나가면 다른 차들은 잠시 멈추고 길을 비켜서서 왕의 자동차가 지나갈 때까지 기다리며 경의를 표한다. 왕의 차인지 어떻게 아느냐고? 자동차 번호판에 'BHUTAN'이라고 새겨진 차가 왕의 차임을 모르는 부탄 국민은 없다.

인연이 있어야 올 수 있는 나라

부탄은 '인연이 있어야만 올 수 있는 나라'라고 한다. 전 세계에 몇 안 되는 배낭여행 금지 국가. 패키지 관광마저도 선택의 폭이 상당히 제한적이고, 게다가 외국인이 부탄에서 살기 위한 목적으로 오는 것은 흔치 않은 일이다. 부탄과 나의 인연은 어디서부터 시작된 것일까?

부탄에 처음 호기심을 갖게 된 것은 약 19년 전으로 거슬러 올라간다. 2003년 말, 나는 우리나라 대외 무상원조 기관인 한국국제협력단의 봉사단원으로 남아시아의 섬나라, 스리랑카로 떠났다. 그때 나는 20대 중반이었으니 고향 제주도를 떠나 이국땅에서 봉사활동을 하며 모든 것이 새롭고 신기하기만 했던 시절이었다. 어느 날, 다른 나라 출신의 봉사단들과 만날 기회가 있었다. 스리랑카 여행 중에 봉사단 친구들과 잡은 식사 자리에 부탄에서 유엔봉사단으로 근무하는 한 외국인이 동석하게 되었다. 당시 내게 부탄은 참 생소한 나라였다.
"어디서 왔다고요?"
부탄왕국(Kingdom of Bhutan)이라……. 히말라야 산속 어딘가에 있는 작은 은둔의 나라, 히말라야 어딘가에 숨겨져 있는 뭔가 신비로운 나라의 느낌. 부탄을 방문해본 한국인은 몇 명이나 될까? 그에게서 부탄에 대한 이야기를 들으며 '언젠가 나도 그곳에 갈 수 있는 날이 올까?' 하는 막연한 호기심이 생겼다. 여행으로라도 언젠가 한 번은 가볼 수 있겠지?

이후 한동안 부탄에 대해서는 잊고 지냈다. 국제개발협력 분야에서 일하면서 스리랑카 캘라니아에서 2년, 베이징에서 3년, 서울에서 2년, 이렇게 돌고 돌아 다시 고향인 제주도에 정착했다. 그러다 2016년 어느 날 우연히 부탄 팀푸시 부시장의 제주 방문 특강을 들을 기회로 다시 부탄을 마주하게 되었다. 당시 제주를 방문한 남게 체링 부시장의 '부탄의 행복 정책과 친환경 정책'에 대한 강의는 정말 놀라웠다. 부탄의 행복 정책 저변에는 인간과 환경과의 조화로운 삶이 있었고, 현대화에서 쉽게 무너질 수 있는 전통문화 보호에 필사적으로 노력하고 있음을 엿볼 수 있었다.

내 고향 제주도는 천혜의 아름다운 자연환경이 무분별한 개발로 파괴되고, 전통문화와 제주의 고유 문화를 잃어가고 있는 시점이었다. 나는 제주를 지키고 제주 청년을 키우겠다는 마음으로 제주에 '글로벌이너피스(Global Inner Peace)'라는 시민단체를 설립해 지난 6년간 제주의 환경과 문화보호를 기반으로 하는 활동을 해왔다. '세계적으로 생각하고, 지역적으로 행동하자(Think Globally, Act Locally)!'라는 모토로 지역 기반의 세계시민운동을 펼치기도 하고, 지역을 넘어 해외지역과 국제협력분야 활동을 통해 지구환경을 지키고자 하는 단체였다. 나는 부탄이야말로 우리가 가서 배워야 할 곳이라는 생각이 들었다. 지구상에 이런 나라가 정말로 존재하는구나!

스리랑카에서 만난 부탄 유엔봉사단원을 만났을 때는 부탄 이야기를 들으며 '언젠가 꼭 여행해보고 싶은 나라'라고 생각했었다. 그런데 그날 제주에서 부탄에 대한 강의를 들으며 '언젠가는 꼭 가서 살아보고 싶은 나라'가 되었다. 그 뒤로 나는 줄곧 부탄에 갈 수 있는 기회를 찾고 있었다.

그렇게 부탄으로 가겠다는 꿈을 꾸고 있던 어느 날, 드디어 꿈에 근접하게 되는 순간이 왔다. 2019년 여름, 코이카에서 해외사무소 코디네이터 직으로 26개 국가로 파견하는 채용 공고가 떴다. 그 국가 리스트에 '부탄'이라는 국명이 찬란히 빛나고 있는 게 아닌가! 코이카에서 최초로 부탄에 개소되는 봉사단 사무소(월드프렌즈코리아 사무실)의 초기 세팅을 하고, 봉사단 프로그램을 운영하는 종합직무 코디네이터로 파견되는 자리였다. 지원서를 작성할 때 지원희망 국가를 순위대로 적어야 했기에 나는 서슴지 않고 부탄을 1순위로 적고, 2순위로 르완다를 적었다. 무슨 자신감으로 그랬던 건지, 채용 공고가 나온 시점부터 나는 이미 제주 생활을 정리하고 있었다. 내가 설립하고 운영해오던 단체를 새로운 대표에게 넘기고, 제주에서 국제교류와 평화사업 등 여러 협의체 소속으로 활발히 활동 중이던 모든 것들을 마무리했다. 마치 내가 당연히 합격해서 부탄에 갈 것처럼.

그러나 그것은 완전히 오산이었다. 반갑게 받아본 합격통지서에는 1순위 부탄이 아닌, 2순위 르완다가 적혀 있었다. 1순위인 부탄에는 나보다 더 성적이 좋은 사람이 합격했던 것이다. 나는 자동으로 2순위인 르완다로 가게 되었다. 단신 부임도 아닌 남편과 6살 아이까지 다 움직여야 하는 큰 결심이 필요한 해외 이주였다. 우리는 목적지가 '부탄'이었기에 이주를 결심할 수 있었다. 무슨 자신감으로 나는 짐을 싸고 있었던가. 그것은 너무 큰 자만이었다. '그냥 다 포기하고 다시 원래의 제주 생활로 되돌아가야 할까?' 남편은 부탄이 아니더라도 합격한 곳으로 가자고 나를 설득했다. 그래, 모든 길에는 뜻이 있을 것이니.

몇 년 전, 르완다에 출장을 다녀온 적이 있었다. '천 개의 언덕을 가진 나라'라는 별명을 지닌 르완다. 제노사이드(Genocide)의 슬픈 역사를 겪고도 사람들은 친절했고, 수도 키갈리의 거리를 비추던 밝은 햇살도 떠올랐다. 절실히 원하던 부탄은 아니지만 나는 이미 제주 생활을 접고 어디론가 떠날 준비를 하고 있었다.

르완다로 가기 위한 막바지 준비를 하고 있던 어느 날, 코이카 본부로부터 놀라운 연락을 받았다. 원래 부탄에 가기로 했던 1순위 합격자가 포기하는 바람에 원한다면 내가 다시 1순위로 부탄을 갈 수 있게 되었다는 연락이었다. 출국일이 임박한 시점에서 이렇게 순식간에 바뀔 수도 있다니! 생각해보면 아찔했다. 가고 싶은 나라에 가지 못하게 된 실망감으로 애초에 2순위조차도 지원을 포기했었다면 이런 기회는 찾아오지 않았을 것이었다. 나는 뛸 듯이 기뻤다. 그토록 원하던 부탄. 이제 갈 수 있게 됐다!

앞으로 몇 년간 살게 될 나라인데 막상 이주 준비를 하려니 부탄이라는 나라에 대한 생활 정보를 찾기가 무척 어려웠다. 독신이었을 때는 그냥 짐 가방 몇 개 싸서 혈혈단신 홀쩍 떠나도 됐지만 지금은 다르다. 아이까지 데리고 가족 대이동을 해야 하는 상황이 된 것이다. 아프리카 대륙의 웬만한 나라에도 대부분은 한인 커뮤니티가 있어서 온라인이나 지인들을 통해 사전정보를 얻을 수 있다. 그러나 부탄에는 한인 커뮤니티도, 우리나라 대사관도 없어 도무지 생활 정보에 대한 공유를 받을 곳이 없었다. 아무리 인터넷을 찾아봐도 여행자들의 여행 후기는 많지만 한인들의 생활 정보는 전혀 찾아볼 수 없는 곳!

그래, 그럼 그냥, 가자.

2019년 겨울, 우리 가족은 이민 가방과 살림살이 짐을 챙겨 드디어 부탄으로 향했다. 제주에서 서울, 인천에서 방콕, 방콕에서 부탄으로. 긴 여정 끝에 우리는 드디어 부탄 수도인 팀푸에서 새로운 보금자리에 둥지를 틀었다. 부탄 총인구 약 75만 명 중 11만 명(Thimphu Thromde) 정도가 살고 있는 산속 도시 팀푸. 우리는 아들이 다니게 될 유치원이 있는 업퍼 모띠탕(Upper Mothithang)이라는 동네에 집을 구했다. 근처에 부탄 국가의 상징 동물인 타킨(Takin) 보호구역이 있고, 주변이 침엽수림으로 둘러싸인 조용한 마을이었다.

팀푸에 한국해외봉사단 사무실의 문을 열다

부탄에 처음으로 문을 열게 된 코이카 봉사단(월드프렌즈코리아) 사무실의 1인 코디네이터로서의 업무가 본격적으로 시작되었다. 2019년 12월, 부탄 최초의 코이카 봉사단원 4명을 맞이하는 것이 첫 번째 업무였다. 2003년 12월에 나도 코이카 봉사단원의 일원으로 설레는 마음을 안고 해외에 첫발을 내딛었었다. 제주 섬에서 나고 자라 한 번도 제주도 밖에서 살아보지 않은 25살의 나에게는, 처음 가보는 미지의 세계에서 2년 동안 살기 위해 씩씩하게 집을 떠나는 용기와 모험심이 있었다. 과거에 '실론섬'이라고 불렸던 또 다른 섬, 스리랑카에 비행기가 착륙하여 첫발을 내딛던 그날의 기대와 설렘이 기억난다. 낯선 풍경, 낯선 사람들, 낯선 냄새, 한국어가 아닌 다른 세계의 이질적인 언어. 새로운 세계에 진입했을 때 느끼는 그 긴장감과 설렘, 두근거림. 그때의 생경한 느낌은 40대 중반이 된 지금도 생생히 되살아난다.

코이카 단원들을 관리하는 역할인 코디네이터로서 봉사단을 맞이하는 순간, 만감이 교차했다. 그들도 아마 내가 그랬던 것처럼 설레었을 것이다. 새벽부터 파로 공항에 나가 그들을 맞이하던 나도 무척 설레었다. 나는 이제 봉사단원으로서가 아닌 이들이 잘 현지에 적응할 수 있도록 돕고, 애로사항도 들어주고, 자신의 재능을 살려 훌륭한 봉사활동의 성과가 나올 수 있도록 가이드하며 조력하는 코디네이터의 역할을 하고 있다.

요즘에는 누군가 '라떼는~' 하며 옛날이야기를 하면 시대에 뒤떨어지고 속된 말로 '꼰대' 취급을 받는다고 하지만, 나는 꼭 봉사단 생활의 '라떼 시절'을 이야기하고 싶다.

봉사단 생활은 해외로 파견되기 전 국내에서 (나 때는 2달간) 합숙훈련을 받으며 현지어 수업도 받고, 안전교육도 받고, 현지 생활 정보도 받으며 해외파견을 준비한다. 봉사단원은 현지에 파견되면 또 한 달간 현지 적응훈련을 받고, 주거지원비 내에서 스스로 집을 구하고 알아서 생활 정착을 해야 한다. 요즘도 그럴 거라고 믿지만, 내가 단원이었을 때는 봉사단 선후배 간에 끈끈한 정이 있었다. 우리는 1년간의 간격을 두고 파견이 되는데 먼저 파견된 사람들이 1년 동안 현지 적응이 완전히 이루어진 상태에서 후배들을 맞이하고, 집을 구하러 같이 다녀주면서 집 구하는 노하우와 슬기로운 현지 생활의 팁을 알려주었다. 나는 스리랑카에서 운 좋게도 한 선배가 살던 집을 물려주고 가서 고생스럽지 않게 집을 구할 수 있었다. 스리랑카의 집은 적도에 가까운 고온다습한 열대기후의 나라답게 시원한 밤공기가 들어올 수 있도록 구조적으로 창문이 뚫려 있다. 그래서 어쩔 수 없이 쥐나 모기, 벌레들이 집안으로 들어오는 구조였지만 선배님은 한국 사람 특유의 꼼꼼함이 돋보이게 방충망으로 완전무장된 집을 나에게 물려주셨다. 또 요리도 할 줄 몰랐던 나에게 시장 보는 법, 스리랑카에서 생산되는 재료로 김치 만드는 방법을 가르쳐주는 선배님도 있었다. 이제는 스위스로 시집가서 알프스의 산을 누비며 살고 있는 그 선배와는 친구가 되어 아직까지 연락하고 지낸다.

코이카 선후배의 정은 마치 내리사랑이랄까. 부탄에 첫 코이카 봉사단이 파견되면서 나에게는 봉사단 코디네이터 이전에 봉사단 선배로서 내리사랑을 주고픈 마음이 있었던 것 같다. 부탄은 선배가 없는 곳이었기 때문이다. 선배 단원 없이 최초로 파견된 부탄 단원들의 집을 보러 같이 가주고 생활 정보를 알려주며, 내가 스리랑카에서 받은 코이카 선배님들의 사랑과 정을 후배들에게 전해주고 싶은 마음이 컸다. 내가 파견되었을 당시에는 코이카 봉사단원의 나라별 모집·파견 주기가 1년이었다. 그런데 어느 순간부터 코이카 봉사단 프로그램의 규모가 커지면서 파견 주기가 짧아지게 되었다. 따라서 사람은 많아지고 몇 달 주기로 짧은 간격을 두고 파견이 되어 단원 간에는 선후배의 관계라고 보기에도 애매하게 비슷한 시기에 연이어 도착해서 각자 알아서 적응해야 하는 분위기가 되었다. 물론 기간이 짧아졌다고 해서 내리사랑의 문화가 없어진 것은 아닐 것이다. 요즘에도 내가 느꼈던 선후배간의 따뜻한 우정과 보살핌의 정을 느끼는 분들도 있을 거라고 믿고 싶다. 이런 우정의 문화는 코이카 해외봉사단 파견 역사 30여 년간 봉사단원들 사이에서 전해 내려오는 아름다운 전통이다.

코디네이터는 봉사단 프로그램뿐만 아니라 국제개발협력의 여러 프로그램을 직간접적으로 관리하는 전문직이자, 사람을 상대하는 서비스직이기도 하다. 그러다 보니, 화가 치밀어 오르는 날에는 코디네이터 지인들끼리 '우리는 감정노동자'라고 하소연을 하게 되기도 한다. 사람마다 성격이 다르고 말투가 다르고, 일하는 방식의 개인차가 있으니 서로 기분 상하는 순간들이 없을 수 없다. 그것도 해외의 열악한 타지에서 생활하며 지내다 보니 힘든 순간들도 더 많을 것이다. 내가 단원이었을 때와는 달리, 요즘 코디네이터는 행정 업무부터 단원 안전관리와 상담까지 여러 역할을 동시에 해내야 한다. 돌이켜 보면 스리랑카에 있을 때 도와주신 코이카 사무소의 소장님, 부소장님,

행정원 분들이 내가 현지에서 활동을 잘할 수 있게 하기 위해 얼마나 보이지 않는 돌봄과 배려를 많이 해주셨는지 다시금 감사하는 마음이 든다. 2019년 기준, 전 세계에서 활동 중인 코이카 봉사단원은 약 2,000여 명. 어떤 국가에는 거의 100명에 달하는 단원들을 관리하는 사무소도 있다. 그런 큰 사무소의 코디네이터 분들은 정말 영혼을 바쳐 일하고 있다고 해도 과언이 아니다. 언제, 어떤 비상상황이 생길지 모르기 때문에 24시간 항시 대기조로 수많은 단원들을 신경 써야만 한다. 그들에게 진심으로 존경과 경의를 표하고 싶다.

새로운 봉사단 프로그램의 역사를 만들어나가는 부탄에서 나의 코디네이터 일은 본연의 업무 외에 현지 정보를 축적하고, 타 기관 활동과 동향을 분석하며 우리 코이카 봉사단 사업을 자리매김하는 것도 포함되어 있다. 부탄의 여러 기관을 다니며 봉사단 수요 조사를 하면서 한국해외봉사단이 부탄에 온 것에 대한 환영과 기대가 상당히 크다는 것을 느낄 수 있었다.

부탄에서는 오래전부터 일본, 태국, 호주 등 여러 나라 봉사단들이 활동해오고 있다. 일본은 일본해외봉사단(Japan Overseas Cooperation Volunteer)이 1988년도에 부탄에 첫 단원을 파견하여 30여 년째 봉사단을 파견해오고 있다. 태국은 타이카(Thai International Cooperation Agency), 호주는 호주봉사단기구(Australian Volunteers International) 등 많은 국가에서 꾸준히 부탄에 봉사단을 파견하고 있다. 우리는 뒤늦게 첫발을 내딛었지만 현지에서 한국에 거는 기대가 큰 만큼 최초의 코디네이터로서 우리 단원들이 이곳에 잘 정착하여 좋은 성과를 낼 수 있게 하리라고 다짐했다.

전통을 지키는 나라의 국왕이 주신 선물

봉사단원들은 처음 부탄에 도착하면 약 8주간 현지적응 교육을 받는다. 현지문화를 배우고 업무상의 언어인 영어와 생활언어인 종카어를 집중적으로 학습한다.

어느 날, 사무소에서 단원들이 현지어인 종카어 수업을 받고 있는데 부탄 왕실로부터 깜짝 선물이 도착했다. 국왕님이 우리 단원들에게 현지 전통의상을 선물로 보내주신 것이다. 부탄에서는 국왕이 부탄에서 타국 정부파견 봉사단 일원으로 장기간(1~2년) 봉사활동을 위해 온 외국인 봉사자들에게 이렇게 전통의상을 선물로 보내는 문화가 있다고 한다.

부탄에서는 일상생활의 출근 복장으로 여성은 키라(Kira), 남성은 고(Gho)를 많이 입고, 공식 석상에서는 필수적으로 키라와 고를 입어야 한다. 공무원뿐만 아니라 일반 회사에서도 전통의상을 입는 것이 기본이다. 현지인들 눈에는 외국인도 공식석상에서 우리가 흔히 입는 서양식 정장세트를 입는 것보다 키라나 고를 입는 것이 훨씬 더 격식을 갖춘 느낌이라고 한다. 나도 부탄에 와서 제일 먼저 한 일이 키라를 여러 벌 사는 것이었다. 주요 회의나 현지 파트너와의 미팅에서는 꼭 키라를 입고 나간다. 국왕이 이렇게 단원에게 전통복을 보내는 문화가 생긴 유래는 다른 나라에서 먼저 온 외국인 봉사단원들의 솔선수범으로 비롯된 것이라고 한다. 외국인 봉사단원들도 기관 출근 시 전통복을 입고 간다. 소속된 기관이 주로 정부기관이거나 학교 등의 교육기관이기에 전통의상을 입고 활동하는 것이다. 오래전에 국왕이 지방 순방 중 한 시골마을을 방문할 일이 있었는데 학교에서 근무 중인 외국인 봉사단원들이 한결같이 전통복을 입고 일하는 것을 보고 크게 감동을 받으셨다고 한다. 솔직히 전통복은 입기가 쉽지 않고 여성복의 경우에는 긴 치마로 인해 걷는 데 보폭이 짧아서 익숙하지 않아 걸을 때 조금 불편할 수 있다. 그런데도 현지인 선생님이나 동료들과 똑같이 전통옷을 입고 활동하는 외국인 봉사자들이 고마웠던 것일까. 국왕은 이후 장기간 파견 봉사활동을 하는 외국인 단원들이 도착하면 전통의상을 선물로 보내기 시작했다고 한다. 왕이 봉사단원에게 전통옷을 선물로 보내는 세밀한 정성과 배려가 이제 막 부탄에 정착한 우리들에게 큰 감동으로 다가왔다.

부탄은 인도와 중국이라는 대국 사이에 끼어 있는 아주 작은 나라다. 그래서 국왕은 국가를 지키는 가장 근본은 고유문화, 전통문화 보존이라고 굳건히 믿고 있다. 21세기인 지금도 부탄은 옷차림 하나까지 중요한 문화의 일부로 보고 출근할 때는 반드시 전통복을 입어야 한다는 규정을 갖고 있다. 건물 입구에 전통옷을 의미하는 '정장(Formal dress)을 입고 출입해야 한다'는 메시지가 붙어 있는 것을 종종 볼 수 있다. 언젠가는 한 현지인에게 우리 사무실에 좀 방문해달라고 요청한 일이 있었는데, 하필이면 그날 그녀는 휴가 중이었다. 그래서 캐주얼한 복장으로 다니다가 급히 남의 사무실에 방문하게 되는 상황이 되었다. 그녀는 "어이쿠! 제가 오늘 키라를 입지 않아서 어떻게 하죠?" 하며 미안해했다. 부탄인은 평상복을 입고 남의 사무실에 가는 것을 상당히 실례라고 생각하기 때문이다. "괜찮아요. 그냥 오셔도 돼요!"라고 대답했다. 물론 외국인인 나는 업무적으로 다른 사무실을 방문할 때 서양식 정장을 입고 가도 '외국인이니까……' 하고 이해를 받는 편이다. 하지만 내가 키라를 입고 사무실에 들어가면, 그들은 "너무 잘 어울려요!" 하며 훨씬 더 좋아한다.

주말 길거리에서는 평상복 차림의 부탄 사람들을 더 많이 볼 수 있다. 최근에는 부탄에도 한류 열풍으로 인해 많은 젊은이들이 한국 스타일의 옷을 입고 다닌다. 워낙에 얼굴 생김새도 비슷하고 옷차림도 우리와 비슷하여 가끔은 한국에 있는 듯한 착각이 들 때도 있다. 저녁이나 주말에 동네 뒷동산에 운동 삼아 걸으러 가는 사람들은 한국의 동네 아주머니들처럼 아웃도어 등산복을 입고 열심히 걷는다. 야외에서 운동하는 사람들, 이어폰을 꽂고 걷는 젊은이들, 자전거를 타고 쌩쌩 다니는 사람들……. 부탄에서 걷는 이들의 일상 풍경은 한국과 다를 것이 없다. 그러나 또다시 월요일이 시작되면 모두가 한결같이 키라와 고를 입고 우아하게 출근한다. 평일 아침의 부탄 거리는 출근과 등교로 길거리 가득 전통복을 입은 사람들로 메워지게 된다. 부탄 사람들의 옷차림에서는 뭔지 모를 이 나라의 자신감을 엿볼 수 있다.

언제나 눈부시게 맑은
부탄의 하늘

부탄에서 육아하기

제주도는 예로부터 도둑 없고, 대문 없고, 거지가 없는 이른바 '3가지가 없는 섬', '삼무(三無)의 섬'이라고 불렸다. 아이를 키우는 부모로서 부탄에서 특히 눈여겨보았던 부분이 있다. 이것을 나는 '부탄에 없는 세 가지. 부탄 육아의 삼무(三無)'라고 이름 붙여 보았다.

그것은 바로 미세먼지, 국제학교, 신호등이다.

첫째, 미세먼지가 없는 나라

어느 순간부터 우리는 맑은 공기의 소중함을 절절히 느끼게 되는 시대에 살고 있다. 청정한 제주도에서 나고 자란 나는 늘 당연히 공기가 좋겠거니, 하며 미세먼지에 대해 둔감했었다. 하지만 서울에서 나고 자란 남편은 날마다 미세먼지 앱을 켰다. 그래서 미세먼지가 있으면 아이를 놀이터에 내보내지 않을 정도로 민감한 그였다. 그러고 보니, 내 고향 제주도도 어느 순간 미세먼지 침투 구역이 되어 있었다. '이젠 제주에서도 마음대로 맑은 공기를 들이마실 수 없는 시대가 온 것인가' 하는 착잡한 마음이 든다.

하지만 이곳에 와서 아직은 지구상에 미세먼지가 침투하지 않은 청정한 곳도 존재한다는 것을 깨달았다. 부탄으로 오기 전에 제일 먼저 한 일도 '세계 미세먼지 앱'을 열어 부탄의 사정을 찾아본 것이었다. 와! 놀랍다. 부탄에는 미세먼지가 거의 없다. 이곳에 와서 가장 감사한 것 중 하나가 깨끗한 환경, 미세먼지가 없는 나라라는 것이다.

나 어렸을 때의 제주처럼, 눈부시게 맑은 하늘 아래 청정한 공기를 마시며 뛰놀 수 있는 환경을 내 아이에게도 느끼게 해줄 수 있어 그저 감사하고 있다. 팀푸를 둘러싼 병풍 같은 산자락에 새하얀 구름이 걸려 있고, 그 뒤로는 선명하고 파란 하늘이 펼쳐져 있다……. 부탄에서 이런 풍경을 볼 때마다 마음속 깊이 감사하게 된다.

둘째, 국제학교가 없는 나라

해외에서 일하기를 결정했을 때, 자녀를 동반한 부모로서 가장 먼저 고민되는 부분이 있었다. 아이의 학교 교육에 대한 것이다. 해외에 나가면 국제학교와 현지 학교를 두고 어떻게 아이를 교육해야 할지에 대한 고민과 결정을 해야만 한다. 경제적인 여건이 된다면 국제학교를 보내고 싶은 것이 솔직한 부모의 마음일 것이다. 웬만한 개발도상국가에는 그곳에서 일하는 외국인 자녀들이 다니는 국제학교가 있고, 큰 나라들에서는 선택의 폭이 많은 국제학교들이 있다. 내 경우에는 아이를 국제학교에 보낼 여력이 되지 않아 어느 나라를 가든 현지 학교를 알아봐야만 했다.

하지만 부탄은 그런 고민도 필요 없이 국제학교가 아예 없는 나라다. 공립이든 사립이든 전 학교가 다 영어로 교육한다. 좋은 사립학교들의 학비도 우리나라 단과 학원비보다 저렴하다. 당시 만 6세였던 우리 아들은 한국의 초등학교 병설유치원 개념인 '프리 프라이머리(Pre-Primary)' 학급에서 또래 친구들과 함께 신나게 놀며 영어 공부도 하고, 하루 1시간씩 우리나라 국어와 같은 종카어를 배우고 있다. 집

부탄 현지 학교에 다니는 아들.
부탄의 교복은 전통복으로 검정 타이즈에
검정 구두 착용이 필수다

에서는 한글 공부도 하면서 우리말을 잊지 않고, 공용어인 영어도 알아가며, 현지어까지 조금씩 배우고 있는 아들을 보면 무척 대견하다. 종카어로 신나게 동요를 부르는 아들을 보며 무슨 내용인지 알 수 없는 그 노래를 뿌듯한 마음으로 함께 흥얼거리기도 했다. 새로운 언어를 배운다는 것은 글로벌 시대를 살아가는 가장 친근하고 강력한 도구라고 생각한다. 현지어를 하면서 현지인과 더 가까운 친구가 되고 새로운 언어를 통해 새로운 차원으로 세상을 보게 된다.

하루는 종카어 시간에 아무래도 현지어가 느린 아들이 혼자 남아 글씨 쓰기를 하고 늦게 나오게 되었는데 바로 다음이 점심시간이었다고 한다. 부탄의 점심시간은 야외에서 아이들이 옹기종기 모여 앉아 도시락을 먹는다. 그런데 그날은 아들이 늦게 나오자 학급 친구들이 도시락을 열지 않고 다 함께 기다리고 있었다고 한다. 늦는 친구에 대한 배려심, 함께 식사하기 위해, 함께 속도를 맞춰주기 위해 기다리고 있던 아이들⋯⋯. '빨리빨리' 다그치는 문화에 익숙한 우리에게 새로운 감동을 주는 아름다운 교육 문화였다.

셋째, 신호등이 없는 나라

빨간 등, 녹색 등, 깜빡깜빡 노란 등. 줄지어 서 있는 차들. 신호등이 바뀔 때마다 바삐 움직이는 한국의 도로 풍경과 부탄의 그것은 완전히 다르다. 나라 전체에 신호등이 단 한 개도 없는 나라, 부탄이 아닌가. 이곳은 신호등 대신 팀푸 시내 중심가의 도로 한가운데서 교통경찰이 수신호로 도로 질서를 유지한다. 한껏 부드러우면서도 내공 있는 손짓으로 연신 팔을 굽히고 펼친다. 마치 예술 동작처럼 수신호를 펼치는 부탄 교통경찰의 모습은 세계적으로도 무척 유명하다. 관광객들이 부탄에 올 때면 꼭 사진을 찍어가는 포인트이기도 하다.

한국에서는 교통 신호등의 신호 주기에 의해 기계적으로 길을 건너고 무작정 앞만 보고 걷는다. 하지만 부탄에서는 횡단보도를 건널 때 신호등이 없기 때문에 양쪽을 잘 살피며 길을 건너야 한다. 신호등 대신 보행자와 운전자 사이에 눈빛으로 더 많은 교감이 이루어지는 것 같다. 길을 건널 때면 보행자는 운전자를 보고, 운전자는 보행자를 위해 차를 멈추고 예의 바른 제스처로 '지나가라'는 손짓을 해준다. 아날로그적 보행문화다. 특히 아이와 손을 잡고 길을 건널 때면 차들은 멀리서부터 천천히 차를 세워 위협적이지 않고 안전하게 건널 수 있도록 배려한다.

예전에 베트남 하노이에 출장 간 적이 있다. 도로 가득한 오토바이 때문에 길 한번 건너는 것이 목숨을 내놓을 듯 큰 고비였던 기억이 난다. 고층 건물로 가득 찬 하노이는 바쁜 대도시이고 인구도 많은 만큼 오토바이도 많은 곳이다. 오토바이 천지인 북새통의 도로에서 유치원 아이들이 밧줄을 길게 이어 붙잡고 줄지어 길을 건너는 장면을 보고 너무 놀랐었다. 중국 베이징에 살 때는 녹색 신호 상태에서 안심하고 길을 건너려는데 차들이 무서운 속도로 달려와 허겁지겁 뛰어서 건너야만 했다. 그러나 부탄에서는 아이와 함께 큰 스트레스 없이 길을 걸을 수 있는 것만으로도 안심이 된다.

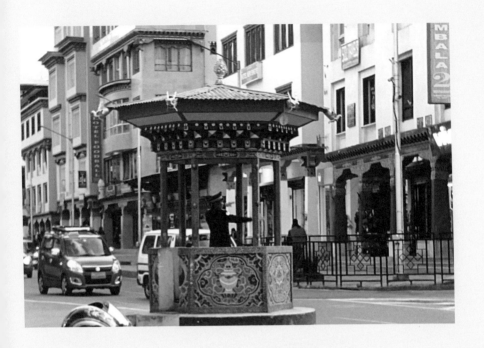

팀푸타운의 수신호 경찰은 내공 있는 손짓으로 도로 질서를 유지한다

이번에는 부탄에서 아이를 키우는 부모로서 눈여겨 본 세 가지를 소개하고 싶다. 길거리 동물, 채색의 날, 요가와 명상으로 시작하는 하루에 대한 이야기다.

첫째, 길거리 동물

부탄을 대표하는 동물은 '타킨'이라는 국가상징 동물인데 보호지역에 가야만 볼 수 있다. 고산지대의 운무 속에서 운치 있게 풀을 뜯고 있는 신비로운 '야크(Yark)'도 벽지 시골에나 가야 볼 수 있다.

가끔은 이런 생각이 든다. 사실 부탄의 일상을 대표하는 진정한 동물은 길거리에 늘어져 있는 검은 개가 아닐까? 이곳은 사람이 개들의 주인이 아니고 반대로 개들이 주인인 곳이 아닐까? 우리가 그들을 주인 없는 개라고 부를 수 있는 걸까? 어쩌면 개들이 우리 인간을 귀찮은 존재라고 여기고 있지 않을까? 인간이 도보와 차도를 만들어 원래 살던 개들의 영역을 침범하고 있는 건 아닐까?

개들은 밤마다 서로 영역 다툼을 하며 전쟁통처럼 시끄럽게 짖어대고, 낮에는 지쳐서 도로에 늘어져 자고 있다. 그러면 사람들이나 차가 알아서 개를 피해 조심조심 이동한다. 사람들은 길거리 개들에게 항상 음식을 나눠주고, 국가적으로 길거리 개들에게 광견병 백신접종을 해준다. 살생을 하지 않는 나라라 개들의 개체 수가 갈수록 증가하고 있다고 한다. 간혹 접종이 안 된 개들도 있기 때문에 개 물림 사고도 조심해야 한다. 하지만 개를 너무 좋아하는 아들은 개만 보면 냉큼 다가가 쓰다듬고 만지고 싶어 해서 길거리 개는 늘 조심하도록

주의를 주고 있다.

부탄의 길거리에서는 개뿐만 아니라 염소, 말, 소들을 쉽게 볼 수 있다. 아들과 함께 길을 걸을 때면 '동물 관찰'을 하기 위해 한참 동안 멈춰 있곤 한다. 따로 동물원에 갈 필요가 없다. 이곳은 동물과 인간이 함께 공존하며 살고 있는 곳이니까.

어느 날은 팀푸 시내 한복판의 랜드마크와도 같은 '클락타워(Clock Tower)' 광장에서 소 한 마리가 조경용 꽃밭 한가운데 앉아 한가로이 풀을 뜯는 모습이 보였다. 우리는 그 모습을 보며 한참을 웃었다. 아들도 그렇게 가까이서 소를 관찰해보는 것은 처음이었다.

도심 한가운데 꽃밭 속에 앉아 유유자적한 소.

이 얼마나 아름답고 평화로운 장면인가.

둘째, 채식 도시락의 날

아들이 학교를 다니기 시작했을 때, 학교에서 안내문 책자를 보내왔다. 살펴 보니 놀라운 내용이 담겨 있었다. 학교에 매일 도시락을 싸서 보내야 하는데 일주일에 한 번, 매주 월요일은 '채식의 날'로 지정되어 채식 재료로만 구성된 도시락을 보내 달라는 안내였다. 지구를 위해, 그리고 우리의 몸을 위해 채식을 해야 한다는 것을 잘 알면서도 실제 행동으로 옮기기는 참 쉽지 않다. 그런데 학교에서 이렇게 '채식 도시락의 날'을 정해 아이들에게 의무적으로 채식을 경험하게 해주니 고마운 마음이 들었다.

부탄에서는 음력 1월과 4월, 두 달간 종교적으로 금육 기간을 갖는

팀푸 시내 중심 광장인 클락타워 꽃밭에 앉아 여유를 즐기는 소

다. 이때는 불교 교리에 따라 살생을 금하며, 더 많이 기도하고 정진하는 기간이다. 따라서 1년 중 2달은 모든 정육점이 문을 닫고, 슈퍼마켓에서도 육류 냉장 코너는 천으로 가려 둔다. 평소에 육식을 하는 사람들도 이 기간만큼은 고기를 먹지 않는다. 그러나 육식을 끊지 못한 나는 금육 기간이 다가오면 부랴부랴 정육점에 가서 소고기, 돼지고기, 닭고기를 종류별로 사서 냉동고에 쌓아 놓았다. 이렇게까지 고기에 집착하는 나를 부끄러워하면서……. 매월 음력 1일, 8일, 15일에도 금육의 날이라 고기를 팔지 않기 때문에 고기 사러 시장에 갈 때면 음력 달력을 꼭 살펴보고 길을 나섰다.

이런 문화는 현대적으로 보았을 때 금육을 통해 지구환경을 지키면서 내 소화기관에도 휴식을 주는, 우리 모두 배워야 하는 건강한 문화라는 생각이 든다. 우리도 전통적으로 육류보다 채식을 더 많이 하는 민족이었는데 요즘은 많이 달라진 것 같다. 어디선가 고기를 먹은 후 내 위장에 남은 고기를 모두 소화시키고 분해하려면 거의 3일이 걸린다는 말을 들었다. 내 몸에 휴식과 정화의 시간을 주고, 다른 동물을 먹는 것에 대해 의식적으로 '잠시 멈춤'이 필요하다. 이것 역시 아들의 학교 규정처럼, 불교적 전통과 문화로서 고기를 먹지 않는 환경을 만들어주는 좋은 사회적 약속이 아닐까? 물론 이 기간에도 평소처럼 고기를 먹는 사람들은 있다. 나도 그중 한 사람이었다. 하지만 문득 '나도 한번 노력해보자'는 생각이 들었다. 이 기간에는 마치 명상수련센터에 온 것처럼 몸을 정화하는 시간으로 노력해보고 싶은 마음. 그리고 내 아이에게도 더 균형적인 식단을 짜서 더 채식을 많이 할 수 있는 환경을 만들어 주고 싶다.

셋째, 요가와 명상으로 시작하는 공부

한국에 있을 때는 맞벌이 부모라 아들을 만 1세부터 어린이집에 보내야만 했다. 어린이집에서 걸음마를 떼고, 어린이집 선생님께서 분유를 타서 먹여주고 기저귀도 갈아주고……. 그렇게 일찍부터 어린이집에 보낸 게 지금도 생각하면 마음이 짠하다. 그렇게 어린 나이에 아침 9시부터 저녁 6시까지 풀타임으로 바쁘게 어린이집을 다녔던 아들은 만 5세에 부탄에 와서야 처음으로 집에만 있게 되었다. 코로나19로 인해 2020년 내내 학교가 문을 닫았기 때문이다. 코로나로 바깥활동도 잘 하지 못하는데, 아는 친구도 없고 그렇다고 마냥 TV만 보게 할 수는 없어서 지인의 소개로 튜터 선생님을 구했다. 어느 학교 보조교사로 일했던 '짬빠'라는 이름을 가진 20대 초반의 선생님이었다. 코로나19로 일자리가 없어 과외 선생으로 나선 것이다. 금욕 기간에는 절대 고기를 먹지 않는 신심 깊은 선생님인 그녀는 아들과 반나절씩 놀아주고, 음악에 맞춰 율동도 하고, 그림도 그리고, 영어도 가르쳐준다.

놀라운 점은 아들과 공부할 때, 선생님이 요가와 명상으로 수업을 시작한다는 것이다. 우선 간단한 요가 동작을 가르쳐주면 아들이 어설프나마 움츠린 몸을 편다. 어느 정도 워밍업이 되면 선생님은 차분히 앉아 명상하는 법을 가르친다. 매번 수업을 시작할 때마다 일종의 필수 코스다. 머리와 몸과 마음을 균형적으로 아우르는 참 멋진 수업

방법이다. 알고 보니 부탄의 대부분 학교에서 명상시간을 갖는다고 한다. 국어, 영어, 수학을 가르치는 공부만큼이나 몸과 마음의 단련을 중시하는 것은 우리 사회의 치열한 입시경쟁 속에서도 반드시 필요한 부분이라는 생각이 든다. 나중에 한국에 돌아가도 아들과 함께 요가와 명상을 꾸준히 해야겠다. 부탄불교에서 '잠미양'은 지혜와 공부를 담당하는 부처다. 그래서 모든 학교는 아침에 잠미양 부처께 기도하는 의식으로 하루를 시작한다고 한다.

코로나로 인해 집에만 있던 시기가 지나고 학교가 다시 문을 열기 시작했다. 학교 신학기 학부모 소집 날, 교장 선생님이 주신 훈화 말씀이 가슴에 와닿았다.

"주말에는 아이를 데리고 등산을 가세요. 꽃도 보고, 새도 관찰하면서 아이와 함께 자연을 즐기세요. 그리고 우리나라의 모든 산은 절로 연결되어 있으니 절에 가서 알록달록 장식된 오색 장식 색깔들을 보며 아이와 대화를 나눠보세요. 부처님 이야기와 우리나라의 역사도 이야기해주면서요."

아! 절로 마음이 잔잔해지며 평화가 찾아오는 훈화였다. 아이와 함께 자연을 느끼고 교감하며 오색찬란한 부탄 전통 건축물을 함께 감상한다! 부탄의 역사는 깊이 알지 못하지만, 적어도 한국의 역사는 나도 아이에게 잘 이야기해줘야겠다는 생각이 들었다. 우리가 잊고 사는 어떤 큰 공백을 채워주는 느낌……. 부탄은 세계 최빈국으로 경제적으로는 가난하지만 영적으로 충만하고 문화적으로 찬란한 나라라는 사실을 새삼 느끼게 되었다. 이곳에서의 삶에 감사하며, 아이와 함께 자연과 문화와 역사를 이야기할 수 있는 멋진 부모가 되고 싶은 열망이 절로 샘솟았다.

　부탄에서 생활하며 어려운 점이 없는 것은 아니다. 처음에는 부탄이 '유토피아적인 환상의 나라'라고만 생각했었다. 물론 '지구상에 남은 마지막 샹그릴라(Shangri-La)'라고 일컫는 나라 중에 하나인 것은 맞지만, 실생활에서 보자면 생활인으로서 어려운 점도 많다. 첩첩산중의 내륙국이자 최빈국이 겪는 공통적인 어려움은 이곳에도 있다.
　아이를 키우면서 가장 걱정하는 부분도 부탄은 의료환경이 한국보다 매우 열악하다는 것이다. 한번은 아이가 유치가 안 빠진 상태에서 영구치가 올라와 유치를 빼야 하는 상황이 됐다. 서둘러 부탄의 치과에 대해 알아보기 시작했다. 먼저 부탄에 살고 계시는 교민 분들께 이곳의 치과에 대해 물어보았다. 그들이 들려주신 이야기는 놀라웠다. 한국에서는 가볍게 잇몸에 마취 주사를 놓고 치료를 하는데, 여기서는 주사를 놓지 않고 3일 전부터 먹는 약을 먹고 오라고 한다는 것이다. 우리나라에서는 아주 오래전에 했던 방식이라고 한다. 그 말을 듣고는 결국 치과에 가지 못했다. 아이가 큰 병치레 없이, 다치지 않고 건강해서 병원에 가지 않고도 지금까지 잘 지내온 것이 부탄 생활에서 가장 큰 감사함이었다. 결국엔 아이의 발치를 위해 한국에 다녀와야만 했지만.
　부탄의 날씨는 대부분 건조하고 청명한데 비가 자주 오는 우기도 있다. 우기에는 다른 때보다 도로 안전에 더 신경을 써야 한다. 부탄에서는 수도 팀푸와 주요 도시들을 빼고는 도로 사정이 좋지 않다. 아슬아슬한 비포장 산길을 다닐 때는 갑작스러운 낙석을 조심해야 한다. 비가 많이 오지 않는 시기에는 별문제가 없지만 비가 많이 오는 시기에 지방으로 갈 때면 낙석과 산사태로 도로가 통제되는 경우가 종종 있다. 지방으로 가는 길은 비포장길이 많고, 우리가 생각하는 길이라기보다는 사실 그저 산을 약간 깎아 놓은 정도다. 며칠 전 비가 많이 오던 날, 팀푸 시내에 있는 우리집 근처 도로도 낙석으로 산 한쪽이 좌르르 무너져 내렸다. 산악국가다 보니 산을 조금씩 깎아 도로를 만들 수밖에 없는 구조인데 축대를 세울 경제적 여력이 안 되니 비가 오면 자주 산사태가 난다. 집에 가는 길에 차량 진입이 통제되어 차에서 내려서 보니 도로가 거대한 돌덩이들로 가득 채워져 있었다. 내가 매일 다니는 길이 이렇게 안전하지 않다니! 비가 많이 오는 날 운전할 때는 산을 가파르게 깎아지른 부분을 보면서 나도 모르게 '혹시나 돌이 굴러 떨어지면 어쩌지' 하는 불안감에 휩싸이기도 한다.

처음 부탄에 가기 위해 준비할 때, 우리가 제일 걱정했던 것은 히말라야 산속에서 겪을 추위였다. 우리나라에서 제일 높은 산은 내가 태어난 고향, 제주도에 있는 해발 1,950미터의 한라산이다. 한라산보다 더 높은 해발 2,400미터 고지에 있는 팀푸에서 살기 위해 우리는 다양한 난방기구를 준비해 왔다. 부탄에 오기 전 부탄에 대한 방송이나 인터넷 정보로는 다들 '부카리'라고 불리는 나무장작 난로를 떼기에 부탄에 가면 다 그렇게 살아야 하는 줄 알았다. 우리는 부카리의 장작불을 바라보며 가족들과 '불멍'을 하고, 오순도순 이야기를 나누는 낭만적인 장면을 상상했었다. 물론 현대에도 부카리를 쓰고 시골 지역에서는 아직도 주요 난방기구로 쓰지만, 팀푸에는 이제 부카리를 쓰는 집이 많이 사라지고 대부분 전기난로를 쓴다. 집주인은 집이 그을릴까 봐 임차인의 부카리 사용을 싫어하기도 한다. 하지만 부탄에서는 정전도 자주 되는데 전기가 나가면 전기난로도 켤 수 없어 추위에 떨어야 할 때가 많다. 부탄의 집들은 대부분 단열이 되지 않고 웃풍이 많다. 전기난로를 켜도 방 전체가 따뜻해지지 않고 난로 주위만 따뜻하다. 그래서 겨울이면 온 가족이 전기난로 앞에 붙어서 꼼짝도 하지 않는다. 나는 우리 조상의 가장 훌륭하고 지혜로운 발명품이 바로 '온돌'이라는 것을 이곳에 와서야 비로소 알게 되었다. 부탄의 겨울은 실내보다 바깥이 오히려 더 따뜻하다. 부탄 사람들은 한국의 온돌문화를 무척 배우고 싶어 한다. 그래서 부탄에서 가장 오래 거주한 교민 어르신이 전통식 구들장 놓는 봉사활동도 하고 계신다.

부탄은 바다에서 아주 멀리 떨어진 히말라야 산속의 내륙국이기에 해산물이 전혀 없다. 물론 부탄에서도 트라우트(Trout)라고 불리는 민물고기인 송어를 먹지만 바다 생선과는 맛이 다르다. 시장에 가면 코를 찌를 듯한 심한 비린내를 풍기는 말린 바다 생선을 판다. 대부분 인도에서 잡아서 말린 수입 생선들이다. 건조 과정의 위생상태를 알 수 없고 냄새도 너무 심해서 도저히 먹을 엄두가 나지 않는다. 한번은 부탄 정부 초청으로 잠깐 계셨던 한국 교수님께서 생선을 좋아하는 나를 위해, 그 말린 생선을 쌀뜨물에 재워 비린내를 없애고 한국식 굴비요리를 해주셨다. 바다 생선에 오랫동안 굶주렸던 나에게는 정말 감동을 주는 맛이었다. 여러 개발도상국에서 해외살이를 오래 하신 교수님이라 열악한 현지 재료로도 고급 한식 요리를 척척 만들어내는 능력자셨다.

제주 토박이로 몇십 년을 섬에서 살아온 나는 이곳에서 신선한 해산물이 견딜 수 없이 절실하다. 성게미역국, 몸국, 한치물회, 멜젓(멸치젓), 옥돔구이, 회에 지리탕⋯⋯. 제주 친구들의 페이스북을 볼 때마다 맛깔난 제주 향토음식 사진이 올라오면, 먹지 못하는데 눈으로만 봐야 하는 그 순간이 너무 괴로워 그냥 재빨리 넘겨버리곤 한다. 제주도에서 태어난 우리 아들도 어렸을 때부터 고등어구이, 전복죽, 김 등을 좋아했다. 그러나 여기서 구할 수 있는 해산물이라곤 참치캔 딱 하나밖에 없다. 그나마 최근에는 부탄에도 불어온 한류열풍 덕분에 부탄 슈퍼마켓에서도 김과 고등어 통조림을 만날 수 있다.

코로나19 시대에 부탄에서 고립되다

2020년은 전 세계가 코로나19 팬데믹으로 신음하는 한해였고 그 여파는 아직까지 지속되고 있다. 부탄에서는 2020년 3월 6일, 부탄을 찾은 한 미국인 관광객이 첫 코로나19 확진자였는데, 이를 계기로 이후 모든 관광객에 대한 입국금지령이 내려졌다. 이미 예약한 관광객들에게는 여행업계가 모두 예약금 환불을 해주었고, 인도와 국경을 맞대고 있는 남쪽 지방의 국경 게이트는 철저히 봉쇄되었다. 코로나19 팬데믹이 시작될 즈음에는 그 누구도 팬데믹이 이렇게나 길게 이어질 거라고는 상상도 하지 못했다.

우리 단원들은 대부분 부탄 내 교육기관 소속이어서 전면 휴교령에 따라 일단 상황을 지켜보며 기다리기로 했다. 모든 것이 혼란스럽고 불안해지기 시작했다. 부탄은 즉각적인 봉쇄와 통제로 다행히 지역감염이 확산되지 않았고, 해외 입국자 격리규정도 3주로 정해 바이러스의 외부 유입을 막으려고 필사적으로 노력했다. 하지만 이 팬데믹이 언제 끝날지, 언제 모든 것이 정상화될지 아무것도 알 수 없는 상황이었다. 어느 날, 부탄 왕실에서 봉사단원들을 위해 선물 패키지를 보내주었다. 코로나19 예방 패키지 선물로 마스크, 손세정제, 면역력 증진에 좋은 천연 꿀, 항바이러스 영양제인 강황가루 캡슐로 구성된 세트였다. 불안과 혼란의 시국에도 우리 봉사단까지 일일이 마음을 써주는 부탄의 국격! 뭐라 표현할 수 없는 진한 감동을 받았다.

코이카 본부는 이 팬데믹이 장기화될 전망을 파악하고 안전을 위해 전 세계 단원들을 대상으로 전원 일시귀국을 하도록 했다. 우리 단원들은 '부탄 첫 파견 단원'이라는 상징성에 큰 의미를 갖고 막 활동을 시작하고 있던 때였다. 그런데 다시 돌아올 수 없을지도 모르는 시점에서 무작정 귀국해야 하는 난처한 상황을 맞이한 것이다. 단원들은 부탄 내부적으로는 지역감염도 없으니 전원 현지에 남아 각 기관이 다시 문을 열 때까지 계속 강의 준비 등을 비롯한 활동 준비를 하겠다며 그냥 있게 해달라고 부탁해왔다. 아! 나 또한 그렇게 하고 싶었지만 무엇보다 부탄에서 열악한 의료환경, 예측할 수 없는 코로나 바이러스로 인한 안전문제, 내륙국이라는 특성상 현지에서의 고립 등 감당할 수 없는 지경에 이를 가능성도 있어 그저 있으라고만 할 수도 없는 상황이었다.

다른 봉사단 기구인 일본 자이카와 호주봉사단도 모두 귀국 결정을 했다. 각국이 전세기를 띄워 봉사단 전원을 철수시키는 상황이었다. 일본 자이카가 부탄에 들어온 지 30여 년인데 역사상 이렇게 전원 일시 귀국을 시키는 것도 처음이라고 한다. 정말 이 무슨 역사적인 역병인지!

코이카 본부에서도 속히 단원들의 귀국을 진행하라고 지시했고, 끝까지 버티던 우리 단원들도 부탄에서 한국으로 가는 유일한 통로인 방콕 경유 항공편마저 차단될 상황이 되자 마침내 전원 귀국하기로 했다. 다들 현지 학교 동료들과 학생들에게 느끼는 미안함과 아쉬움이 컸다. '각자 계획한 기간 동안 봉사활동을 하러 온 건데 이렇게 중간에 일시 귀국을 하면 언제까지 한국에서 대기하고 있어야 할까?', '과연 다시 돌아올 수 있기나 할까?' 단원들은 여러 가지 생각이 오가는 복잡한 심경을 안고 부탄을 떠났다. 나는 불안한 상황 속에서 단원들을 공항에서 무사히 보내고 난 뒤에야 그날 밤 처음으로 두 다리 쭉 뻗고 잠을 잘 수 있었다. 나중에 알고 보니 단원들이 타고 간 항공편이 부탄에서 한국으로 갈 수 있는 마지막 항공편이었다. 그 뒤로 거의 2년 동안 하늘길이 끊겼다. 나의 부탄에서의 고립 생활이 본격적으로 시작된 것이다.

코로나19와 부탄 국왕의 빛나는 리더십

코로나19 시대에 부탄에서 고립된 나는 이방인이었지만 어렵고 힘든 이 시기에 더욱 빛나는 부탄 국왕의 리더십을 진심으로 존경하게 되었다. 부탄 국왕의 행보에서 여러 가지 놀라운 장면들을 목격하게 되고 나서부터다.

부탄에는 '키두 펀드(Kidu Fund)'라는, 나라가 어려울 때 어려운 사람을 돕기 위해 만든 구호기금이 있다. 코로나19 상황이 되자 국왕은 자신의 전 재산을 털어 키두 펀드에 기증하고, 코로나로 인해 실직하거나 생계에 어려움을 겪는 국민들의 계좌에 일일이 지원금을 입금하도록 했다. 그래서 펀드의 공식 명칭에는 왕을 의미하는 '드룩 갈포(Druk Gyalpo's Relief Kidu)'라는 단어가 들어 있다. 역사적으로 부탄에서 전염병으로 인한 민생고를 겪는 상황이 처음인 상황에서, 절박한 민생을 위한 도움의 손길을 서슴지 않던 국왕의 모습은 이방인인 내가 보기에도 정말 존경스럽고 마음 따뜻해지는 리더의 모습이었다.

내가 아는 현지 친구도 어린 아기를 키우며 일을 하다 코로나19로 인해 소득이 줄어 생계가 어려운 상황이 되었다. 왕의 키두 펀드가 통장에 처음 들어온 날, 그녀는 그만 펑펑 울어버렸다고 한다. 왕에게 정말로 감사한 마음이었던 것이다. 절박한 상황에서 왕께서 돈을 보내오니 정말 눈물이 나지 않을 수 없었을 것이다. 왕이 국민 개개인의 통장에 자신의 돈을 입금하게 하는 나라가 또 있을까? 그것도 우리나라와 같은 일시적인 재난지원금이 아니라, 키두 펀드로 기초 생계가 될 수 있는 정도의 비용을 매월 정기적으로 입금해주고 있다. 국왕이 코로나19 대응 대국민 연설을 하던 날, TV 뉴스를 통해 연설을 보던 시골의 어느 할머니가 구부정한 몸을 일으켜 세워 TV를 향해 큰절을 하는 모습을 보았다. 국민이 국왕을 진심으로 존경하는 그 마음을 고스란히 느낄 수 있는 장면이었다.

부탄 서남부, 인도와의 국경을 맞대고 있는 '교역의 도시' 푼촐링 (Phuentsholing). 인도인과 부탄인은 서로의 국경을 오갈 때 비자가 필요없다. 그래서 코로나19 이전에는 출퇴근 일일 생활권으로 인도와 부탄을 서로 자유롭게 드나들었다. 푼촐링 문 너머에는 인도 측의 자이공(Jaigon)이라는 마을이 있다. 인도 사람이 부탄 쪽 영토에서 가게를 열어 장사를 하기도 하고 부탄 사람이 인도 쪽 영토에서 집을 구해 거주하기도 하며, 두 나라지만 한 마을을 함께 공유하는 국경도시인 셈이다. 업무 차 푼촐링에 출장을 간 적이 있었는데, 큰 게이트 하나 너머로 인도 땅이 펼쳐져 있었다. 문 하나를 두고 두 나라가 맞대고 있는 것이다! 문 너머의 인도인과 눈이 마주쳤는데 얼마나 신기하던지! 남북한 사이의 멀고도 먼 38선을 생각하면 이런 형태의 국경

코로나19시대, 전국을 다니며 민생을 살핀 부탄 국왕의 모습.
어느 산골 마을에서 잠시 휴식을 취하고 있다

은 한국 사람이 보기엔 그저 신기하기만 하다. 이렇게 문 하나를 두고 두 나라에 걸쳐 있는 마을이 코로나19로 인해 국경이 봉쇄되면서 큰 혼란을 겪게 되었다. 근거지를 인도 자이공 마을에 두고 있던 부탄인들이 급히 푼촐링으로 넘어오고, 집이 없는 이재민들도 생겨나게 되었다. 이들을 위해 국왕은 푼촐링에 임시 셸터촌을 만들게 하여 이재민들이 지낼 수 있는 보금자리를 마련해주었다.

인도와 주요 국경도시 게이트는 봉쇄했지만, 나머지 산간 지역은 우리나라와 같은 DMZ 구간이 있는 것도 아니고 철조망도 없는 야산을 국경으로 두고 있어 산마다 일정 간격으로 경비 초소를 세웠다. 비가 내리던 어느 날, 뉴스를 통해 국경 야산 경비 초소를 돌아보는 왕의 모습을 볼 수 있었다. 우산도 없이 왕이 워커를 신고 비를 맞으며 산속 초소를 돌아보는 모습, 그리고 비가 그치자 어느 허름한 산속 오두막집 앞에서 도시락을 먹고 있는 모습을 보며 많은 국민의 마음이 숙연해졌다.

국경 지역보다는 덜 긴장되고 조금 느슨해진 시점, 수도 팀푸에 사는 한 부탄인 친구는 이렇게 말했다.

"우리는 이렇게 먹고 놀고 술도 마시고 하는데, 우리 국왕님은 지금 이 시간에도 비를 맞으며 저렇게 다니시는 모습을 보니 고개가 숙여지고 미안해진다."

마음이 찡해지는 장면이었다. 부탄 국민들은 마음 속 깊이, 진심으로 왕을 존경하고 사랑한다.

부탄 서남부, 인도와의 국경을 맞대고 있는 '교역의 도시' 푼촐링.
코로나19 이전에는 일일생활권으로 이 게이트를 넘어 인도와 부탄 사람들이 서로 자유롭게 오갔다

코로나19 시기에 왕은 평소보다 더 많이, 더 열심히, 더 힘든 지역으로, 더 고립된 마을로 순방을 다녔다. 부탄에서는 해외 입국자의 경우 3주 격리를 한다. 부탄 국내에서는 인도와 인접한 국경 지역을 코로나 고위험 지역으로 분류하여 국경 지역에서 부탄 내 타 지역으로 이동할 때는 2주간 격리해야 하는 규정이 있다. 왕도 반드시 그 규정을 지킨다.

어느 날, 부탄 주재 유엔기구 수장들과 함께 국왕님을 직접 알현할 기회가 있었다. 왕은 국경 지역을 방문하고 수도로 돌아와 격리가 끝난 다음 날, 우리를 초대하셨다. 숙소 외부의 응접실에서 만나 뵈었다. 올해는 궁보다 이 격리 숙소에서 지낸 날이 더 많았다고 하시며, 지방을 돌아본 이야기를 들려주셨다. 코로나로 경제도 어려운 시기에 여러 힘든 상황 속에서도 부탄 국민들이 잘 따라주고, 봉쇄(Lockdown)되어도 불평 없이 잘 견디어주고 있다며 "세계 최고로 훌륭한 국민들"이라고 표현하셨다. 왕과 국민이 서로 칭찬하는 모습, 서로가 "최고!"라고 위하는 모습을 보면서 '아, 이래서 부탄이 행복의 나라가 아닐까' 하는 생각이 들었다.

2020년 8월, 전국이 3주간 봉쇄될 때 나는 또 다른 놀라운 장면을 목격하게 되었다. 부탄은 나라가 작고 의료 환경이 열악하다 보니 코로나가 번지면 걷잡을 수 없는 상황이 될 수 있어, 지역감염이 단 한 명이라도 생기면 도시 전체를 봉쇄시켰다. 모든 기관, 학교, 영업시설의 문을 닫아야 했고 집 밖으로도 나가지 못하게 했다. 우리집에서는

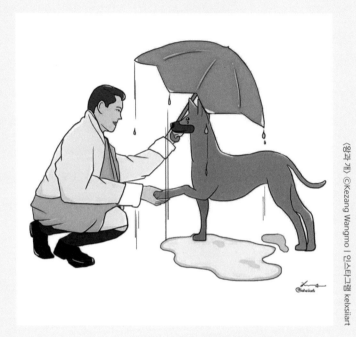

코로나 락다운에 개들을 보살펴주는 국왕의 모습을 담아 널리 알려진 그림

팀푸 시내가 내려다보이는데, 봉쇄 기간에는 정말 길거리에 사람이 한 명도 없었다. 마치 시간이 멈춘 듯했다. 차도, 사람도 없는 고요한 거리. 밤이면 집마다 전깃불만 총총 켜질 뿐, 여전히 길거리에 사람은 없고 개들만 움직였다. 평소에 부탄인은 주인 없는 길거리 개들에게 항상 음식을 나누는데, 봉쇄로 인해 거리에는 사람이 없어 개들이 굶는 상황이 되었다. 국왕은 군인들에게 지역구마다 길거리 개들에게 먹을 것을 배급하도록 지시했다. 봉쇄 기간 동안, 인간뿐만 아니라 주인 없는 개들까지도 국왕과 정부가 보살피는 영역 안에 있다는 것에 왠지 모를 감동이 느껴졌다. 국왕은 이 나라에 사는 국민뿐만 아니라 이 나라에 사는 동물들과 자연을 다 함께 품을 줄 아는 어진 군주임을 재발견하게 되는 순간이었다.

평화수호단 데쑹

코로나19 시대에 길에서 유난히 눈에 띄는 사람들이 있다. 오렌지색 모자와 단복을 입고 각 지역별로 조직적으로 활동하는 데쑹(De-suung) 봉사단이다. 데쑹은 재난 등 국가적으로 어려움이 있는 비상 시기에 시민들이 자발적으로 모여 봉사활동을 하는 연합체로 'Desuung'에서 'De'는 종카어로 '평화'를 의미하고, 'Suung'은 '보호, 수호'를 의미하여 '평화수호자'라고 할 수 있다. 2015년 네팔 대지진 때는 데쑹 조직 구호팀이 네팔에 파견되어 활동하기도 했다. 오늘날 코로나 시대에서는 국경 감시, 격리시설 관리 등 코로나19 대응을 위해 기수별로 일정 기간 훈련을 하고 전국에 배치된다. 코로나로 일자리를 잃은 청년들과 학교가 문을 닫아 수업이 없는 교사들도 데쑹으로 자원해서 나온다. 관광객이 끊겨 일이 없는 관광업계 종사자들, 해외에서 유학 중 코로나로 귀국한 대학생들도 데쑹을 자원하여 활동한다. 데쑹은 병원, 우체국, 은행 등 시내 주요 공공장소와 시장 입구에서 우리나라 카카오 'QR 체크인'과 비슷한 '드룩트레이스(Druk Trace)'를 하도록 안내하고 발열 체크를 하는 역할도 한다. 해외 입국자 격리시설은 공항 도시 파로와 수도 팀푸를 중심으로 주로 3성급 호텔을 확보하여 활용하는데, 최고로 많았을 때는 120여 곳의 격리시설에 3,500여 명이 격리되어 있던 적도 있었다. 격리시설마다 데쑹들이 관리자 역할을 맡아서 하고 있는 것이다. 격리자 식사 공급, 폐기물 수거부터 국경 야산에서는 경찰과 함께 보초와 순찰을 도는 일까지 도맡아 한다. 코로나 시대에 부탄에 살면서 데쑹들의 헌신적인 봉사활동으로 나와 우리 가족이 안전하게 지내고 있다고 생각하니, 너무 고마운 마음이 들어 우리 가족 이름으로 데쑹 본부에 기부금을 보내기도 했다. 우리가 할 수 있는 최대한의 감사 표현을 하고 싶었다. 데쑹 본부 사무총장께서 그 기부금으로 데쑹들에게 맛있는 고기반찬 급식을 제공했다고 답이 왔다. 밥이라도 한 끼 데쑹들에게 대접할 수 있어서 참 다행이었다.

코로나 시대에 부탄에 살며, 오히려 한국보다 안전한 코로나 청정지역에서 살 수 있는 것은 정말 행운이다. 복 받은 부탄 사람들 덕에 우리도 덩달아 복을 받는 기분이다. 국민들이 자발적으로 데쌍 활동을 하는 탄탄한 공동체 정신도 그렇고, 무엇보다 부탄인들 스스로 '우리는 행운아'라고 말하게 하는 부탄 정부의 리더십도 복이다. 코로나 시대에 부탄을 이끌어나간 3대 리더가 의사 출신인 총리와 외교장관이고, 공공보건을 전공한 미국 유학파 보건부 장관은 우리나라 정은경 전(前) 본부장과 비슷한 이미지로, 차분하면서도 능력 있는 리더십을 보여주었다. 유례없던 팬데믹 속에서 우왕좌왕할 수도 있는 상황이었는데 보건·의료계 출신의 정치 리더들이 딱 이 시기에 현직으로 활동하고 있었던 것이다. 사람들의 마음을 울리는 국왕의 행보, 똑똑하고 리더십 있는 정부, 나라를 지키고자 하는 국민들의 강한 공동체 정신, 이 삼박자가 잘 맞아 부탄이 코로나 청정국가가 될 수 있었던 것 같다. 코로나 백신 접종도 전 국민이 거의 2주일 만에 94퍼센트의 접종률을 기록하여, 세계적인 뉴스로 전해지기도 했다. 인구가 적어서 가능한 부분도 있지만, 차가 못 다니는 산간벽지 마을에는 이 나라에 2개밖에 없는 헬기를 띄워 나르고, 헬기도 못 가는 오지로는 사람들이 직접 백신을 등에 지고 도보로 몇 시간씩 걸어서 백신을 나르기도 했다. 그 누구도 소외되지 않게 플랜을 세운 것이다.

백신이 공항에 도착한 날 인상적이었던 장면은 스님들이 공항 활주로에 놓인 백신 앞에서 기도하는 모습이었다. 부탄은 불교국가로 모든 중요한 행사에는 스님들이 불공을 드린다. 또한 점성술을 믿는 국가로 중요한 일을 할 때는 날을 보고 결정한다. 요즘에는 아예 현대적으로 휴대폰에 점성술 애플리케이션을 다운로드해 바로바로 확인한다. 부원들과 행사 일정을 결정하기 위해 날을 잡을 때도 모두들 휴대폰을 꺼내들고 길일인지 아닌지 반드시 확인한다. 작은 행사도 그렇게 결정하는데, 나라의 큰일인 코로나 백신 접종 시작일은 더욱 중요하게 여겨 부탄 불교계에서 결정했다. 누가 처음으로, 몇 시에 접종을 해야 하는지도 점성술을 보고 결정했다. 점성술에 따라 첫 백신 접종자는 원숭이해에 태어난 여성이어야 해서 전국의 백신 접종이 시작될 때, 실제로 모든 지역에서 원숭이띠 여성이 가장 먼저 백신 접종을 했다. 백신 접종을 시작하는 시간도 점성술에 의해 정해진 시간, 오전 9시 30분에 수도 팀푸에서 닌다 데마라는 30세 원숭이띠 여성이 최초로 접종받는 장면이 뉴스에 나왔다. 코로나 시대에 부탄인들은 약사여래불(Medicine Buddha) 기도를 특히 많이 하고 있다. 부탄인들의 신심과 보이지 않는 점성술에 대한 믿음, 이런 것들이 코로나 시대에 부탄을 평화롭게 만드는 기반이 되었다.

락다운 시대의 생존법

부탄에서는 단 1명의 지역감염 사례만 나와도 봉쇄 명령을 내린다. 모든 기관, 관공서, 가게들이 문을 닫고 집 밖에 나오면 안 되는 것이다. 봉쇄 첫날은 지금도 잊을 수 없다. 새벽 5시 즈음이었을까, 한창

자고 있는데 컴컴한 새벽에 전화벨이 울렸다. 비몽사몽으로 전화를 받으니 부탄 유일의 한국 식당을 운영하고 있는 연지 님이 다급한 목소리로 "오늘부터 락다운이래요! 아침 7시부터 밖에 못 나간다고 하니까, 필요한 거 있으면 어서 챙기세요!"라고 외쳤다. 잠이 확 깨면서 정신이 번쩍 들었다. 총리실에서 새벽에 봉쇄령 발표를 했고 몇 시간 안에(그날 아침 7시부터) 도로 통제가 된다는 것이었다.

으악! 이게 정말 무슨 일이람! 나는 도로가 통제되기 전에 부랴부랴 차를 몰고 전속력으로 사무실을 향해 달렸다. 봉쇄가 되면 재택근무를 해야 하기 때문에 먼저 일할 자료들을 챙겨 와야만 했다. 길에 나가보니 이미 사람들이 생필품을 사기 위해 구멍가게 앞에 줄지어 서 있었다. 나도 얼른 달걀 한 판을 샀다. 처음 겪는 상황이라 사실은 무엇을 챙겨야 할지도 잘 몰랐다.

며칠 동안 집 밖에 못 나가니, 점점 답답한 느낌이 들기 시작했다. 식품이 떨어지기 시작할 무렵에 데쑹들이 집집마다 방문하여 '1가구 1통행' 카드를 주며 하루에 한 번, 통행카드에 적힌 시간대에 생필품과 식량을 구하러 나갈 수 있다고 알려주었다. 이 통행카드에 줄을 달아 목에 걸고 다녀야 한다고도 말했다. 가구마다 시간대를 달리하여 사람들이 한꺼번에 몰리지 않게 배분한 것이다. 즉, 팀푸시를 구역별로 나눠 도보 이동이 가능한 거리에 구역마다 한두 군데 가게를 지정해서 사람들이 식품과 생필품을 살 수 있게 했다. 물론 밖에 나갈 때 차량 운행을 해서는 안 되고 무조건 도보로 가야 했다. 아, 그래도 집 밖에 걸어 나갈 수 있어서 얼마나 다행이었는지! 오랜만에 숨통이

트이는 순간이었다. 장바구니를 들고 우리 동네에 지정된 구멍가게로 갔다. 데쑹들이 가게 앞에서 체온 체크를 하고 목에 걸려 있는 카드 시간대가 일치하는지 확인하며 차례로 입장하게 했다. 한 번에 입장할 수 있는 사람의 숫자가 한정되어 있기 때문에 문밖에는 사람들이 길게 줄지어 서 있었다. 그것은 백화점 명품 매장 앞에 사람들이 줄을 서서 한정된 숫자로 입장하는 장면과 비슷해 보였다. 코로나 시대에 봉쇄된 상황에서 생필품과 식료품은 무엇보다 값어치가 큰 명품이었다. 평소에 다니던 큰 슈퍼마켓은 구역이 달라 가지도 못했고, 우리 동네에 지정된 가게는 말 그대로 정말 작은 구멍가게였는데, 자세히 들여다보니 이 가게에도 있을 것은 다 있었다! 아들에게 줄 과자와 팩 주스, 남편이 사오라고 부탁한 시원한 콜라, 채소, 우유, 달걀, 치즈까지. 그런데 이럴 때 다 사겠다고 욕심을 부리면 안 된다. 집까지 도보 20분 거리. 욕심을 부려서 너무 많은 것을 담으면 그대로 내가 짊어진 짐의 무게가 더해져 20분을 힘겹게 걸어 돌아와야 했기에 정말 잘 생각해서 꼭 필요한 것만 사야 했다.

봉쇄 기간에는 오히려 더 규칙적인 생활을 하게 되었다. 평소에는 갑작스런 식사 약속이 잡히거나 외부에서 식사할 일이 많아 하루 세 끼 집밥을 먹을 일이 좀처럼 없었는데, 이 기간에는 한정된 식료품으로 배분하여 세 끼 식사를 모두 집에서 해먹었다. 그래서 음식물쓰레기 배출량도 훨씬 줄었다. 밖에 못 나가니 오히려 집 앞마당에서라도 더 열심히 걷게 되고, 초저녁에는 아들과 마당에서 배드민턴도 치고 줄넘기도 하며 더 건강한 하루 일과를 보내는 느낌이었다. 평소에 밀린 보고서 쓰는 일, 현지 동향자료 번역하기 등 집중해서 해야 하는 일들도 잘되고, 화상회의를 하면서 업무처리도 가능했다. 일과 후에도 평소에는 늘 바쁜 저녁 시간이었는데 이제는 집에서 가족들과 더 많이 이야기하게 되는 여유가 생겼다.

3주간의 봉쇄가 해제되고 도시가 정상화되면서 도시는 다시 활기를 되찾았다. 이제 다시 봉쇄가 되어도 슬기롭게 대처할 자신이 생겼다. 긴 봉쇄 기간을 경험하며 어떻게 먹고, 어떻게 일하고, 어떻게 지내야 하는지 노하우가 생긴 것이다.

부탄 탐방기

벼가 익어가는 마을, 파로

부탄에 거주하는 외국인은 부탄 내 다른 지역으로 이동할 때면 매번 '로드퍼밋(Road Permit)'이라는 이동통행증을 출입국사무소에서 발급받아 다녀야 한다. 부탄의 행정구역은 '종칵(Dzongkhag)'이라고 부르는데 우리나라의 도(道) 개념으로 20개의 종칵이 있다. 작은 나라지만 종칵마다 이동하는 길목에는 이동통행을 체크하는 곳이 있다. 그런데 어딘가 가고 싶을 때마다 매번 출입국사무소에서 서류를 받아야 하는 일은 보통 번거로운 일이 아니라서 잠시 '우리 얼굴도 부탄 사람 얼굴과 똑같이 생겼는데 그냥 사전 신고 없이 다니면 안 될까?'라는 생각도 해보았다. 하지만 준법정신이 철저한 우리 현지 직원은 내가 어딘가 간다고 할 때마다 꼬박꼬박 출입국사무소에 가서 서류를 받아온다. 코로나 시대에는 방역패스 개념으로 사람들의 이동을 확인하기 위해 전 국민이 부탄 도로교통국에서 만든 인터넷 사이트에 들어가 몇 월 며칠에 어느 종착에서 어느 종착으로 이동하는지 입력하고 나서 다녀야 한다. 그래서 종착 경계선 체크포인트에서는 통행확인을 받기 위한 차들이 길게 줄지어 서서 기다리는 장면을 종종 볼 수 있었다. 도로 한쪽에는 온라인으로 작성하는 것이 어려운 노인들을 위해 경찰이 태블릿을 들고 하나하나 물어보며 입력하는 모습을 볼 수 있다. 외국인의 경우는 도로교통국 사이트 입력과 함께 로드퍼밋까지 서류를 받고 다녀야 해서 이동이 편하지는 않다. 그러나 유일하게 로드퍼밋을 받지 않고 갈 수 있는 곳이 있다. 국제공항이 있는 파로 종착이다. 어느 날 어디론가 드라이브 가고 싶을 때, 수도를 떠나 다른 도시로 계획 없이 놀러가고 싶을 때 그냥 갈 수 있는 유일한 곳이 파로였다. 우리는 주말만 되면 파로로 놀러 갔다. 팀푸에서 산길을 굽이굽이 돌아 파로까지 가는 데는 차로 약 한 시간 남짓의 거리다. 논농사 지역이라 모내기하는 모습부터 벼가 익어가는 풍경까지 농촌의 계절을 느낄 수 있는 평화로운 곳이었다.

파로는 코로나 시대 이전에 부탄에 들어오는 관광객의 통로였던 공항이 있는 마을답게 관광객을 위한 식당이나 토산품들을 파는 가게들이 있고(물론 지금은 코로나로 문을 닫았지만), 부탄 전통 사우나인 뜨거운 돌을 넣고 물을 데워 반신욕을 하는 핫스톤 바스(Hot Stone

Bath)를 즐길 수 있는 곳이다. 핫스톤 바스는 쑥이나 허브를 물에 띄워 넣어 좋은 향기와 함께 기분 좋은 여유를 즐길 수 있게 한다. 최근에는 세련된 텐트형 호텔 개념인 글램핑 숙소가 생겨 텐트 방에 앉아서 탁상사원이 자리 잡은 먼 산을 바라보며 쉴 수도 있다. 관광객이 파로에 오면 꼭 들리고 간다는 부탄 관광 1번지인 '탁상사원'이라는 유명한 절이 산 절벽 암석에 아슬아슬하게 세워져 있다. 올라가는 길이 꽤 가파르고 힘들지만 막상 올라가고 나면 암벽에는 폭포수가 떨어지고 탁 트여 있는 하늘을 바라보면 마치 신선이 된 듯한 기분을 느끼게 된다.

부탄의 호텔에서는 야외에서 모닥불을 피워주고 손님들이 삼삼오오 모여 앉아 술이나 음료를 마실 수 있게 한다. 이것이 부탄의 저녁 문화다. 히말라야 고산지대에 위치한 나라라 저녁이면 추워서 그런지 모두들 모닥불 앞에서 '불멍'하기를 좋아한다. 이렇게 몸과 마음을 따뜻하게 한 다음 간단한 핑거푸드를 곁들인 와인이나 술을 마시고 실내에 있는 레스토랑으로 들어가 본 식사를 한다. 우리 같으면 '추운데 굳이 밖에 나가 앉아 있다 올 필요가 있을까' 하는 생각을 할 수도 있는데 밖에 나가 앉아서 밤하늘을 보고 불멍도 해보니 이것이 얼마나 운치 있는 것인지 새롭게 알게 되었다.

파로는 전형적인 논농사를 짓는 농촌 마을로 우리나라 시골 마을과 비슷한 분위기다. 코이카 봉사단원들이 현지적응 교육을 받을 때 일주일간 이곳의 시골마을 집에서 홈스테이 프로그램을 해본 적이 있다. 그때 인연이 되어 홈스테이 주인인 페마 아저씨 집에 종종 놀러가곤 한다. 어느 주말에 아들, 휘래 님과 함께 논농사를 짓고 있는 페마 아저씨 집에 놀러가서 1박 2일 홈스테이를 했다. 아들은 그 집에서 키우는 강아지와 신나게 놀고, 현지 가정식 밥을 먹으며 현지 생활문화 체험을 제대로 했다. 농부의 민가에서 깜깜한 밤이 되자 '부카리'라 불리는 부탄의 전통적인 화덕 난로 앞에 옹기종기 모여 앉았다. 계란을 풀어 끓이는 현지 전통주 아라(Ara)도 나눠 마시며 우리는 즐거운 하룻밤을 보냈다. 은은한 노란 불빛의 전등이 빛나는 나무로 만든 집에서 내다본 창밖에는 깜깜한 밤하늘이 있었고 집안에는 부카리의 온기로 따뜻하고 흥겨운 웃음이 어우러졌다.

집에는 방이 3개 있었다. 아저씨 부부의 방, 딸들이 쓰는 방, 그리고 나머지 하나는 명상과 기도로 아침을 시작하는 사당이다. 가난한 집이건 부잣집이건 사당이 있는 방이 그 집에서 가장 좋은 방이다. 작은 부처상과 부처님 탱화, 부탄에서 빼놓을 수 없는 구루 린포체(Padmasambhava, 부탄에 처음 불교를 전파하신 '제2의 부처님'으로 일컬어진다. 부탄을 비롯해 인도, 중국, 몽골, 네팔 등 히말라야 지역에 불교를 전파한, 불교의 창시자로 여겨지는 스님)의 그림, 오색 장식으로 꾸며진 이 사당이 우리가 잘 게스트룸이었다. 마치 절의 작은 법당에서 자는 기분이라고 해야 할까? 아들은 신기한 눈으로 주위를 두리번거렸다. 글램핑 텐트 숙소부터 부처님이 모셔진 사당까지 다양한 곳에서 1박을 해보는 우리 아들. 참 귀한 경험을 했다.

다음 날, 집으로 가려고 인사드리는데 페마 아저씨가 직접 수확한 쌀 한 봉지씩과 채소를 우리들에게 쥐어 주셨다. 시골의 인심과 온정은 전 세계 공통적인 정신적 유산인가 보다.

철새 검은목두루미가 날아드는 곳 - 폽지카 강테 람사르 습지

부탄에서 친구가 된 린첸은 경희대를 나온 한국 유학파로 〈비정상회담〉이라는 TV 프로그램에도 출연해 부탄을 알렸던 친구다. 부탄에서 한국으로 유학을 하고 돌아온 친구들을 몇몇 만났었는데 그중 한국말을 최고로 잘하는 친구였다. '한국어-종카어' 통역사로 활동하고 코로나 이전에는 관광 가이드로도 일했었다. 어느 날 린첸이 우리 가족들과 함께 폽지카(Phobjikha) 여행을 가자고 제안했다. 우와! 우리는 고작해야 가까운 파로를 가본 게 전부인데 전직 가이드 출신과 함께하는 여행을 할 수 있다니! 2박 3일의 여행을 위해 우리는 간식 거리도 사고 온 가족이 신나게 여행 짐을 꾸렸다. 파로와 인근 푸나카(Punakha) 정도까지는 도로 포장상태가 좋아서 우리가 직접 운전해서 갈 수 있는데, 나머지 지역은 안전가드가 없고 산벽을 깎아 만든 비포장 고갯길을 아슬아슬하게 달려야 해서 먼 거리 운전은 아직까지도 시도하지 못하고 있다.

우리는 린첸의 차를 타고 팀푸에서 5시간 거리의 거대한 계곡에 있는 아름다운 마을, 폽지카로 떠났다. 티베트와 부탄을 넘나드는 철새인 검은목두루미가 날아드는 곳이라고 한다. 부탄의 중부지역 폽지카. 해발 3,000미터 고지 산길을 굽이굽이 돌아 어느 순간 안개에 쌓인 고산 초지를 지나는데 히말라야 고산에서 사는 동물, 야크의 실루엣이 보인다. 야크 몇 마리가 한가로이 풀을 뜯고 있는 모습이 신비감을 자아냈다. 초지를 지나 차는 점점 폽지카 계곡을 향해 내려갔다. 계곡이라는 표현보다는 '산으로 둘러싸인 거대한 분지'라는 표현이 더 맞을 것 같았다.

어느 순간, 안개가 걷히며 민가들이 보이기 시작했다. 마을 입구에는 람사르(Ramsar) 습지의 표식이 세워져 있다. 부탄도 국제적으로 중요한 습지를 지정하여 보존하기 위한 정부 간 조약인 람사르 협약에 가입되어 있다. 습지는 멸종위기종의 서식지이기도 하고 생물종다양성을 유지하는 기능을 하는 중요한 곳이다. 내 고향 제주에도 물장오리, 물영아리, 숨은물벵듸, 1,100고지 습지, 동백동산 습지 같은 5개의 습지가 람사르 습지로 지정되어 있다. 예전에 '생물종다양성 보존의 날'을 기념한 글로벌이너피스의 활동으로 람사르 마을인 선흘1리 생태관광협의체와 함께 제주도 내 외국인들과 제주 선흘곶 동백동산 람사르 습지 트레킹을 하며 생태교육을 하는 프로그램을 진행한 적이 있다. 용암으로 만들어진 돌에 나무줄기들이 얽히고설킨 곶자왈은 가장 제주적인 원시림의 느낌을 주는 곳이다. 햇빛이 나무 사이에 쏟아져 내릴 때면 마치 영화 〈아바타〉에 나오는 숲속의 장면처럼 신비롭다.

제주의 람사르 습지에 비해 다른 나라의 람사르 습지는 어떤 모습일까, 관심을 갖고 있었는데 부탄에 와보니 그 거대한 규모와 또 다른 이색적인 경관, 평화로운 풍경에 놀랍기만 했다. 과거 빙하 활동의해 만들어진 거대한 U자 계곡에 강테이-폽지(Gangtey-Phobji) 람사르 습지가 펼쳐져 있다. 계곡을 따라 시냇물이 흐르고 푸르른 초원에 수많은 생물종이 사는 중요한 생태계다. 여러 멸종위기종의 마지막 서식지이기도 한 이곳은 전 세계에 약 300마리밖에 없는 멸종위기종인 검은목두루미가 10월부터 날아든다. 코로나 이전에 관광객들은 이 새를 보기 위해 먼 곳에서부터 이곳을 찾아왔다고 한다. 우리가 여행을 갔을 때는 이 히말라야의 철새들이 아직 부탄에 오기 전이라 아쉽게도 직접 검은목두루미를 보지는 못했다.

폽지카 마을 길은 아스팔트 포장이 되어 있지 않은 울퉁불퉁한 길이다. 굴곡진 길을 따라 차가 춤추듯 좌우로 흔들거리며 다닌다. 이 계곡의 농부들은 감자를 많이 재배하는데 고산에서 나는 감자라 그런지 부탄에서 제일 맛있는 감자가 이 폽지카 감자인 것 같다. 린첸은 가이드 출신답게 부탄 구석구석 마을에 있는 깔끔하고 예쁜 숙소를 많이 안다. 그중 우리가 갔던 곳은 외부가 부탄 전통문양으로 멋지게 장식되고 내부는 무척 세련된 인테리어와 장작 난로까지 있는 운치 있는 곳이었다. 우리는 숙소 방문 밖의 한쪽에 쌓여 있는 장작들을 나르고 불을 지펴가며 따뜻한 저녁 시간을 보냈다. 폽지카의 밤은 부탄의 여느 시골 마을처럼 칠흑같이 깜깜하고 조용했다. 2박 3일의 짧은 여행이었지만 대자연 속에서 몸도 마음도 평화로운 휴식을 실컷 누리고 돌아왔다.

항상 평정심을 유지하게 도움을 주는
부탄 화가 도르지 겔트셴의 그림들

폽지카 여행을 다녀온 몇 달 뒤, 팀푸에서 어떤 현지 화가의 전시회에 가게 되었다. 그곳에서 폽지카 마을 한가운데에 있는 오래된 절을 배경으로 서 있는 한 쌍의 검은목두루미 그림이 단번에 내 눈을 사로잡았다. 나는 고민할 것도 없이 바로 그림을 사서 사무실에 걸어두었다. 일이 바쁘고 스트레스를 받을 때면 일부러 이 그림을 보며 차분해지려는 노력을 한다. 그림을 보면 마치 내가 폽지카 람사르에서 검은목두루미와 마주하고 있는 것 같은 느낌을 갖게 된다. 나만의 1분 명상휴식법이었다. 나중에 귀국하면서도 그림을 고이고이 모셔왔다. 아직도 나는 검은목두루미를 보지 못했지만 꼭 다시 가서 보리라는 계획도 갖게 되었다. 폽지카 여행이라는 멋진 선물을 준 린첸에게 감사하다. 또 다른 부탄의 매력을 느끼게 된 값진 여행이었다.

빙하호 만나기 - 부탄에어

부탄에 사는 나는 코로나로 사실상 고립 상태였고, 팬데믹 기간 누구나 그랬듯이 어디론가 여행을 갈 수 있는 상황이 아니었다. 많은 이들이 한 번쯤 여행하고 싶은 미지의 나라, 신비로운 부탄에 올 때는 부탄의 이곳저곳을 여행하리라 마음먹고 왔었는데 예기치 못한 상황으로 여행을 아예 할 수 없게 되자 마음이 무척 울적해져 있었다. 나처럼 공항에 있는 비행기들도 아름다운 하늘을 날지 못해 활주로에 그대로 줄지어 서서 우울해하는 것만 같았다. 이런 상황이 계속

되자 부탄에 고립된 나 같은 사람들을 위해, 아마도 여행에 목말라 있는 사람들에게 돌파구를 주기 위해, 또 가끔씩은 비행기 엔진을 켜 주며 움직여야 하는 필요성으로, 부탄에어(Mountain Flight)에서는 출발지와 도착지가 같은 여행상품, 즉 1시간 동안 낮은 비행으로 부탄 상공만 돌고 다시 돌아오는 무착륙 여행 프로그램을 출시했다. 부탄 상공을 저공비행하며 풍경을 보기 위해 비행기 좌석 120석의 창가 자리 좌석에만 약 3분의 1의 승객을 채우고 뜨는 특별한 항공 여행이다. 어쩌면 코로나 시절이 아니면 해보지 못할 특별한 경험이 될 수도 있었다. 평소처럼 국제선 항공사들이 바삐 움직일 때면 좀처럼 해보기 힘든 경험이 될 듯하여 나도 신청했다. 코로나로 고립되었지만 또한 코로나로 인해 이렇게 특별한 여행을 하게 되는 뜻밖의 보상을 받은 느낌이었다.

이 얼마 만에 타보는 비행기인지! 출발지와 도착지가 같은 항공편이었지만 상당히 설레고 기대가 되었다.

2020년 11월 11일, 이날은 부탄 4대 국왕의 탄신일로 부탄의 공휴일이다. 항공사에서는 왕국답게 '왕의 탄신일'이라는 기념일에 맞추어 새로운 관광 프로그램을 출시한 것이었다. 항공사 차원에서 승객들을 위해 4대왕 탄신 기념 케이크 커팅식을 하고 다과 서비스를 제공했다. 파로 공항에서 비행기가 이륙하고 협곡을 날아올라 마치 거인 나라의 병풍처럼 첩첩이 세워진 산들을 아슬아슬하게 피해 넘어갔다.

파로 계곡을 따라 줄지어 있는 집들이 점점 더 작게 보이고 비행기는 동쪽을 향해 산등성이를 따라 저공비행을 하며 천천히 날아갔다. 항공기 기장의 설명을 들으며 창밖으로 펼쳐진 히말라야 기슭을 바라보았다. 우리가 어디를 지나고 있는지, 머릿속에 부탄 전국 지도를 그려보며 이 특별한 항공 여행을 음미했다. 저 멀리 파란 하늘과 높은 산이 맞닿은 지점의 산꼭대기에는 하얀 만년설이 빛나고, 계곡마다 집들이 옹기종기 모여 앉은 작은 마을들을 지나 이번에는 인적이 없는 더 높은 산으로 날아올랐다.

어느 순간, 눈앞에 탁 펼쳐진 장면!

지구상에는 존재하지 않을 것만 같은 신비로운 암벽산이 나지막이 펼쳐져 있었다. 마치 외계의 어느 행성에 온 것처럼 신비한 장면이었다. 그곳에는 하얀 암벽과 커다란 호수들이 놓여 있고 하얗게 눈 덮인 산맥들 사이에 호수들이 제각기 다른 색깔로 빛났다. 에메랄드빛으로 빛나기도 하고 푸른색을 띠거나 은회색으로 빛나기도 했다. 인류의 손이 닿지 않는 태초의 자연이라고 해야 할까. 이것이 말로만 듣던 빙하호 아닐까? 그건 마치 태곳적 지구를 보는 느낌이었다. 평소에는 쉽게 볼 수 있는 장면이 아니기에, 그 순간 이 특별한 항공 여행이 너무나 값지고 감사한 마음이 들었다.

빙하호 이야기가 나왔으니 꼭 이야기하고 싶은 부분이 있다. 부탄도 기후변화에 취약한 국가다. 기후변화는 특히 히말라야 지대에 위치한 이웃나라 네팔, 인도와 함께 공통으로 겪는 문제로, 빙하호 붕괴와 산악 홍수라는 현상이 생겨 기후변화에 큰 타격을 받고 있다.

1990년대 부탄에서는 빙하호가 붕괴되어 사람들이 사는 푸나카 지역 마을을 덮치는 홍수가 발생하는 바람에 피해를 입은 적이 있다. 기후변화에 악영향을 주며 탄소배출을 많이 하는 국가들은 우리나라를 포함한 선진국들이 대다수인데, 가장 눈에 띄는 직접적인 피해는 안타깝게도 저개발국가들이 받고 있다. 해안선 상승으로 수몰 위기에 있는 태평양의 섬나라, 투발루가 그렇고, 부탄의 경우는 탄소중립을 넘어 탄소 마이너스 국가인데도 빙하호가 무너지며 인간의 거주 영역에 위협이 되고 있는 것이다. 기후변화는 지구 전체가 연결된 문제이고 그 속도는 갈수록 빨라지고 있다. 한 나라의 노력만으로는 해결될 수 없다. 여러 나라가 함께 정책을 만들고 세계 시민들이 다 함께 노력해야만 그 속도를 조금이라도 늦출 수 있다.

우리가 이 특별한 항공 여행을 하며 눈으로 설산을 즐기는 동안, 부탄의 한 청년은 오늘도 자전거 하나로 빙하호를 종횡무진하며 빙하 녹은 물을 떠서 전국을 횡단하고 있다. 그는 '클라이맷 온 휠스(Climate-On-Wheels)'라는 자기만의 프로젝트로 대중에게 기후변화의 심각성을 알리고 청소년에게 기후교육을 하는 잠미양 왕축이다. 잠미양은 영화 〈티베트에서의 7년〉에서 어린 달라이 라마 역할로 출연했던 아역 연기자 출신으로, 현재 부탄의 영화배우이자 감독으로 유명하다. 그는 빙하 녹은 물을 사람들이 버린 생수 페트병에 담아 자전거로 부탄 전국을 일주한다. 그러면서 기후 위기에 대해 학생들과 이야기하고 같이 활동하기 위해 학교와 대학에 들러서 교육을 하고 있다. 그는 "우리가 사용한 플라스틱 병은 전 세계를 뒤덮고 있는 플라스틱 오염을 대표하고, 안에 있는 녹은 물은 빠르게 녹고 있는 히말라야 빙하의 상징"이라고 말한다. 언젠가 그는 우리 사무실에도 찾아와 한국에서 자신의 프로젝트를 위해 협력해줄 곳이 있을지 알아봐 달라고 부탁했었다. 당장은 뭔가를 연결해주지 못해 아쉬웠지만, 언젠가 이 청년 영화감독과 무엇인가 함께 협업할 수 있는 날이 오기를 바라고 있다.

내가 만난
부탄 사람 이야기

나의 요가 선생님, 양첸의 이야기

부탄에 오면 요가와 명상을 제대로 배우고 싶었다. 부탄에는 명상도 고요한 산속 절에서 머물며 하는 곳이 있는가 하면, 스님이 시내로 오셔서 정기적으로 명상 지도를 해주시는 곳도 있다. 또, 막대기를 들고 놋쇠 그릇 주위를 돌리며 소리를 내는 싱잉볼(Singing bowl) 명상 프로그램도 있다. 하지만 내 삶은 일과 육아, 사회생활을 병행해야 하는 바쁜 상황이라 좀처럼 마음의 여유가 생기지 않았다. 그래도 운동삼아 요가는 꼭 해야겠다는 마음으로 나와 남편, 휘래 님 이렇게 셋이서 요가 수업을 등록했다.

우리 요가 선생님은 인도에서 수련하고 요가 지도를 시작한 지 얼마 안 된 20대 중반의 부탄 여성으로 자신의 일을 무척이나 사랑하는 열정 많은 선생님이었다. 그녀는 부탄 파로에 막 오픈한 5성급 웰니스 호텔에 요가 담당으로 있다가 코로나19로 호텔이 문을 닫자, 시내에 요가원을 오픈했다. 나와는 스무 살 정도 차이가 나는 어린 요가 선생님이지만, 생각하는 것은 상당히 성숙했다. 또 자신의 일에 대한 진지함과 열정을 갖고 있어 함께 있으면 좋은 에너지를 받게 되는 사람이었다. 요가 선생님을 보며 20대에 자신이 진정 사랑하는 일로 창업을 한다면 그 순수한 열정과 도전력으로 성공하지 않을 수 없겠다는 생각이 들었다. 예상했던 대로 요가원은 문을 연 지 얼마 되지 않아 점점 수강생이 늘기 시작하더니, 1년쯤 지난 지금 요가 선생님은 새벽부터 늦은 저녁까지 쉬지 않고 요가를 가르치고 있다. 나라면 지쳐서 못할 것 같은데 우리의 요가 선생님, 양첸은 항상 웃는 얼굴로 지칠 줄 모르고 너무나 열심히 가르친다. 자신의 일을 즐기지 않는다면 절대 그렇게 할 수 없다. 그녀는 계란도 먹지 않는 완전 채식주의자다. 고기도 안 먹는데 대체 어디서 저런 막강한 힘이 나오는 걸까? 신기한 일이다.

양첸은 길거리 개를 보호하는 동물보호 활동도 하고 있다. 요가원에서 열심히 일해서 번 돈을 길거리 개들을 위해 따로 모으고 있다. 동네의 주인 없는 떠돌이 개들을 치료해주고, 자신은 채식주의자지만 정육점에서 고기와 뼈다귀를 구입해 개밥을 만든다. 추운 겨울이면 길바닥에서 새끼를 낳은 어미 개와 새끼를 보살펴주고, 주변에서 안 입는 겨울옷을 모아 강아지들이 얼어 죽지 않게 덮개를 만들어준

나의 요가 선생님, 양첸은 봉사활동으로 길거리 개들에게 집을 지어주는 일도 하고 있다.
팀푸 시내 곳곳에서 이렇게 귀여운 개집들을 볼 수 있다

다. 그리고 이제는 아예 한 동물보호단체와 함께 길거리 개들에게 집을 지어주는 프로젝트를 진행하고 있다.

부탄의 겨울은 무척 춥다. 밤이면 해가 져서 온도가 급격히 내려가 많은 길거리 개들이 밖에서 추위에 떨며 잠이 든다. 가끔은 집 없는 개들이 들개가 되어 산책하는 사람들을 위협하기도 한다. 양첸은 이 개들에게 집이 있고, 자신을 걱정하고 돌봐주는 사람들이 있다는 것을 안다면 심리적으로 안정이 되어 사람들을 공격하지 않을 거라고 믿고 있다. 개집이 있으니 산책하는 사람들도 그 앞에 먹을 것을 갖다 두기도 한다. 동네 뒷산을 산책하다 보면 알록달록 예쁘게 페인트 칠을 한 양첸의 개집들을 만날 수 있다. 우리 아이도 어느 날 길을 지나다 이 개집을 발견하고는 살포시 개밥을 놓고 왔다.

부탄 생리대 스타트업 – 두 여성 이야기

건강과 지구환경을 위해 면 생리대 사용자가 된 지 10년이 넘어가고 있다. 나는 자궁근종 환자다. 개복 수술로 근종 10개를 적출하는 대수술을 했던 경험이 있다. 내 경우는 자궁 건강을 위해 면 생리대 사용을 시작했다. 면 생리대 덕분에 건강한 아이를 출산할 수 있었다고 굳게 믿고 있다. 게다가 일회용 쓰레기를 덜 배출할 수 있어 지구환경에 조금이나마 기여한다고 생각하니 참 뿌듯해진다.

한 달에 한 번, 생리할 때마다 배출되는 일회용 생리대. 환경이 될 때까지의 사용량을 합산하면 어마어마한 양이 될 것이다. 면 생리대 덕분에 일회용 쓰레기 배출을 안 하고 매번 고가의 일회용 생리대를 사지 않아도 되니 정말 경제적이다. 늘 정신없이 바쁘게 살지만 그 와중에도 면 생리대를 빨고, 삶고, 말리고, 다리미질까지 한다. 면 생리대를 다리미질하는 시간은 '나만의 멈춤' 시간이자 명상의 시간이다. 그 뽀송하게 힐링되는 기분이란! 물론 나도 출장 중이나 여행 중에는 불가피하게 일회용을 사용할 수밖에 없다. 하지만 일 년 중 대부분은 면 생리대를 사용하고 있으니 그나마 지구에게 덜 미안하다.

부탄에서는 대부분의 생필품과 공산품을 전적으로 인도나 태국 등 수입품에 의존하고 있다. 생리대도 거의 인도산 아니면 태국산이 주류를 이룬다. 코로나19 상황에서 국경이 차단되어 생리대는 더욱 구하기 어려워지고, 산간벽지의 여성들은 마켓에 접근이 어려워서 생리대를 쉽게 살 수도 없다. 부탄에서도 빈곤층 학생들은 생리대가 없어서, 또는 심리적인 이유로 생리 중 학교에 '못 가는', 또는 '안 가는' 소녀들이 45퍼센트에 이른다고 한다.

2021년 5월 28일, '월경 위생의 날(Menstrual Hygiene Day)'을 겸해 우리 사무실에서는 부탄 교육부와 함께 시골 지역 여학생들을 위한 생리대 지원사업을 했다. 월경은 부끄러운 것이 아니라는 인식개선 캠페인도 함께했다. 이 과정에서 나는 인상 깊은 두 사람을 만나게 되었다. 부탄 내 생리대 시장은 100퍼센트 수입산만 있는 줄 알았는데 그 틈새에서도 토종 국산 브랜드가 있었다! 부탄에서 제조한 '메이드 인 부탄(Made in Bhutan)' 생리대를 판매하는 스타트업 2곳이 있었던 것이다. 둘 다 젊은 여성 대표라는 공통점이 있었고 창업한 지 2~3년 정도밖에 안 된 신생기업들이었다. 일회용 생리대 제조업체 '체체이 생리대(Chechey Sanitary Pad)'의 페마 대표, 그리고 면 생리대 제조업체인 '자민 프렌즈 포에버(Zamin Firends Forever)'의 카르마 대표를 만났다.

페마 대표는 로컬 생리대 브랜드와 여성 창업의 주제로 강의도 많이 다니고, 제품 홍보와 판촉을 위해 오지 마을도 찾아다니며 수입품 틈새에서 로컬 상품이 살아남을 수 있도록 온 힘을 다해 일하고 있었다. 친구들에게 면 생리대를 사용하라고 적극 권하고는 있지만 사실 세탁하고 말리는 번거로운 과정은 바쁜 이 시대를 살아가면서 쉽지 않은 일이다. 나는 자궁 건강을 지키기 위해 어쩌면 생명과도 관련된 절실하고 중요한 상황을 계기로 면 생리대를 사용하고 있지만, 친구들에게 그저 '무조건 사용하라'고만 하면 귀찮아서 잘 사용하지 않게 되는 것도 충분히 이해가 된다. 편의성을 위해 일회용 생리대를 사용해야 한다면, 이왕이면 탄소발자국을 덜 내는 지역생산 제품을 사용하는 것이 낫다.

오늘도 로컬 제품 생리대를 이고 지고 산간 오지 마을을 다니며 자신의 제품을 소개하는 페마 대표의 열정에 박수를 보내며 응원하고 싶다. 그리고 더 놀랍고 대견한 사실이 있다. 페마 대표는 이제 한발 더 나아가 일회용 생리대의 폐기물 처리에 대한 부분까지 깊은 고민을 하고 있는 것이다. 물건을 생산하고 팔아 돈을 버는 제조업자에 그치는 것이 아니라 환경에 대한 깊은 고민을 하고 있는 진정한 사회적 기업가인 페마 대표. 그녀는 어느 날 나에게 "나는 부탄 국민으로서 쓰레기 문제를 더 이상 간과할 수 없다"고 말했다. 그녀는 자신이 팔고 있는 제품이 부탄 환경에 쓰레기를 더하고 있다는 사실을 무겁게 받아들이고 있었다. 사실 페마 대표가 팔고 있는 생리대는 점유율이 부탄 생리대 시장의 1퍼센트도 되지 않는다. 나머지 99퍼센트는 인도, 태국 등지에서 수입하는 수입 생리대니까 결국 생리대 쓰레기 배출의 대다수는 수입품에 의한 것이다. 아마도 인도나 태국의 제조업자들은 이 제품들이 부탄의 환경에 어떤 영향을 미칠지까지 고민하며 생산하지는 않을 것이다. 페마 대표는 1퍼센트의 점유율을 가지고 있는 부탄 생리대만이라도 사용 후 다시 모아 친환경적으로 소각할 수 있는 소각로 건립을 알아보고 싶어 했다. 그래서 한국의 우수 사례를 알고 싶어 나에게 연락해온 것이다. 한국에서는 종량제 봉투에 가연성 생활 쓰레기를 모아 대규모 폐기시설에서 한꺼번에 처리하므로 생리대만 따로 모아 처리하지는 않는다고 대답해주었다. 그래서 부탄 상황에 맞는 소규모의 적정 기술이 필요할 것 같다고 덧붙였다. 이제 부탄의 일회용 쓰레기 문제 해결을 위한 숙제가 더해져 나도 여기저기 알아볼 것이 많아졌다!

부탄에도 면 생리대 제조업체가 존재한다는 사실을 알려준 정말 반가웠던 카르마 대표. 나처럼 카르마 대표도 면 생리대 사용자이자

면 생리대의 장점과 필요성을 잘 알고 있는 사람이다. 몇 년 전부터 다른 나라의 면 생리대를 모아 수집하여 연구하고, 부탄에서 수급 가능한 재료로 최대한 현지 상황에 맞게 생리대를 개발했다고 한다. 일반 가정집을 개조한 작업실에 가보니 재봉틀로 일일이 수작업하고 있었다. 거의 가내수공업 수준이지만, 교도소 여성 수감자들에게 표준도안을 주면서 생리대 만드는 수작업을 일감으로 주는 사회적 기업이었다.

대표실에는 카르마 대표가 인도의 유기농 면 생리대, 유럽권 면 생리대 등 여러 곳에서 모아온 생리대들이 진열되어 있었다. 나도 대표에게 한국산 면 생리대를 세계 생리대 컬렉션에 추가하라고 선물로 주었다. 카르마 대표는 우리 면 생리대를 보는 순간, 무척 놀라워했다. 일단 그 순면 재질에 너무 놀라워했고, 기능성으로나 디자인으로나 훌륭하다고 연신 감탄했다. 나는 한국의 면 생리대 패키지 구성에 대해 설명하며 팬티라이너부터 소형, 중형, 대형 오버나이트까지 설명해주었다. 또 일체형과 날개형으로 구분하고, 일반 면과 유기농 면으로 구분하는 등 면 재질로도 여러 종류가 있다고 알려주었다.

부탄은 수급 가능한 재료의 한계로 아직 재질이나 기능성 부분이 빈약한 상황이다. 대표도 열악한 상황을 잘 알고 있기에 어떻게든 면 생리대 보급을 잘 해나가기 위해 열심히 일하고 있었다. 우리나라에서도 생리대 빈곤층의 운동화 깔창 이야기를 통해 후원과 생리대 지원을 위한 활동들이 많이 이루어졌다. 나는 생리대 후원에 대해, 이왕이면 재활용이 가능한 면 생리대 후원이 훨씬 더 지속 가능하다고 생

부탄 최초의 면 생리대 스타트업 '자민 프렌즈 포에버'의 카르마 대표 모습

각한다. 내 경우에는 면 생리대 하나를 최대 3년까지 재활용하여 사용했기 때문에 새로 살 필요가 없었다. 개도국의 농촌 지역, 특히 부탄처럼 산간벽지 마을이 많은 지역에서는 생리대 보급이 더욱 어려워, 한 번 쓰고 버려지는 일회용보다는 재활용이 가능한 면 생리대를 더 쉽게 구할 수 있게 보급하는 것이 무척 중요하다고 생각한다. 언젠가 기회가 된다면 카르마 대표와 함께 부탄 시골 마을 빈곤 여성들에게 면 생리대를 보급하기 위해 함께 일하고 싶은 마음이 크다. 페마 대표나 카르마 대표나 각자의 신념으로 각자의 자리에서 최선을 다해 일하는 사람들이다. 정말 멋진 부탄 여성들이 아닌가!

클린 부탄!

매주 토요일 오전 10시면 어김없이 팀푸에서 환경정화 활동을 하는 단체가 있다. 깨끗한 부탄을 위해 활동하는 '클린 부탄(Clean Bhutan)'이다. 이 단체는 부탄의 현 왕비 산하에 있는 단체로 왕비님도 가끔씩 청소하러 나오신다고 한다. 제선 페마(Jetsun Pema) 왕비는 부탄 적십자 총재 역할부터 환경 및 자연보호 등 여러 분야에서 대외활동을 활발히 하고 있다. 클린 부탄은 나날이 늘어가는 부탄의 쓰레기 처리 문제 해결을 위한 고민을 바탕으로 정기적인 환경정화 활동과 환경인식 개선을 위한 활동을 하고 있다.

2020년 '세계 자원봉사자의 날(International Volunteer Day)'을 맞이

하여 우리 사무실은 클린 부탄과 함께 여러 시민들이 모인 가운데 팀 푸생태공원에서 환경정화 활동을 했다. 유아 동반 가족 단위의 시민들이 다 함께 모여 쓰레기 줍기 봉사활동을 하는 날이었다. 제주의 환경단체인 '세이브제주바다(Save Jeju Bada)'의 활동과 유사한 분위기라 제주에 있을 때 글로벌이너피스와 세이브제주바다가 함께 시민들을 모아 해안정화 활동을 했던 기억이 났다. '쓰레기는 버리는 사람 따로 있고, 줍는 사람 따로 있다'는 말이 맞는 것 같다. 줍고 주워도 쓰레기는 또 생겨난다. 세이브제주바다 단체도 정기적으로 모여 정화활동을 하는데 한 번 모일 때 줍는 쓰레기의 양은 그야말로 엄청나다. 우리 아들은 세이브제주바다 정화 활동을 세 번 정도 참여했는데, 아들에게 정말 생생한 환경교육이 되었다. 아이는 쓰레기를 주우러 다니면서 "누가 이렇게 쓰레기를 버리고 다니는 거예요?"라며, 자기는 절대로 쓰레기를 길에 버리지 않겠다고 다짐했다. 나는 아들에게 "이 바다 쓰레기들을 바닷속 돌고래들이 먹게 되면 죽을 수도 있어. 우리는 돌고래를 지키기 위해라도 쓰레기를 잘 주워야 해"라고 알려주기도 했다.

제주도는 거주 인구가 거의 70만 명의 섬인데 관광객이 많이 올 때는 한해 평균 1,000만 명이 넘게 오는 경우도 많다. 이런 사정으로 한정된 지하수와 전기, 초과된 쓰레기 매립과 하수처리 능력 등 섬이 가지고 있는 자원 고갈의 문제뿐만 아니라, 자정 능력의 한계를 넘어서게 되면서 점차 부작용이 생겨나고 있다. 부탄의 전체 인구는 제주도 거주 인구와 비슷한 70여만 명 정도다. 그런 면에서 부탄은 관광

정책에 있어 '하이 밸류, 로 볼륨(High Value, Low Volume)'의 지속 가능한 관광을 추구하는 현명한 나라라고 생각한다.

코로나 상황 중인 지금은 부탄에 생활 쓰레기만 있지만, 부탄 내 환경 전문가들은 점차 증가하는 생활 쓰레기와 폐기물 처리 문제에 대해 많이 우려하고 있다. 부탄에는 우리나라와 같은 분리수거 정책이 없고, 심지어 폐건전지도 아무런 구분 없이 그냥 일반 쓰레기와 함께 버리고 있는 터라 걱정스러운 부분이 많다. 건전지 역시 인도산 수입품인데, 질이 좋지 않아서 몇 번 쓰면 금세 닳아 버려지기 일쑤다. 부탄은 점점 개방되고 있고 대부분 수입에 의존하기에 많은 물품들이 쏟아져 들어오고 있다. 자급자족의 농경사회에서 급격한 도시화를 경험하고 있는 부탄은 이제 하수처리와 같은 도시 계획부터 폐기물 관리에 대한 고민이 막 시작되고 있는 것 같다.

매주 토요일 오전 10시, 클린 부탄의 네둡 체링 대표는 참가자가 있든 없든 혼자서라도 묵묵히 집게를 들고 쓰레기를 주우러 다닌다. 이번 세계자원봉사자의 날처럼 특별한 행사를 겸해 규모 있는 정화 활동을 펼치기도 하고, 대표 혼자서라도 단 한 주도 쉬지 않고 매주 모은 쓰레기를 클린 부탄 공식 페이스북에 올린다. 나도 가끔씩 아들을 데리고 네둡 대표를 따라 쓰레기를 주우러 다닌다.

깨끗한 부탄을 위해! 아들을 위한 살아 있는 환경교육을 위해서!

아들이 놀이 삼아 집게로 쓰레기를 주우면서 "쓰레기를 줍자~, 쓰레기를 줍자~" 하고 자작곡 노래를 흥얼거리며 돌아다니면, 네둡 대

숲속 환경정화 봉사활동을 하는
'클린 부탄'의 네둡 체링 대표와 우리 집 어린이

표도 덩달아 즐거워한다.

쓰레기는 버리는 사람이 없으면 쓰레기 줍는 사람이 없어도 되는데, 그건 어느 나라나 똑같은 것 같다. '버리는 사람 따로, 줍는 사람 따로'라는 질량보존의 법칙!

어느 날, 클린 부탄 사무실을 방문했다. 사무실 한쪽 작업실에 폐우유팩들이 잔뜩 쌓여 있었다. 사람들이 다 마신 우유팩을 가져오면 그것을 씻고, 말리고, 가공하여 가방이나 인테리어 소품 등으로 만드는 업사이클(Up-cycle) 작업이 한창이었다. 네둡 대표님이 그중에서 우유팩으로 만든 멋진 장바구니를 골라 나에게 선물로 주셨다. 순간, 순천에서 공정무역 및 로컬 굿즈(goods) 편집숍 '유익한 상점'을 운영하는 양진아 대표가 떠올랐다. 그녀는 국제보건 활동을 전문으로 하는 개발협력 NGO 메디피스 팀장부터 한국공정무역연합회 근무 경험까지 걸어온 행보가 남다른, 한마디로 개발협력과 공정무역 분야를 두루 아우르는 전문가다. 그녀는 이제 고향 순천에서 지방 기반의 로컬 크리에이터 문화를 선도하며, 지역의 우유팩을 모아 휴지 만드는 회사에 보내는 '밀크로드' 업사이클링 프로젝트까지 하고 있다. 네둡 대표님께도 한국에서 우유팩을 모으는 내 친구가 있는데 꼭 소개해드리고 싶다고 했다.

'언젠가 두 사람이 만나게 되면 얼마나 재미있을까' 하는 상상을 해봤다. 부탄과 한국을 넘나들며 우유갑 하나로 하루 종일 대화를 나눌 수 있는 사람들, 나는 이들을 사랑한다.

넘쳐나는 쓰레기로 신음하는 지구.

△ 팀푸 시내에 새로 생긴 소품 가게
에 등장한 K-pop 굿즈 코너

▷ 부탄에서 만나고 놀랐던 '처음처
럼' 마스크팩. 정가 29눌트럼. 우리나
라 돈으로 500원이다

지금 이 시간에도 조금이라도 지구환경을 지키는 데 도움이 되기 위해 여러 가지 아이디어로 업사이클링을 하며 쓰레기 배출을 줄이려고 노력하는 세계시민들이 있다.

히말라야 산속 마을에 부는 한류열풍

부탄에서 택시를 타면, 기사님들이 어느 나라 사람이냐고 묻곤 한다. 부탄에 일본 사람들이 꽤 많이 살기 때문에 처음에는 일본 사람이냐고 묻는다. "아니요, 한국 사람이에요" 하면 갑자기 너무나 반가워한다. 부탄에 한국 교민들이 거의 없기도 하고, 코로나19로 관광객도 없기 때문에 부탄에 사는 한국 사람인 나를 신기하게 쳐다보며 뭐 하는 사람이냐고 묻기 시작하고, 이후 스토리는 '딸이 BTS를 좋아하고 매일 한국 드라마를 본다'를 거쳐 결론은 '부탄 사람들은 한국 문화를 너무 좋아한다'로 끝난다. 다음 날 또 택시를 타면 이번엔 '딸이 블랙핑크 팬이고, 아내는 매일 한국 드라마를 본다'를 거쳐 역시나 '부탄 사람들은 한국 문화를 너무 좋아한다'로 끝이 난다. 며칠 뒤에 또 택시를 타면 이제 나는 자판기처럼 이미 정해진 질문에 대답하고 있고, 다음에 무슨 말이 나올지 환히 꿰뚫을 정도다. 어떤 날은 좀 더 대화가 깊어지면 남북관계에 대한 이야기도 나온다. 우리가 부탄에 대해 아는 것보다 부탄 사람들이 우리나라에 대해 더 잘 아는 게 참 신기하고도 감사하다.

오래전에 몽골 출장을 갔을 때도 '한국 드라마 〈대장금〉이 방영될 때면 사람들이 서둘러 귀가한다'는 농담을 들은 적이 있다. 해외 여러 지역을 다니면서 정말로 한류열풍을 체감한 적이 많다. 하지만 부탄은 왠지 히말라야에 숨겨진 은둔의 나라라서 우리나라에 대해서는 잘 모를 거라고 생각했었다. 부탄은 1990년대까지도 텔레비전이 없던 나라다. 1990년대에 청소년기를 보낸 우리 사무실 현지 직원 동료는 "그땐 텔레비전이 없어서, 겨울방학이면 시골에 내려가 사촌들과 함께 부카리 앞에 모여 앉아 돌아가며 옛날이야기 하나씩을 이야기하고 놀았어요"라고 한다.

　그런데 부탄은 2000년대가 지나 텔레비전은 물론이고 중간 단계를 뛰어넘어 곧바로 인터넷 시대를 열었다. 2022년 현재 부탄은 넷플릭스 가입국가로, 한국 드라마를 실시간 시청하고 있다. 예전에는 한국에서 오래전에 방영된 드라마가 뒤늦게 해외에서 방영되는 시스템이었다면 지금은 넷플릭스를 통해 바로 어제 한국에 방영된 드라마가 오늘의 대화 주제가 된다. 우리는 매일 부탄 사람들과 "너, 어제 〈빈센조〉 봤니? 그 장면 너무 재미있지 않아?" 하면서 이야기꽃을 피운다. 〈오징어 게임〉이 넷플릭스를 통해 전 세계를 강타하던 날, 부탄 사람들도 나에게 〈오징어 게임〉을 봤느냐며 말을 건넸다. 부탄 사람들은 얼굴 생김새도 한국 사람과 너무 비슷하여, 가끔은 평행세계에 와 있는 느낌이 들기도 한다. 간혹 내 한국 친구들과 너무 비슷하게 생긴 부탄 사람들도 있어서 그 친구와 마주앉아 대화하는 기분이 들 때도 있다. 내가 키라를 입으면 부탄 사람처럼 보이고, 부탄 친구가 한복을 입으면 그 친구가 뭔가 말을 하기 전까지는 영락없이 한국 사람으로 보인다.

부탄의 겨울은 너무 춥다. 그래서 집마다 전기난로가 필수품인데 시내 곳곳에는 일명 '코리안 히터'라 불리는 신일 전기난로가 즐비하다. 또 내가 부탄에서 살고 있는 최근 2년 사이에 한국 화장품 가게가 급속도로 늘어나고 있다. 특히 요즘엔 불닭볶음면의 인기가 사그라들 줄 모른다. 누가 더 맵게 먹을 수 있는지 내기를 하는 청소년들도 있다. 2019년에 처음 부탄에 왔을 때도 한국 라면과 소주는 시내 어느 가게에서나 살 수 있을 만큼 일상용품이 되어 있었다. 지금은 큰 마트에 캔 김치부터 즉석죽, 김밥 김, 도시락 김, 고등어 통조림까지 들어오고 있다. 한식을 좋아하는 현지인들은 한국 배추를 구할 수가 없어 양배추로 직접 김치를 만들어 반찬으로 판다. 어느 날에는 현지 청년들이 오픈했다는 한국 식당에 가서 식사를 한 적이 있다. 한국 사람이 손님으로 왔다고 하니 주방장이 뛰어 나와 반겨주며 음식 맛이 어떤지 솔직한 평가와 조언을 해달라고 요청했다. 한국에 한 번도 가본 적이 없고, 한식 요리과정을 정식으로 배워본 적도 없다는 것이다. 오로지 인터넷 유튜브에 나온 한식 요리 동영상을 보고 따라 하다 한식당을 차린 것이다. 이렇게 'K-푸드(Food)'에 대한 부탄 사람들의 관심과 인기가 높다는 것을 매일 실감한다. K-팝(K-Pop), K-드라마(K-Drama), K-뷰티(K-Beauty), K-푸드(K-Food) 등 한류 문화의 바람이 2022년 부탄에서도 강하게 불고 있다.

길고 긴 봉쇄를 해제하기 전에 팀푸의 전 가정을 대상으로 코로나19 전수 검사를 실시한 적이 있다. 구역별 모든 가정마다 의무적으로 한 사람씩 코로나19 검사를 받아야만 했다. 긴 줄을 서서 기다리다 내 차례가 되었을 때 진단키트를 보니 한국산이었다. 얼마나 반갑고 신뢰가 가던지! 부탄 정부는 한국산 진단키트가 정확도가 높고 우수한 데다 가성비도 좋고 신뢰할 수 있어 계속 한국산 진단키트를 구매하고 있다고 한다. 이 또한 얼마나 감사한 일인지! 덕분에 나는 이 멀고 먼 히말라야 산속에 살면서도 한국산 진단키트로 검사받을 수 있는 행운을 누렸다.

부탄에서도 부유층 여성들은 주로 유럽이나 미국에서 수입한 화장품을 쓰고 있었는데, 한국 화장품을 쓰는 순간 질이 너무 좋아 점차 한국 화장품으로 바꾸고 있다고 한다. 한류 이미지 덕분이기도 하지만 워낙 화장품의 품질 자체가 좋은 데다 서양인의 피부 타입과는 다르게 우리와 피부 톤이 비슷한 공통점으로 더욱 한국 제품에 환호하고 있다.

데쑹 봉사활동을 하고 있는 현지 친구가 있다. 20대 중반의 그녀는 집안 형편도 넉넉지 않고 코로나19로 일자리가 없어 소득도 별로 없는데, 굳이 한국 화장품을 사겠다며 나에게 추천해달라고 했다. 여기 물가에 비해 한국 화장품은 너무 비싸고 그 친구 형편도 잘 알기 때문에, 저렴하게 구할 수 있는 인도산 유기농 천연화장품을 추천해주었다. 그런데 싫단다. 꼭 한국 화장품을 써보고 싶다는 것이다. 한국

'월경 위생의 날 인식 증진 캠페인'을 위해 제작된
'레드 닷 부탄(Red Dot Bhutan)' 마스크를 쓰고 기념사진 한 컷! 맨 오른쪽이 나

화장품을 사려고 벌써 돈도 모으고 있었다고 했다. 가난한 사람이든 부자든 누구나 아름다워지고 싶어 하는 여자의 마음은 같다! 마음이 짠하기도 하여 내가 갖고 있는 아직 뜯지 않은 새 화장품을 그녀에게 선물로 주었다. 그러면서 '한국 화장품 제조업체가 부탄에 와서 서민들을 위한 현지형 화장품을 만들어주면 얼마나 좋을까' 하는 생각도 들었다.

현지에서 수요가 늘고 있기에 부탄 여성들은 한국식 뷰티산업을 배우고 싶어 하고, 미용실, 네일케어, 피부관리숍 등을 창업하고 싶어 하는 사람들이 많다. 하지만 좀처럼 한국의 기술을 배울 기회가 없어 우리 사무실에도 많이 찾아온다. 그들은 평소에는 전통복을 입지만 주말에는 캐주얼로 입는데 옷차림도 상당히 한국의 패션을 따르고 싶어 한다. 한국 뷰티와 의류 디자인 관련으로도 봉사단원의 요청이 종종 들어오고 있다.

부탄을 향한 한국의 손길

부탄 국왕은 '문화는 국가의 정체성을 지키는 중요한 힘'이라고 믿고 있다. 따라서 문화진흥의 일환으로 영화산업 발전에도 큰 관심을 갖고 있다. 부탄은 한국의 영화산업을 배우고 싶어 한다. 그래서 부탄 정부는 코이카에 요청하여 2015년부터 부탄 영화 산업계 연수생들을 한국으로 초청해서 부탄 영화산업 역량강화를 위한 연수사업을 실시해오고 있다. 작년과 올해는 코로나19로 연수생이 한국으로 가지 못하고 강사가 부탄으로 올 수도 없는 상황이었지만, 실시간 화상 원격교육으로 연수를 실시했다. 나는 이 연수사업을 진행하면서 어깨 너머로 강의를 들었는데 역시 한국의 영화산업은 어느 날 반짝 발전한 것이 아니었다. 오랜 시간 많은 내공과 기술력이 쌓여온 것이었고, 시대의 흐름과 관객의 트렌드를 읽을 줄 아는 능력을 동시에 지니고 있었다. 우리나라의 영화산업 역사에는 문외한이지만 영화산업은 하나의 영화를 위해 시나리오, 영상, 미술, 음악, 감독, 배우 등 다양한 역할이 모여 만들어진 종합예술인 것은 확실하다.

부탄 국왕은 부탄 영화산업 발전을 위해 자신의 토지를 출자해서 부탄 최초의 국립영화 스튜디오 설립을 추진해 공사가 한창 진행 중이다. 최근 우리나라에서도 상영되어 호평을 받은 〈교실 안의 야크〉라는 부탄 영화가 있다. 부탄 최초로 제94회 아카데미 시상식 국제장편영화상 공식 후보에 오르기도 했다. 이 영화에서도 웅장하고 아름다운 부탄의 자연이 많은 이들의 감탄을 자아내게 했다. 부탄에는 영화 촬영지가 될 만한 곳도 많고, 그 밖에도 가치 있는 문화자원들을 영화화할 소재가 많다고 한다. 그런데 소위 '포스트 프로덕션(Post Production)'이라고 하는 영화 후편집 작업이 문제다. 기기와 기술 부족으로 자국 내에서 편집·가공할 능력이 없다고 한다. 해외로 외주를 보내 후편집을 하고 와야 하는 이 구조는 비용 유출이 크기도 하지만, 무엇보다 자력으로 후편집을 할 줄 알아야 진정한 영화산업의 성장을 이룰 수 있다는 우려를 낳게 한다. 부탄은 이 부분에 대해 다른 어느 나라보다 꼭 한국으로부터 배우고 싶어 한다.

소프트파워로서 영상과 미디어 산업 외에도 부탄이 한국에서 배우고 싶어 하는 것은 하드웨어를 세우는 건설 분야도 포함된다. 코로나19 이전에 부탄 건설업계 노동시장은 대부분 인도 노동자들로 채워졌었다. 그런데 코로나19로 인도인들이 떠나고 국경봉쇄로 인도인 노동자가 사라지면서 부탄인들이 직접 건설 분야에서 일해야 하는 상황이 벌어졌다. 그리고 곧 이들의 현장 기술 부족이 문제가 되었다. 부탄 정부는 경제비상계획을 세우고 건설 분야 재건을 위한 '빌드 부탄 프로젝트(Build Bhutan Project)'라는 국가적 프로젝트를 시작했다. 자국 청년들이 건설기술을 배워 직접 건설현장에 뛰어들 수 있도록 하는 것이 요지로 정부는 이들에게 더 우수한 기술을 전수하기 위해 해외 전문가들을 초청했다.

이 프로젝트에는 한국에서도 교수님들이 자원하여 와서 용접, 건축, 전기 등 건설 분야 교육을 하고 있다. 코로나19 시대에 한국-부탄 간 항공이 차단되어 정기 항공편도 없는데 전세기 일정에 맞춰 도착하여, 3주라는 긴 시설격리를 견디고 부탄 곳곳의 기술학교에서 현지 강사와 청년들에게 기술교육을 해주었다. 이 어려운 시국에 거의 봉사활동으로 오신 우리 교수님들은 해외파견 경험이 많은 분들이라 현지 적응력이 뛰어나고, 한국인 특유의 근면 성실함과 성과 있는 활동으로 현지에서 큰 호응과 감사 인사를 받았다. 게다가 상당히 긍정적이고 유쾌한 분들이었고 현지 재료로 맛있는 한식 요리를 뚝딱뚝

딱 만들어내 '부탄의 백종원 선생님들'이라는 별명을 지어드리기도 했다. 양첸을 보며 느낀 것처럼, 이분들을 보며 '좋아하는 일을 즐기면서 살면 이렇게 은퇴해서도 많은 이들에게 환영받고, 자신의 재능을 나눠 타인에게 도움 주는 삶을 살 수 있구나' 하는 깨달음을 얻었다. 60대에도 일에 대한 열정과 긍정 에너지를 뿜어내는 그들을 보며 '과연 나의 60대는 어떤 모습으로, 어떤 에너지를 쏟아내며, 무엇을 하고 있을까' 하는 생각을 해보게 된다.

사무실 문을 닫으며

어느 날 본부에서 청천벽력과도 같은 소식이 날아왔다. 본부로부터 코로나19로 인한 전 세계 코이카 봉사단 사무실의 운영 중단 지시가 내려온 것이다. 전 세계에는 코이카 해외사무소 40여 곳, 그리고 우리 사무실처럼 봉사단 프로그램만 전담하는 작은 프로그램형 사무실 5곳이 있었다. 그 누구도 예측하지 못했던 코로나19가 장기전으로 가면서 봉사단 파견이 중단되고, 다른 나라 4곳의 사무실은 이미 철수한 상태였다. 세계에서 오직 우리 사무실만 남아 있었던 것이다. 마지막까지 남은 우리도 결국 실질적인 철수를 해야만 했다. 이제 막 봉사단 파견기관 발굴과 여러 사업 발굴을 하면서 파트너십을 확장하고 있었고, 동시에 연수사업과 프로젝트 발굴 등 활발한 활동을 하고 있던 상황이었다. 하지만 우리 사무실의 핵심 프로그램인 봉사단 프로그램이 중지된 이상 사무실 존속은 어려운 상황이었다. 이러한 사실을 받아들이고 나자, 그동안 애써 공들여 온 모든 것이 와르르 무너지는 느낌이었다. 현지 기관에서 코이카 봉사단 파견을 요청하면 우리는 비포장의 산 고갯길을 달려 현장방문 수요조사, 생활환경 조사·보고, 안전상황 체크 등으로 분주했다. 그래서 봉사단들이 올 날만 손꼽아 기다리고 있던 중이었다.

부탄인의 태권도 사랑은 대단하다. 한류열풍과는 별개로 부탄에서는 오래전부터 태권도를 인성교육과 체력단련을 겸비한 스포츠라고 여겨왔다. 부탄태권도연맹도 태권도를 전국적으로 보급하기 위해 활발한 활동을 해왔다. 부탄 파로 교육대학(Paro Education Colleage) 소속의 한 교수님은 태권도 연구자로 '태권도는 무술을 넘어선 과학'이라고 주장한다. 태권도는 인체 과학적으로 우수하고 훌륭한 운동이고, 특히 한국인과 부탄인은 인종적으로 비슷한 특성이 있어 부탄인에게 가장 잘 맞는 스포츠라는 것이다. 그래서 공립학교 정규 체육교육 과정에 태권도를 포함시키고, 전국 지역구별로 태권도 클럽이 있을 정도로 그 인기가 엄청나다. 현지에는 유도와 가라데도 가르치는 곳이 있지만, 부탄 부모들은 아이들에게 태권도를 배우게 하고 싶어 하는 열망이 강하다. 그런데 부탄에는 한국인 태권도 코치가 단 한 명도 없다. 이런 사정으로 부탄태권도연맹에서는 코이카 봉사단원들에게 지역구별로 태권도 단원을 많이 요청해왔다.

부탄에는 예술대학이 없기 때문에 음악교육 상황도 열악한 실정이다. 부탄 전체에 피아노 전공자가 0명일 정도다. 피아노는 어떻게 구해올 수 있지만, 피아노를 정식으로 가르칠 사람이 없는 것이다. 그래서 부탄 정부는 우리 사무실에 코이카 봉사단으로 음악교육 전공자를 보내 달라는 요청을 하기도 했다. 국공립학교에서 음악·미술의 교육과정은 존재하나 불행히도 이것을 가르칠 교사가 없다. 기술학교에서는 건설 용접 분야부터 봉제, 미용 분야까지, 관광청에서는 요리·제빵 교육과 관광개발 분야, 농림부에서는 녹차재배와 버섯재배 분야 등 여러 곳에서 다양한 수요 요청이 있어 봉사단 모집 요청을 올려놨는데, 결국 코로나19가 모든 것을 멈추게 했다.

부탄인의 많은 관심과 한국 사랑의 열풍 속에서 문을 열었던 우리 사무실은 그렇게 2년 만에 문을 닫게 되었다. 개인이 바꿀 수 있는 것은 없고, 코이카 본부도 어쩔 수 없는 상황 속에서 불가피한 결정임을 모두 이해하고 있는 상황이었지만, 속상하고 마음이 아픈 것은 어쩔 수 없었다. 가장 미안한 사람은 나와 함께 열심히 일해 주었는데 퇴사하게 된 현지 직원, 체링이다. 그리고 우리 사무실이 초기 기반을 잘 닦을 수 있도록 도와준 현지 정부와 사업 파트너들에게도 미안함과 감사한 마음이 교차했다. 부탄에 있는 모든 개발협력기구들은 부탄 유엔하우스(UN House)에 모여 두 달에 한 번씩 정기회의를 한다. 각 기관별로 현지에서 하는 활동과 업데이트를 공유하고 의견도 교환하는 회의로 부탄 주재 유엔기구들, 세계은행, 아시아개발은행, 일본 자이카, 오스트리아 개발기구 등 여러 기관이 참석한다. 전 세계적으로도 개발협력계에서 코이카의 위상이 높아져 있기 때문에 우리 사무실은 비록 한 명(나)이 파견되어 일하는 작은 사무실일지라도, 여러 기구에서 관심도 많이 받았고 존재감 있게 활동했다.

UNDP는 코이카가 젠더 분야에서도 세계적으로 많은 활동을 하는 것을 알기에, 먼저 우리 사무실에 연락을 해왔다. 부탄 장애인 여성들을 위한 경제역량 강화 활동을 위해 사업을 함께 해보자는 제안이었다. 그렇게 해서 KOICA-UNDP-부탄장애인기구(Disabled Peoples' Organization, DPO)가 함께 공동으로 장애인 창업지원 활동을 하기도 했다. 또한 코이카의 다자협력사업(국제기구협력)으로 유엔세계식량계획(WFP) 부탄 사무소가 부탄의 열악한 학교 급식의 영양 개선을 위한 식량 사업을 추진하고 있다.

UNDP와 함께한 부탄 장애인 창업지원 활동 중에 제빵·제과를 배워 베이커리 창업을 준비하는 장애인 그룹에서 'K-푸드'의 인기로 한식 요리도 꼭 배우고 싶다는 요청이 왔다. 그래서 부탄에 최초로 파견되었다가 코로나19로 귀국한 요리교육 단원 두 분을 초빙하여 원격으로 실시간 화상 요리교실을 진행했다. 코로나19 때문에 활동을 접게 되어 아쉬움을 가득 안고 부탄을 떠났던 두 분이 화상으로나마 다시 돌아오면서 행복한 얼굴을 하고 열정이 가득한 요리 강연을 하는 것을 보며 얼마나 마음이 뿌듯했는지!

부탄에서 어떤 식재료가 나오고, 현지인들이 무엇을 좋아하는지 잘 아는 그들은 메뉴 선정부터 준비해야 할 재료 목록까지 척척 잘 준비해 왔다. 오랜만에 영어로 말하려니 어려울 것 같다고 걱정하면서도 막상 시작하니 할 말 다 하면서 설명도 조곤조곤 잘했다. 그렇게 비빔밥도 만들고 채소전도 만드는 즐거운 쿠킹 클래스였다.

이런 활동은 코이카 봉사단원들의 저력을 잘 보여준다. 현지를 알고, 현지 문화를 알고, 현지인의 마음을 안다! 코로나19로 인해 활동을 끝마치지 못하고 한국으로 돌아간 이 두 분은 원격으로나마 이렇게 현지인들이 그토록 원하는 한식 요리를 가르쳐줄 수 있게 되어 부탄을 떠날 때 느꼈던 아쉬움이 조금은 해소된 것 같았다.

현지 교민들은 부탄에 한국공관이 없어 우리 사무실이 있는 것만으로도 뭔가 든든하고 큰 의지가 되었는데, 이렇게 갑작스레 문을 닫게 되었다며 마냥 아쉬워했다. 일단 문을 닫고 한국으로 돌아가야 하지만 마냥 슬퍼하지만은 않을 것이다. 나는 이미 다시 부탄에 돌아올 계획을 세우고 있다. 이제는 코이카 소속 신분으로서가 아닌 내가 제주에서 하던 시민사회단체, 글로벌이너피스의 활동을 부탄과 연결하여 한국과 부탄 사이의 끈을 계속 이어나가려 한다.

현지 정부에서는 각 부처별로 직원들이 모여 나를 위한 환송회를 마련해주었다. 이렇게 사무실이 철수하는 마당에 미안한 마음이 더 커서 "나는 다시 돌아올 거니까 환송회를 하지 않으셔도 돼요!"라고 해도 그들은 내 코이카 소속 임기는 끝나는 것이니, 그래도 환송회는 공식적으로 해주고 싶다는 뜻을 전해왔다. 그러면서 다시 돌아오기로 한 결정에 대해 모든 분들이 감사해 하고 부탄을 계속하여 지지해주는 것에 대해 연신 고맙다고 말씀해주셨다. 이제는 공공의 영역이 아닌 민간의 영역에서 한국이, 또는 '세계평화의 섬' 제주가 부탄을 위해 기여할 수 있는 일을 찾을 것이다. 영화·미디어산업, 동물보호, 자연보호, 생태관광개발, 유기농, 태권도, K-뷰티까지 함께할 수 있는 분야는 무궁무진하다.

그리고 우리가 부탄으로부터 배워야 할 것들을 다시 한국에 알려주는 한국-부탄 간 가교 역할을 해내고 싶다. 지난 2년을 되돌아보니 사무실을 세팅하고, 사업을 벌이고, 멀티로 일하고, 다시 사무실을 접는 과정을 거치며 내 자신을 돌아보거나 돌아볼 마음의 여유가 없었다. 다음에 다시 부탄에 오면(책이 출간된 지금, 가족들과 함께 다시 부탄에 정착했다-편집자주) 요가도 더 열심히 하고 명상도 하러 다니고, 산속 트레킹과 캠핑도 하면서 아들과도 더 시간을 보내며 '지금 이 순간'을 즐기는 행복을 누리고 싶다.

행복의 나라에 와서는 행복하게 지내야지!

은경

△◁ 아들이 가장 좋아하고 따르는 부탄 형아 싱게와 함께
△▷ 학교에서 종카어 블록을 갖고 놀고 있는 아들의 모습
◁ 아들의 절친인 롱릭과 케두룩 형제, 주말마다 같이 만나서 놀러다니느라 바쁘다
▽ 부탄 친구들과 함께

©영화

△ 물안개가 피어오르는 강가의 푸나카 종
▽◁ 바람을 타고 하늘로 펄럭이는 기도문
▽▷ 도출라 굴에서 명상하고 있는 남편의 모습

2부
연지, 부탄에 삽니다

어느 존재에게도 가치를 매기지 않는 곳
모든 존재들이 동등하게 소중히 여겨지는 곳
존재 그 자체로 빛이 나는 곳

당신이 내려다보고 있는 이곳
내 존재의 의미를 매일 물어보게 하는 이곳
삶이라는 여행을 하기 좋은 이곳
이곳은 부탄

배낭여행으로
쏘아 올린 대학생활,
그곳에서 만난 사람

인연의 시작, 인도

아, 인도도 영어를 쓰는구나!

고등학교 때부터 단짝이던 민숙이와 나는 '어학연수'라는 명분으로 배낭여행을 가기 위해 재미난 나라들을 물색했다. 그러다 남인도는 거의 모든 사람들이 영어로 소통한다는 사실을 알게 되었다.

마음속에 항상 '신비의 나라'로만 간직하고 있었던 그곳, 하지만 용기가 나지 않아 가길 망설였던 곳인데……. 그래, 인도로 가자!

그렇게 2005년 가을, 벵갈루루(Bengaluru)에 도착했다.

내가 다닌 영어학원은 학생의 90퍼센트 이상이 중동에서 온 학생들, 특히 이란에서 온 학생들이 많았다. 중동권 학생들은 비자 관련 문제 등으로 인해 종교 활동이 비교적 자유로운 인도로 많이들 공부하러 온다. 그때 내가 만난 이란 학생들은 나이가 어린데도 굉장히 예의 바르고 신사적이었다.

우리 영어 선생님, 샨티는 한국에 대한 궁금증이 너무나도 많았다. 수업 시간의 3분의 1 정도는 자신의 궁금증을 채우기 위한 시간이었는데, 그 분야도 굉장히 다양했다. "어떻게 어린 나이에 여자들끼리 해외에, 그것도 인도에 와서 공부할 생각을 했니?", "한국 사람들은 주식으로 무엇을 먹고, 어떤 비누를 사용해서 씻니?"와 같은 개인적인 질문부터(보수적인 인도 사회에서는 우리가 대담해 보이기도 했을 것이다) 연애도 안 해본 우리한테 한국의 결혼 문화, 며느리와 시부모님과의 사이를 물어보기도 했다.

한국에서 인도로 올 때 3개월을 계획하고 왔기에, 영어 공부 2개월 차가 끝나갈 때쯤 한 달 예정의 인도 배낭여행을 준비했다.

우리의 일정은 '벵갈루루-델리-마닐라-맥그로드 간즈' 다시 '델리-아그라-바라나시-네팔'이었지만 영어 선생님이었던 애니의 결혼식에 참석하겠다고 약속을 한 터라 먼저 콜카타로 향했다.

하우라 역에 도착한 후, 길을 모르니 일단 애니가 준 주소만 들고 바로 택시를 탔다. 그런데 한 가지 우리가 간과한 것이 있었다. 이 넓은 땅에서 도대체 애니의 집은 어느 정도의 거리인지, 택시비가 어느 정도 나오는지, 아무런 정보도 물어보지 않고 와버린 것이다.

잘 기억나진 않지만 결과적으로 기차역에서 약 3시간 정도 걸린 것 같다. 결혼 준비에 바쁜 애니 대신 애니 아버지께서 우릴 기다리고 계셨는데, 도로에 한 시간 정도 서 계셨다는 것이다. 죄송한 마음과 함께 '전 세계 부모님 마음은 다 같구나'라는 생각이 들었다.

화려하고 재미있는 인도 전통 결혼식에 참석한 뒤 아그라, 델리, 달라이 라마가 계신 맥그로드 간즈를 여행한 후, 네팔로 향했다. 버스로 델리에서 네팔의 카트만두까지 가는 길은 그간 겪어본 고생 중 단연 최고봉이었다.

3박 4일간의 버스여행이었는데 열심히 달리던 버스는 밤 9시만 되면 어디든 무조건 멈춰 섰다. 당시 네팔 내부는 반정부주의자들(마오이스트)의 위협으로 정세가 불안한 상태였다. 이로 인해, 오후 9시가 넘어가면 이동 금지령이 내렸기에 버스에서 밤을 꼴딱 새워야만 했다. 왜 이런 정보는 미리 알지 못했던 건지……. 지금 생각해보면 위험천만한 여행길이었지만, 뒷사람의 꼬릿꼬릿한 발냄새로 인해 잠 못 이룬 정도가 당시의 유일한 고뇌였던 것에 다시 한번 하늘에 감사드린다.

카트만두에서는 약 3주간 머물렀다. 3주 동안 매일 아침 '수와얌부나트'라고 불리는 원숭이들로 가득한 사원에 갔다. 매일 가려고 계획했던 건 아니었는데, 처음 이곳에 다녀온 이후 뭔지 모를 이끌림에 민숙이와 나는 매일 아침 7시쯤엔 그곳에 앉아 있었다.

사원 내에는 티베트 이주민들이 모여 전통품 등 다양한 물품을 파는 가게들이 있었다. 처음 방문했던 날, 잠시 쉬어가기 위해 상점들 사이의 벤치에 앉아 있는데 "옴마니반메훔, 옴마니반메훔"이라는 아름다운 선율의 경전 노래가 반복해서 흘러나왔다. 다른 가사가 있는 것도 아니었다. 경전의 짧은 노래가 이렇게 마음에 와닿을 수 있다니! 차갑지만 상쾌한 바람, 많은 사람들이 오가지만 시끄럽지 않은 이곳에서 노래의 이끌림에 따라 우리는 거의 한 달을 매일 한 시간씩 그렇게 앉아 있었다. 하는 일 없이 그렇게 시간을 보냈지만 설명할 수 없는 무엇인가로 채워지는 하루하루를 보내고 난 뒤, 계획했던 3개월을 훨씬 넘긴 5개월 후에야 다시 한국으로 돌아왔다.

나는 그때까지 내가 아주 소극적이고 변화를 두려워하는 사람인 줄로만 생각했고, 계속 그렇게 믿고 있었다. 그래서 공부는 잘 못했지만 최대한 부모님께, 다른 사람들에게 걱정 끼치지 않고 있는 듯 없는 듯한 사람으로 살아가고 있었다. 그런데 이번 여행으로 나는 뭔가 변화되어 있었다. 마음 가는 대로 일정을 변경했고 마음이 끌리는 만큼 머물렀다. 이러한 마음의 변화에 귀 기울이는 것이 내 인생에 참 중요하다는 것을 알게 되었다. 변화라는 것이 또 다른 안정을 찾는 기회인 것도, 즉흥적으로 다른 길을 선택하는 것이 막연한 두려움만이 아닌 가슴 설레는 일임을 처음으로 느낄 수 있었다.

복학을 앞둔 어느 날, 스스로 드는 의문이 있었다. 내가 원하는 공부를 하러 대학을 다니는 것인지, 아니면 졸업장을 받기 위한 시간 때움인 건지……. 문득 회의감이 들었다.

인도의 매력에 흠뻑 빠져 있던 나는 별다른 고민 없이 인도에서 더 살아야겠다고 결론 내렸다. 다시 인도로 갈 명분은 공부밖에 없었다. 그래서 한국의 학교는 자퇴하고 인도 대학에 가기 위해 준비했다. 2006년, 때마침 군복무를 마치고 제대한 오빠가 자기도 인도에서 공부해보고 싶다는 것이다. 그렇게 오빠와 함께한 인도행이었기에 혼자라는 큰 두려움이나 걱정 없이 초기 정착을 잘할 수 있었다. 인도에서의 대학생활은 하루하루가 재미있었다. 많이 부족한 영어 실력은 미처 깨닫지 못하고 예전부터 공부해보고 싶었던 심리학을 전공으로 했다. 첫 과제를 받았을 때 제대로 된 영어 한 문장도 잘 못 써서 '아! 나는 정말 대책 없이 왔구나' 하고 걱정해야 했다. 하지만 이때 이미 내 나이 23살, '여기까지 와서 시험 통과도 못 하고 졸업장도 없이 돌아갈 수는 없어!'라고 독하게 마음먹었다. 일단 이해가 되든 말든 문장을 통째로 외워버리기 시작했다.

다행히 학과 교육과정이 한국의 심리학과 교육과정과 거의 같아 한국 심리학과 교과서를 함께 공부할 수 있어서 이해가 훨씬 수월했다. 오랜만에 쌓이는 스트레스에 머리카락은 우수수 빠져갔지만 알면 알수록 재미난 분야의 공부였다.

새 학기 한 달이 지날 때쯤 새로운 학생이 왔다. 이 학생은 머리를 길게 늘어뜨리고 항상 맨 뒤에 앉아서 있는 듯 없는 듯했다.

얼굴은 한국 사람이랑 참 비슷하게 생겼는데, 먼저 가서 한국인인지 물어보려고 해도 말 걸기가 어려운 사람이었다.

학교 적응과 커리큘럼 파악 등 마냥 즐겁지만은 않았던 시간이 지나간 뒤, 첫 시험이 다가왔다. 어느 날, 실습 시험을 앞두고 모의시험을 준비하고 있을 때였다. 단발머리의 그 애가 내 옆으로 오더니 갑자기 "너, 내 여자친구가 되어줄 수 있니?"라고 물어왔다.

'이거 뭐지?'

그때까지 그와는 대화를 나눈 적도 없었다. 그는 주춤거리며 내 대답을 기다리고 있었다. 그때까지 살면서 '여친', '남친'이란 단어를 한 번도 사용해본 적 없는 나에게는 인생 최대의 사건이자, 어찌할 바 모르는 순간이었다.

내가 아무 대답도 없이 얼어 있자 그는 얼굴이 붉어지며 "괜찮아"라고 했는데 얼굴에는 실망으로 가득했던 걸로 기억한다. 내가 얼마나 혼란스러운 순간에 놓여 있는지도 모르면서, 그는 고작 몇 분 안에 혼자 고백하고, 실망하고, 혼자서 결정을 다 해버린 것이다.

나는 정신을 차리고 생각할 시간을 좀 달라고 했다.

"얼마나 기다리면 되니? 하루면 되겠니?"

이 사람이 장난을 치나! 나한테 누군가를 사귄다는 것은 어느 무엇보다 어려운 건데 고작 하루 만에 결정을 하라고?

"일주일은 걸릴 것 같아."

"일주일? 그럼 됐어, 없던 일로 하자. 그냥 친구로 지내."

이런 젠장, 애 뭐니!

지금 되돌아봐도 정말 기가 막힌 장면이다. 그 당시, 친했던 고등학교 친구들이 하나둘씩 남자친구를 사귄다는 소식을 듣던 나는 궁금했다. 이성친구라는 것에 대해. 결국 생각할 시간은 하나도 챙기지 못한 채 일단 나도 질러버렸다.

인도에서 타시와의 만남, 인연(대학교 2학년)

"그래, 너, 내 남자친구 해!"

집에 돌아와서 신나는 마음에 한국에 계신 엄마, 아빠, 할아버지, 할머니 모두에게 전화드려 "저, 남자친구가 생겼어요!"라고 떠들어댔다.

나중에 안 사실이지만 이날 아빠는 걱정이 돼서 한숨도 못 주무셨다고 한다. 한국에 있을 때 "너는 남자친구 없니?" 하며 떠보다 내가 이성에 관심이 없으니 "네 나이 때는 남자도 만나봐야 해"라고 하셨지만 내심 안도했던 아빠 얼굴도 생각났다.

다음 날 아침, 학교에 갈 땐 항상 오토릭샤(소형 3륜 택시)를 타고 가는데 이게 웬일인가! 아침 8시 30분, 집 앞에 그 남자가 오토바이를 타고 나를 데리러 왔다.

이건 또 무슨 일이지? 연년생으로 태어나 눈만 마주쳐도 싸우는 우리 오빠가 세상 남자의 표본이었던 내 인생에 미리 와서 나만을 기다리고 있는 남자라니!

이렇게 신선한 충격을 준 남자를 소개한다.

이름은 체링 타시. 부탄에서 인도로 유학 온 학생이었다. 나이는 나보다 한 살 어린 쥐띠. 부탄의 고등학교는 시험을 통과해야 진학을 할 수 있는데, 이것을 통과하지 못해서 3년이나 늦게 대학 진학을 했다. 그만큼 그는 공부를 안 했다는 말이다.

다음 해에는 우리 후배들 중 20명 이상의 많은 부탄 학생들이 인도로 유학을 왔다. 부탄에서 인도로 유학을 많이 오는 이유에 대해 물으니, 당시(2006년) 부탄 전역에는 총 4~5개의 대학교가 있는데 경쟁

률도 높고 수용할 수 있는 학생이 현저히 적다 보니 많은 학생들이 가까운 인도 대학에 오는 것을 선호한다는 것이다. 요즘은 태국, 호주, 미국, 캐나다 쪽으로도 많이 간다. 부탄 학생들은 영어 소통에 아주 능통하기 때문에 어느 나라에 가든 쉽게 적응한다. 특히, 어릴 때부터 인도(힌디) 영화를 접하며 자라기 때문에 영어, 힌디어, 네팔어를 자연스럽게 배운다. 그래서 그런지 인도에 있을 때 소소하게 바가지를 많이 쓰고 다녔는데 타시를 만나고 나서는 사기 당하는 일이 거의 없었다.

부탄은 아주 작은 면적의 나라지만, 워낙 험한 산골짜기에 마을들이 위치해 있는 영향으로 한 나라 안에도 수많은 언어들이 존재한다. 나는 그것이 한국처럼 방언일 거라고 생각했는데, 알고 보니 서로 다른 나라 말처럼 완전히 달랐다. 그리고 그 다른 언어들은 다 표기문자가 없었기 때문에 서로 배우기도 아주 힘들었다. 그래서 부탄은 종카어를 국가 언어로 지정하여 소통한다. 그런데 종카어가 참 어려운 언어다 보니 나이 드신 어르신들 외에는 영어로 소통하는 것을 더 선호한다. 교과목 중 가장 어려운 것이 종카어라고 하는 학생도 많다. 타시 역시 중·고등학교 때 집에서 종카어 과목만 따로 과외를 해야 했다고 한다.

이러한 이유 등으로 최근 몇 년 전부터 부탄에서는 모국어를 지키기 위한 일환으로 모든 공공 행정업무 서류에는 종카어로만 기재하게 했다.

우리가 처음 데이트한 곳은 도미노 피자집이었다. 다른 친구 두 명과 함께 갔는데 갑자기 타시가 나한테 500루피를 쥐어주었다. 잠시 볼일이 있다며 먼저 주문하고 있으라는 것이다. 영문도 모른 채 주문을 하고 앉았더니 5분 뒤에 타시가 다시 돌아왔다.

나중에 알고 보니 부탄에는 프랜차이즈 식당이 없어 처음 접하는 주문 방식 등에 서투른 모습을 보이기 싫어서 자리를 피했던 것이다. 아직도 그때 왜 갑자기 나갔다 왔느냐고 우스갯소리로 물어보면 부끄러운지 씩 웃기만 하고 대화를 피한다. 이후에도 비슷한 일이 몇 번 더 있었다. 쇼핑몰에 영화를 보러 간 날, 영화 상영 시간에 늦어 에스컬레이터에서 걸어 올라가려는데 타시가 아주 단호하게 내 손을 잡으며 가만히 있으라고 했다. 그의 심각한 얼굴을 처음 보았기 때문에 왜 이러나 했는데, 눈치도 지지리 없는 나는 에스컬레이터를 처음 타본 타시의 긴장감을 알아채지 못했다.

타시처럼 내가 만난 부탄 사람들은 자신의 약한, 혹은 부끄러운 모습을 잘 드러내지 않고 아주 당당하다. 그들을 보면 자존감도 높고 자존심도 강한 사람들이라는 생각이 든다. 내가 그들로부터 느낀 것은 밑도 끝도 없이 자만심에 사로잡힌 사람들이 아니라, 약한 존재들에겐 한없이 자상하며 강한 존재 앞에서는 당당한 모습을 가진 사람들이다.

오전부터 비가 많이 온 날, 학교 앞을 걸어가다 물 웅덩이 앞에서 타시가 멈춰 섰다. 그러고는 옆에서 부러진 작은 나뭇가지를 가져오더니 웅덩이 중간에서 허우적거리는 개미(내 눈에는 보이지도 않았다)를 나뭇가지로 건져 풀 속에 내려두고서야 갈 길을 갔다. 아직도 그는 로드 킬 당한 고양이, 개, 새들을 그냥 지나치지 못한다. 고통스럽게 목숨을 잃었는데 육체라도 더 이상 고통받지 않고 쉬라고, 꼭 차를 세운 후에 흙이 있는 곳에 뉘어주고 기도한다.

어느 존재에게나 먼저 손을 내미는 타시를 보며 남에게 해를 끼치지 않는 것도 중요하지만, 도움이 필요한 것을 알아차리고 행동을 취하는 것 또한 중요하다는 것을 알았다. 많은 부탄 학생들과 공무원들이 해외유학, 연수 등 외국의 발전된 곳에 가서 배우지만 그 속에서 다른 발전된 나라에 대한 갈망, 열등감 같은 건 거의 느낄 수 없다. 그저 다르다고 받아들일 뿐이다. '왜 우리는 다른 나라들처럼 경제적인 발전을 꾀하지 않나' 등의 비교는 하지 않는다.

많은 관광객 분들이 "부탄 사람들은 밖의 세상물정을 모르고 살기에 비교 대상이 없어서 그냥 그렇게 체념하고, 자신은 행복하다 믿으며 살아가는 것 같다"라는 말씀을 많이 하셨다. 나는 그런 이야기를 들을 때마다 그냥 웃으며 대꾸하지 않는다. 이미 결론을 단정 짓고 온 분들에게 "그건 사실이 아니에요"라고 설명하는 것은 어려운 일이다. 자신이 가진 것에 대한 진정한 사랑은 비교를 필요로 하지 않는 것인데, 오히려 외부인들이 더 비교를 하려고 하니 참 아이러니하다는 생각이 든다.

3,000킬로미터를 거슬러 올라간 겨울방학

2007년, 대학교 2학년 겨울방학이 다가올 때 타시 아버지께서 부탄에 초대해주셨다. 남인도 벵갈루루에서 부탄의 수도 팀푸까지는 기차로 장장 4박 5일이 걸리는 긴 여정이었다. 사시사철 따뜻한 남인도에 있다가 한겨울의 높디높은 히말라야로 향하는 여행에는 많은 준비가 필요했다. 여기저기 쇼핑몰을 돌아다니며 겨울 외투도 준비하고 타시 부모님을 위한 선물도 준비했다.

너무나 궁금했다. 타시가 나고 자란 나라는 어떤 곳인지, 생전 처음 들어본 부탄이란 나라는 어떤 곳인지. 배낭여행이 금지된 부탄으로 가는 것이다. 3박의 기차여행을 마치고 잘파이구리(Jalpaiguri)라는 역에 도착했다. 거기서 택시를 대절하여 다시 7~8시간을 달려 인도-부탄 국경, 푼촐링에 도착했다.

미리 보내주신 비자 사본과 여권을 지참하고 부탄의 국경을 넘는 순간……! 그 순간의 느낌은 평생 잊을 수 없다. 문 하나를 지나 이상한 나라로 빨려 들어온 느낌이었다. 문 하나를 경계로 모든 게 정리된 곳이 나타났다. 희한하게도 인도에서 2년 남짓 살면서도 놓지 못한 경계심과 긴장감이 누군가 훔쳐 간 것처럼 싹 사라졌다. 공기부터가 달랐다. 감탄, 감탄이 온전히 느껴진 경험은 처음이었다.

눈만 마주쳐도 웃음 짓는 사람들, 어떠한 숨겨진 의도도 느껴지지 않는 순수한 사람들, 나쁜 의도가 없으니 사람 간의 경계도 없는 이곳은 보석 같은 곳이었다.

12월에 온 부탄은 책에서 본 모습과 똑같았다. 눈이 시릴 정도로 깨끗하고 푸르디푸른 하늘, 차갑지만 상쾌한 공기, 하얀 눈으로 덮여 있는 산봉우리들! 한 폭의 그림 같은 곳이었다. 해발고도 2,400미터쯤에 위치한 팀푸는 강한 햇빛으로 낮에는 따뜻하지만 아침저녁으로는 추웠다. 그런데 생각했던 것처럼, 입김이 얼 정도의 추위는 아니었다. 좀 의아했다. 히말라야의 산이 나오는 영화를 보면 동상도 걸리고 그러던데, 그 정도로 높은 곳은 아니어서 그런지 팀푸의 겨울은 영하로 떨어지는 날이 의외로 며칠 되지 않는다고 한다.

드디어 타시네 집에 도착했다.

부모님과 가족들은 굉장히 긴장해 있었다. 나중에 이유를 들어보니 타시가 중·고등학교 때 부모님 속을 굉장히 많이 썩였다고 한다. 흡연에 약까지, 많은 부탄 청소년들이 겪고 있는 비행의 사춘기를 보낸 다음, 다행히도 정신을 차려 인도에서 공부도 잘하고 외국인 여자 친구를 데리고 와서 정말 기쁘면서도 한편으론 긴장하셨다고 한다.

일단 짐을 풀고 거실로 나갔다. 거실 한가운데는 석유난로가 켜져 있고 그 주위를 빙 둘러 식구들이 도란도란 앉았다. 부모님께서 차려주신 집밥은 처음 먹어보는 맛이었는데 정말 맛있게 잘 먹었다. 그렇게 저녁을 먹으면서 가족들은 오늘 하루를 어떻게 보냈는지 서로 이야기했다. 가족과 오랜 시간 떨어져 있던 나에겐 너무도 따뜻한 시간들이었다.

사돈의 팔촌까지, 속속들이 사정까지 다 아셔야 하는 타시의 아버지는 답답하기가 이루 말할 수 없으셨을 것이다. 나한테 물어볼 것도 많고 부탄에 대해 말해주고 싶은 것도 많은데 언어소통이 전혀 안 되니 얼마나 답답하셨을까. 아직도 그때를 떠올리면 웃음이 난다. 어머니가 잠자리를 봐주셨는데 추운 날씨를 염려하여 집안의 솜이불이란 이불은 몽땅 꺼내주셨다. 두꺼운 이불을 무려 3겹이나 덮어주셨다. 그날 밤 난생처음 '이불에 깔린다는 건 이런 느낌이구나' 하고 실감했다. 그러나 아침에 눈을 떴을 때, 따뜻하게 데워진 솜이불이 얼마나 고맙던지!

다음 날, 눈뜨기가 무섭게 아버지는 5권이 넘는 가족 사진집을 보여주셨다. 아버지, 어머니의 젊은 시절, 타시와 누나, 동생의 어린 시절부터 지금까지. 특히 타시 부모님의 젊은 시절 사진들은 꼭 우리 부모님의 사진을 보는 듯했다.

인도에 있을 때 엄마가 타시를 만나기 훨씬 전 어느 날, 엄마한테 전화가 왔다.

"연지야, 남자용 좋은 로션 보낼게. 타시한테 꼭 바르라고 해."

"왜요? 지금 쓰는 거 있을 텐데."

"요즘 엄마가 부탄에 관한 다큐멘터리를 보는데, 부탄 사람들 보니까 볼이 다 발그름하고 건조해서 터졌더라. 수분크림 좀 넉넉히 바르라고 해!"

"아하하하하하! 엄마 그건 고산에 사는 사람들 위주로 보여주니까 그런 거예요. 시내 사는 사람들은 괜찮아요"라고 말했었는데 타시의

왼쪽부터 누나, 타시, 엄마.
많이 꾀죄죄해 보이는 타시는 이복 누나들, 친누나와 동생 포함
총 11명의 아버지 자녀 중 유일한 아들이다

어린 사진을 보니 정말 양쪽 볼이 다 터져 있었다.

연세가 많아 은퇴하고 집에 계시는 아버지의 일과는 새벽부터 시작된다. 새벽 4시, 동이 트기도 전에 일어나 목욕을 하고 4시 반쯤 집에서 가장 높은 곳에 위치한 법당에 정안수를 올린다. 은으로 만든 그릇에 깨끗한 물을 올리고 한 시간 가량 기도를 드리는데, 물을 올리는 이유는 '좋고 나쁨, 비싸고 싸다는 개념 없이 누구나 순수한 마음으로 올릴 수 있다'는 불교의 가르침에서 비롯되었다고 한다.

해 질 녘에는 지붕 위에 비둘기들이 하나 둘 날아온다. 새벽에 정안수를 올리고 아침, 점심 식사를 준비할 때 첫술도 불상 앞에 올리는데, 우리네 고수레와 같은 의미다. 해 질 녘 4~5시 사이에 불상 앞에 올린 정안수도, 음식도 법당 옆 지붕으로 나 있는 창문을 열고 비둘기들에게 주신다.

부모님으로부터 독립한 사람들 집에는 대부분 이 법당이 존재한다. 법당은 집에서 가장 볕이 잘 들고 높은 곳에 위치하는데 하나의 불상부터 셀 수 없을 만큼 많은 불상을 모신 집까지 다양하다.

어머님은 집의 법당에서 하루에 500번씩 절을 하는데 일반 절이 아닌 다리를 쭉 뻗어 이마까지 바닥에 닿게 하는 절을 하신다. 나도 따라 해보았는데 무척 어려웠다. 이렇게 절을 매일매일 몇십 년 하다 보니 법당 한 편의 절하는 바닥에는 발가락 모양과 손이 가는 곳, 이마가 닿는 곳이 움푹 파여 있었다.

이렇게 타시의 가족들과 즐거운 시간을 보내고 팀푸에서 차로 한 시간 정도 거리의 국제공항이 있는 파로, 두세 시간 가면 나오는 보석처럼 아름다운 부탄의 옛 수도인 푸나카 등을 다니며 행복한 겨울 방학을 보냈다. 이때부터였을 것이다. 부탄과 사랑에 빠진 것이. 짧은 시간 머물렀지만 모든 것이 좋았다. 이곳의 어느 곳, 무엇이 좋았다가 아닌 그냥 존재하는 모든 것이 좋았다. 모든 것에 고마웠다. 무엇에 고마운지는 모르겠는데 마음 놓임, 편안함, 이런 것들을 느끼게 해준 이곳의 모든 것에 고마웠던 것 같다. 약 2년 반 후에 다시 돌아올 때까지 나는 그때부터 하루도 부탄을 잊은 적이 없었다.

이제 졸업인데, 우리 어떡하니?

  3년간의 대학 생활이 지나가고 어느덧 졸업을 준비해야 할 때가 왔다. 다른 동기들은 대부분 당연하게 대학원 진학을 한다고 했다. 인도에서는 취업 경쟁이 아주 치열하기 때문에 대학원(석박사) 과정을 수료해야 좋은 직업을 구할 수 있다는 것이다.

  이때까지만 해도 나는 이상심리학에 푹 빠져 있었다. 한 나라의 문화와 철학이 밀접히 연결되어 있는 깊이 있는 심리학을 공부하기 위해서는 한국에서 공부를 더 해야 하지 않을까 싶었다. 타시도 범죄심리학에 관심이 있어 더 공부하려고 했지만 문제는 '어디서?'였다.

  타시가 한국어를 못하니 한국은 안 될 것이고…….

  우리, 헤어져야 하나!

  고민을 거듭한 결과 '이왕 인도에 왔으니 1년만 더 투자해서 조그만 사업을 해보자!'라고 결정했다. 참 뜬금없는 결정이었는데 사실 이때까지만 해도 '인도를 떠나고 싶다'는 마음은 별로 없었다. 생각해 보니 학교 다닐 때부터 인도 친구들은 내가 입는 옷, 가지고 다니는 가방, 액세서리 등에 관심이 참 많았다. 한국에 다녀오면 항상 조그만 액세서리 선물을 친구들에게 나눠주곤 했는데, 그들은 아주 좋아하며 오랫동안 소중하게 보관했다. 학기 마지막 시험을 마친 후, 결과가 나오는 두 달여 간의 시간을 이용해 가게 자리를 알아보러 다녔다. 다행히 힌디어에 능통한 타시 덕분에 수월하게 구할 수 있었다. 게다가 오랜 시간 액세서리 관련 일을 하셨던 이모들 도움 덕에 좋은 상품들을 저렴한 가격에 구할 수 있는 방법도 배워가며 준비는 착착 진행되었다.

그런데 이게 무슨 일이람! 인도 내 외국인이 세무 등록을 할 때는 등록비를 현지인의 100배로 내야 한다는 것이다(모든 외국인에게 적용되는 것인지, 법적으로 정해진 것인지 그때는 확실히 알지 못했다). 최소의 창업 비용으로 준비하고 있던 우리에게는 꽤 큰돈이었다. 고민 끝에 현지에서 사업하시는 한국 분께 도움을 청했더니 현지 세무사를 소개해주셨다. 도움을 주신 교포 분이 현지법과 현지인은 그 나라 사람들끼리 잘 해결할 거라고 걱정 말라고 했는데, 정말 단 하루 만에 원래의 현지 등록비만 내고 사업허가를 받아주었다.

2008년 겨울, 일을 도와주러 온 엄마와 함께 가게 오픈을 했다. 다행히도 인도 분들이 한국 상품을 좋아해 준 덕분에 바쁜 날들을 보낼 수 있었다. 이때 엄마는 타시를 처음 만났다. 전화 통화로 딸의 남자 친구에 대해 많은 이야기를 들었지만 한편으론 국적이 다르기 때문에 걱정을 많이 하셨다고 한다.

처음 공항에서 만난 날, 타시를 처음 본 엄마는 "와! 완전 한국 사람이네!"라고 외치고는 지금까지도 아주 자연스럽게 타시한테 한국말을 건넨다(타시가 알아듣는지의 여부는 중요하지 않다). 아무런 편견과 이질감 없이 타시를 좋아하는 엄마, 예의 바르게 행동하고 진심으로 엄마를 챙겨주는 타시, 두 사람에게 참 감사하다.

조그만 가게를 운영하며 힘들기도, 즐겁기도 한 시간을 보내고 있었지만 역시 학생 신분과 사업자 신분으로 생활하는 건 하늘과 땅 차이였다. 새로운 일에 도전하는 것은 즐겁고 가슴 뛰는 일이었지만, 혼자만의 열정으로 모든 게 다 이루어지는 건 아니라는 것도 깨달았다.

매주 3일에 한 번꼴로 방문해서는 자기들에게 기부할 수 있는 기회를 주는 것에 감사하라며 친히 금액까지 정해주던 덩치 큰 여장 남자 형님들, 30분이고 한 시간이고 가격을 깎아줄 때까지 무작정 기다리던 손님들, 한눈팔면 순식간에 마법처럼 물건을 사라지게 하는 기술을 가진 학생 등 생각지도 못했던 사람들을 상대하는 날이 갈수록 많아졌다.

몇 달째 똑같이 반복되는 하루 일과와 사람들로 인한 시달림 속에 '내가 여기서 뭐하고 있지?'라는 회의감은 의외로 빨리 찾아왔다. 가게를 운영한 지 11개월쯤 접어들었을 때 타시와 나는 진지하게 대화를 나눴다. 이대로 가게를 몇 년 더 운영할 것인지, 아니면 각자 하고

싶은 일을 찾아갈 것인지. 하지만 이때는 이미 둘 다 마음의 결정이
되어 있었다.

재미있는 캠퍼스 생활도 했고, 원하는 만큼 공부도 했고, 난생 처음
사업도 했으니 더 이상 미련은 없었다.

왔다,
사랑하는 곳으로

히말라야의 작은 카페

인도의 우리 가게 옆에 '바리스타'라는 커피숍이 있었다. 잠을 깨기 위해 하루 두세 번은 이용하던 곳인데, 자주 가다 보니 타시가 거기 아르바이트생들과 친해져서 종종 직접 커피를 만들 수 있는 기회를 얻었다.

이를 계기로 커피 만드는 재미에 폭 빠진 우리는 '그래, 이거야! 내가 한국에 있을 때 틈틈이 제과·제빵 학원을 다니며 배워 놓은 게 좀 있으니까 우리 부탄 가서 커피숍 해볼까?'라는 생각을 했다. 그렇게 한국의 한 커피 아카데미에서 바리스타 기초과정을 배운 후 다시 부탄으로 돌아왔다.

되돌아보니 '나 그때 정말 타시랑 헤어지기 싫었나 보다. 어쩌면 부탄이 이런 식으로 나를 불러주고 있었나?' 하는 생각이 새삼 든다. 열린 가능성을 항상 염두에 두고 마음이 원하는 일을 따라오다가 정신을 차리고 보니 좋은 사람을 만나 이렇게 아름다운 곳으로 다시 왔다.

부탄에서 커피숍을 오픈하기까지의 과정은 참 쉽지 않았다. 그때 당시(2011년도) 부탄 내에서는 커피 기계 및 업소용 전자기기들을 판매하는 곳이 없었기 때문에, 벵갈루루의 짐을 다 정리해서 타시네 집에 우편으로 다 보낸 뒤에 콜카타로 날아갔다. 그곳의 한 수입 물품을 판매하는 회사에는 카페 창업에 필요한 커피 기계와 오븐, 그리고 업소용 주방기계들이 다 구비되어 있어 방문했을 때 필요한 모든 기계들을 선주문했다.

인도 콜카타는 부탄과 지리적으로 가까운 곳이었지만, 선주문 후 약 5달을 기다린 후에야 기계들을 받을 수 있었다. 인도 남부 지역에는 커피 생산으로도 유명한 곳이 있는데, 그곳에 가서 커피 생두를 구입하고 한국에서 소형 로스터도 주문한 뒤에야 모든 준비를 끝냈다. 콜카타에서 일을 다 끝낸 후, 처음으로 부탄의 파로로 가는 비행기를 탔다.

부탄 영토를 지나갈 때는 산이 너무 높은 건지, 비행기가 낮게 날아서 그런 건지 알 수 없지만 바로 밑에 있는 구름 위로 불쑥 솟아 있는 산봉우리들을 쳐다보느라 정신이 팔린 채 약 40분을 날아왔다. 공항에 거의 다 도착할 때쯤 비행기가 서서히 고도를 낮췄다. 높은 산속, 절벽의 사원들, 사원 위쪽에 명상 수련을 하기 위한 조그만 집, 더 내려오니 몇백 년 전통을 이어가며 살아가는 사람들의 집까지…….
그렇게 나는 또 이상한 나라에 도착했다.

부탄 최초의 국제공항이 있는 파로는 산골짜기에 위치해 있지만 넓은 평지가 많아 각종 농업이 발달되어 있다. 특히 쌀 생산량이 많은데 한국인들 입맛에 맞는 찰기 있는 흰쌀이 여기서 생산되기도 한다.

내가 도착했을 때는 찬바람이 불기 시작하는 늦가을이었는데, 사과로 유명한 파로에서 수확이 끝난 싱싱한 사과를 실컷 먹었다. 3년여 만에 다시 돌아온 팀푸는 참 많이 변화되어 있었다. 거리는 더 깨끗해졌고 차들은 더 많아졌다. 전에 왔을 땐 차가 밀리는 현상이 없었는데 타시도 교차로에서 조금씩 밀리는 차들을 보고는 놀라곤 했다.

건물도 많이 들어섰는데 한창 건축 붐이 일어서 곳곳에 공사가 진행되고 있었다. 거의 모든 건축 자재를 인도에서 들여오다 보니 5층 건물을 짓는 데 짧게는 2년, 많게는 3~4년도 걸린다고 했다.

카페를 열기 위해 자리를 알아보고, 오픈하기까지 약 10개월의 시간이 걸렸다. 지인 분의 새로 짓는 건물 1층에 카페 자리를 마련하기로 했다. 부탄 시내 중심가와는 떨어진 곳이었지만 타시는 별로 개의치 않았다. 나는 위치가 아주 중요하다고 생각했는데, 타시는 여기가 워낙 좁은 곳이기에 노후된 시내의 건물보다는 깨끗한 새 건물에서 시작하는 것이 더 좋을 거라는 의견이었다.

보증금과 권리금이라는 형식의 임대법이 없는 이곳에서는 계약을 할 때 월세의 2달 치를 미리 걸어두는 계약금만 지불하면 되고, 보통 월세는 매 2년마다 10퍼센트씩 오른다. 외국인은 현지에서 자기 이름으로 사업을 할 수 없어 모든 일은 타시 이름으로 진행했다. 인도에서와는 달리 가게 자리를 정하고, 사업자등록을 하고 세무소에 신고하는 등등의 일들이 거짓말처럼 순조롭게 진행되었다. 우리에게 딴죽 거는 사람은 전혀 없었다. 오히려 인테리어 작업이 진행될수록 우리를 걱정해주시는 분들이 많았다.

오픈을 준비할 때, 이곳은 외식문화가 막 시작된 초창기였다. 카페도 외국인들을 대상으로 하는 두 곳이 전부였고, 거의 모든 외식장소는 관광객을 대상으로 한 식당들뿐이었다. 일반 부탄 사람들이 외식을 하려면 3~5성급 호텔 식당을 가는 것 외에는 별다른 선택지가 없는 시기였다.

한국의 인테리어 시공비에 비하면 아주 적은 비용으로 인테리어를 시작했는데, 이곳 사람들 눈에는 많은 투자를 한 것처럼 보였나 보다. 현지 분들을 대상으로 장사를 하려는 우리를 보고는 타시 가족들을 비롯해 건물 주인도 혹시나 사람들이 안 오면 우리가, 특히 내가 속상해할까 봐 걱정들이 많았다.

사람으로 인한 시달림은 전혀 없었지만, 카페 오픈을 준비하며 마주한 가장 큰 고난이 있었다면 바로 시간이었다. 가게가 들어설 건물의 완공이 3개월이면 끝난다고 했는데 8개월까지 늦어지고, 주문한 기계들은 몇 달이 지나도 깜깜무소식이었다. 마냥 기다릴 수는 없으니 재촉을 하는 것이 맞지만, 바들바들 떨며 화를 내는 내 모습은 한국에서 소위 말하는 '싸움닭'의 모습 그대로였다.

시비 거는 사람도 없고 그냥 기다리기만 되는 상황인데, 나는 왜 기다릴 수 없었던 것일까. 내가 사랑하는 곳에 왔는데, 왜 이렇게 화를 내면서 나도 처음 보는 내 나쁜 모습을 남들에게 내보이고 있을까. 내가 생각하는 것이 옳은 일이라 한들, 어찌 절대적으로 항상 옳은 것이라고 말할 수 있을까. '왜 그때의 나는 좀 더 부드러워질 수 없었을까' 하는 부끄러움이 지금에 와서야 든다.

하지만 살면서 '화'를 가장 많이 냈던 이 시기를 되돌아보면, 한국 사람인 내가 부탄의 시간과 생활에 맞춰 바뀌어간 소중한 시간이었다. 일어나는 일들을 자연스레 받아들일 수 있도록 타시와 가족이 많은 도움을 준 덕분이었다. 일의 진행은 점점 늦어지고 약속을 지키지 않은 사람들을 대하게 되면서 화가 잔뜩 나 집으로 돌아온 적이 종종 있었다. 그런 날은 저녁을 함께 먹으며 가족들한테 털어놓고 하소연하고 나면 마음이 풀렸다.

나는 상대방에게 화를 내고, 타시는 상대방이 나를 좋지 않은 사람으로 생각할까 봐 '연지라는 사람이 그들에게 왜 화를 내는지'에 대해 설명을 하고 그들이 이해할 수 있게 노력했다.

"오늘 천장 공사가 끝난다고 약속했잖아요!"

"약속은 했지, 그런데 일하는 인부들이 몇 명 안 나와서 끝내지 못했어. 미안해."

"아니, 미안하다고 하지 말고 약속을 지키려고 노력을 해봐요, 한두 번도 아니고 이러니까 자꾸 늦어지잖아요."

"내가 약속을 안 지키려고 마음먹고 안 지킨 것도 아니고, 사람들이 내 말을 안 듣는데 어떻게 해!"

생각해보면, 나는 상대방이 처한 입장은 생각하지 않고 결과에 대한 질책만 하면서 화를 냈었다. 그러고 나면 타시는 상대방에게 다시 설명을 했다. 연지가 온 한국에선 약속이 무엇보다 중요하다, 그런데 현지 상황을 잘 알지 못하고 약속을 어긴 것에 화가 난 것뿐이다, 본성이 나쁜 사람은 아니니 이해해달라, 그리고 조금만 신경 써서 일이 빨리 진행될 수 있도록 해달라, 라고 좋게 마무리를 했다.

타시는 어떤 분쟁이나 다툼의 상황에 있을 때면 "그 사람 자체가 나쁜 건 아니다"라는 말을 자주 했다. 비단 타시뿐만 아니라 저녁에 밥을 먹으며 다 함께 뉴스를 보고 있을 때, 도난 사고가 일어났다거나 혹은 누군가 사기행각을 벌였다는 뉴스 등이 나오면 가족들 모두가 그 사고를 일으킨 사람들에 대해 아주 안타까워했다.

물론 살인 등 몇몇의 범죄들은 도저히 용서받을 수 없는 행동들이고, 뉴스에 등장하는 사건들을 일으킨 행동들 역시 도덕적으로 옳은 일은 아니지만 비난보다는 "그 사람의 상황이 얼마나 안 좋고 절박했으면, 오죽하면 저렇게까지 했을까" 하고 그런 행위를 선택해야만 했던 범죄자를 안타까워하는 것이었다.

이런 일들을 자주 겪으며 부탄 사람들은 행위의 결과보다는 그 사람이 한 행동의 의도를 굉장히 중요하게 여긴다는 걸 알게 되었다.

'결과적으로 나에게 폐를 끼쳤지만, 네가 의도치 않게 행한 것이고, 내 손해로 인해 네가 괜찮은 거라면 용서는 물론이고, 네가 괜찮아서 다행이다'라고 말해주는 사람들이 여기 부탄 사람들이다. 하지만 누군가 나쁜 의도로 뭔가를 성취하려 하거나 다가올 때는 가까이하면 안 되는 사람이라고 생각하여 그 사람을 무시하거나 멀리한다.

이런 일들로 인해 배운 것이 있다. 어떤 상황에서는 나도 때론 누군가에게 나쁜 사람이 될 수도 있다는 것이다. '그런데 정말 내가 나쁜 사람일까? 아니면 상황이 나, 혹은 상대방에게 나쁘게 행동할 수밖에 없게 만들었다면?' 하고 생각하게 되었다. 이후로는 누군가 나에게 화나게 하는 행동과 말을 하더라도 상황이 사람을 만든 것인지, 아니면 그 사람의 의도가 나쁜 것인지 먼저 파악하고 이해하기 위해 노력한다. 그리고 언제 어디서나 나에게 일어나는 상황을 인지하고 머리가 화를 내기 전에 마음속으로 '나와 이 공간에 무슨 일이 일어나고 있지?' 하며 먼저 지금 이 순간에 대해 집중하려고 연습한다. 그러나 참 쉽지 않은 것 같다.

어느 날 타시 가족들과 친하게 지내시는 스님 한 분이 집에 오셨다. 점심 식사를 함께하고 이야기를 나누며 스님께 여쭤보았다.

"화라는 건 무엇인가요? 저는 화가 나면 아예 다른 사람이 되어버리는 것 같아요."

"화는 쉽게 표현해서 불덩어리인데 네 마음에서도 피어오를 수 있고, 남이 네 마음속에 던져버릴 수도 있다. 너도 남에게 던져버릴 수 있는 불덩이인 거지. 이 불덩어리는 언제 어디서든 피어날 수 있단다.

중요한 것은 어떻게 불덩어리를 다루느냐인데 그건 아주 간단해. 불덩어리를 간직하고 있으면 너만 타버리지? 그러니 연기가 피어날 때 알아차리고 꺼버리면 돼. 하지만 자신에게 집중하지 않으면 알아차리기가 쉽지 않아."

일주일간의 명상 프로그램을 가르쳐주시는 큰스님께서는 이런 말씀을 해주셨다.

"부정적인 언행이나 행동을 하는 것은 그 사람의 업보이지 내 업보가 아니다. 하지만 그의 부정적인 행위에 반응하여 내가 받아치는 행위를 하게 될 때, 그 업보는 내 것이 된다."

인터넷이라는 가상세계에서 셀 수 없이 좋고 나쁜 말들이 오가는 이 시대에, 누군가 이유 없이 자신에 대해 비난의 말들을 한다고 해도 그것은 그들의 업보인 것이지 내 것이 아니라고 생각한다면 조금은 덜 상처받지 않을까, 하는 생각을 해본다.

부정적인 에너지가 내게로 오거나 내 속에서 피어오를 때, 나를 태우지 않고 다른 이도 태우지 않기 위한 방법이 있을까?

2012년 늦여름, 마침내 카페를 오픈했다. 아침에 타시가 커피콩을 볶으면 그 향이 어찌나 구수한지 온종일 커피콩만 볶고 싶은 마음이었다. 로스팅이 진행되고 있을 때 나는 머핀을 만들고 와플 반죽을 준비했으며 파운드케이크를 구웠다.

처음 한두 달은 한가로웠다. 아직 사람들이 오픈 사실을 많이 알지 못한 상태라 느긋한 마음으로 기다려야 했다. 그런데 조금씩 찾아주는 손님들이 올 때마다 "왜 한국 음식을 안 팔아요?"라고 물어오곤 했다. 내가 요리하는 걸 좋아하긴 해도 돈을 받고 팔 정도의 실력은 아니었으니 그런 이야기를 들을 때마다 웃어넘기고 말았다.

부탄 사람들은 차를 마시며 밥을 먹는다. 그런 문화라 한국인이 있는 카페를 물어물어 찾아왔는데 한국 음식이 없으니 실망하는 사람들이 많았다. 결국 오픈한 지 4달쯤 지났을 때, 나는 열심히 불고기를 볶고 타시는 정신없이 김밥을 말고 있었다. 나와 타시가 상상하던 그윽한 커피 향기와 달콤한 디저트를 판매하는 우아한 카페는 어느새 참기름 향 가득한 카페와 레스토랑의 중간 어디쯤으로 변해가고 있었다.

카페가 조금씩 알려지면서 타시와 나는 잠자는 시간을 줄여가며 일을 해야 했다. 직원 구하기가 참 힘든 곳이라는 것을 직원이 필요할 때서야 알 수 있었다. 작은 규모의 카페였지만 음식을 같이하며 가구를 늘리다 보니 어느새 의자 수는 30석이 넘어갔다. 2012년 당시, 겨울에는 당근을 살 수도 없고 오이도 구할 수 없는 척박한 곳이었지만 있으면 있는 대로, 없으면 없는 대로 우리가 할 수 있는 선에서 노력하여 내놓으면 그 마음을 알아주던 많은 손님들 덕분에 부탄에서 우리 가게는 빠르게 자리를 잡아갔다.

그렇게 소문을 타고 찾아주는 분들이 많아져 바쁜 하루하루를 보내던 어느 날이었다. 그날은 정말 눈물이 날 뻔했다. 카페의 자리는 만석이 되고, 기다리는 사람들은 점점 많아졌다. 마지막으로 주문한 분들은 거의 한 시간가량을 기다리게 됐다. 너무나 죄송한 마음에 음료와 케이크 한 조각을 드리며 "정말 미안해요, 너무 오래 기다리시게 하네요"라고 말을 건넨 순간, 손님 중 한 분이 아직까지도 잊지 못할 말을 해주셨다.

"당신이 이렇게 바쁘게, 최선을 다해서 일하는데 우리는 그 모습을 보고만 있자니 참 미안하네요. 도움이 못 되어줘서 미안하고 우리를 위해 밥을 해줘서 참 고마워요. 미안해하지 않아도 됩니다."

그 말을 들으며 나도 모르게 눈물이 글썽글썽 맺혀버렸다. 분명 점심시간을 할애해서 온 사람들이고 일정에도 차질이 있을 텐데, 나 같으면 화가 나서 그냥 나가버렸을 수도 있었을 텐데. 상대방을 헤아리는 그 따뜻한 마음을 스스럼없이 표현하는 부탄 사람들을 어찌 사랑하지 않을 수 있을까.

눌러앉아버린 이방인

오픈하기 전 10개월은 타시의 집에서 지냈다. 벌이가 없기도 했고 전에 와서 함께 생활했던 기억이 너무 좋아서 염치 불고하고 타시의 부모님께 부탁드렸다. 부모님은 흔쾌히 내 방을 따로 마련해주셨고 실례를 범하며 갑자기 들어온 이방인에 대한 불편한 기색을 전혀 보이지 않으셨다. 오히려 내가 조금이라도 불편할까 봐 정말 모든 것을 살뜰히 배려해주셨다. 솔직히 그때까지는 살아오면서 '배려'의 참뜻을 잘 알지 못했다. 그냥 조금 양보하는 것이라고 생각했었는데 타시

우리의 첫 카페, 그리고 지금의 가게

부모님으로 인해 상대방(인간을 비롯한 모든 존재)을 먼저 헤아리는 것에는 끝이 없음을 느낄 수 있었다.

나중에 깨달은 것이지만, 어머니는 내가 밥 먹을 때 무슨 반찬을 좋아하는지 항상 유심히 살펴보셨다. 감자를 좋아하는 걸 보시곤 내가 불편하지 않게 항상 먹을 수 있도록 감자 한 포대를 사두고, 매운 걸 잘 못 먹는 것 같으니 고추씨를 다 빼고 씻어서 요리하셨다. 또 오래된 창틀에서 새어 나오는 찬바람에 감기라도 들까 봐 서둘러 두꺼운 커튼으로 바꾸었고 가족과 떨어져 있는 내가 외로울까 봐 최대한 자연스럽게 "너도 내 가족이다"라고 자주 표현해주셨다.

타시네 집에 들어와 살기 시작한 이틀째 날, 아버지가 우리를 부르셨다. 아버지는 얇고 긴 책(다토, Datho)을 꺼내 내가 몇 년생이냐고 물으셨다.

"음! 돼지띠에 물의 성질을 가졌구나. 쥐띠에 나무의 성질을 가진 타시와 잘 살겠구나. 참 좋은 인연이다"라고 하시고 이후 나는 이 집의 일원이 되었다.

아버지가 새해에 가장 중요하게 구입하는 책이 바로 다토다. 부탄인의 집에는 대부분 있다고 하는데 새해가 되거나 새로운 인연을 만나면 우리가 한해 운세와 궁합을 보듯 이 책을 보며 참고한다.

겨울이 지나고 찬바람이 잦아들 때쯤, 부모님 집 앞뜰에 가족들과 함께 밭을 일구고 각종 채소 모종을 심었다. 부탄 사람들이 무척 사랑하는 고추부터 오이, 옥수수, 호박, 파 등 다양한 작물들을 심었는데 때마침 엄마가 한국에서 보내주신 배추 씨앗이 있어 한쪽에 배추

씨를 뿌려 두었다. 처음으로 키워 보는 거라 서툴렀지만 부모님의 도움으로 어찌어찌 3개월 정도를 키웠는데, 어느 날 보니 배춧잎 속에서 노란 꽃들이 피어나고 있었다. 엄마한테 물어보니 꽃이 피어버리면 배추 농사는 실패한 거라고 하셨다. 이곳의 뜨거운 태양에 미처 배춧잎을 오므려서 묶어주기도 전에 꽃이 피어버린 것이었다. 그래도 몇 개월을 공들인 것이 아까워 초록 잎만 따다 김치를 만들어 봤는데 세상에! 정말로 김치 맛이 났다. 처음으로 김치 맛을 본 가족들도 정말 맛있게 먹었다.

이후, 매일 아침 내 첫 일과는 이 보물 같은 텃밭에서 '오늘은 다들 또 얼마나 자랐나' 확인하는 일이 되었다. 아버지는 뜨거운 햇빛에 농작물이 마를까 봐 물을 주시고 나는 팔뚝만 한 오이와 상추를 따다가 양념에 버무려 다 같이 나눠 먹었는데 딱히 다른 반찬이 없어도 정말 꿀맛이었다. 때가 되면 옥수수 따 먹고, 감자 캐서 쪄 먹고……. 이 텃밭은 나에게 무엇이든 다 내어주는 소중한 곳이 되었다.

타시가 아주 어렸을 적에 외할아버지가 심어두신 사과나무, 자두나무, 호두나무, 복숭아나무는 도시에서 자란 나에겐 굉장히 신기한 대상들이었다. 봄의 시작을 알리며 도시 곳곳에는 매화꽃이 피어난다. 그 뒤를 따라 연달아 복숭아꽃이 피어나는데, 그 향이 어찌나 좋은지 수도 전체에 복숭아 향수를 뿌려놓은 느낌이었다. 바람이 불면 바람에 실려 온 복숭아향이 너무 좋아 앞마당 복숭아나무 앞에서 가만히 앉아 있기도 했다. 수도 팀푸의 집들은 곳곳마다 과실수, 특히 복숭아나무를 흔하게 볼 수 있다. 한국처럼 큼직하고 달콤한 복숭아가 열리는 것은 아니지만 자그마하면서도 새콤하니 맛있는 복숭아가 열리면 복숭아를 따다가 청으로 만들어 차로 마시고 복숭아 머핀을 만들어 먹기도 했다.

지나다니다 보면 과일들이 주렁주렁 열려 나뭇가지가 땅에 닿아 있는 곳이 많았다. 우리 같으면 과일을 따다가 저장 음식으로 만들든지 시장에 내다 팔 텐데, 여기 사람들의 생각은 달랐다. 물론 장에 팔 목적으로 재배하는 사람들도 있지만 보통은 가족이 먹을 만큼만 따서 먹고 그냥 두면 아침 일찍 새들이 와서 먹고, 주인을 알 수 없는 소, 염소들도 와서 먹어야 하니까 굳이 다 수확하지는 않는다고 한다.

하루는 가족이 모두 모여 감자를 캤다. 알이 튼실한 감자도 있고 그렇지 않은 작은 감자도 있었는데 나는 보기 좋은 큰 감자만 캐고 작은 감자들은 그냥 두었다. 내가 캐놓은 걸 주워 담던 타시에게 나는 처음으로 끝없는 잔소리를 들어야 했다.

"음식은 절대 버려서는 안 돼! 지금 너는 음식을 이렇게 함부로 버리지만 음식이 너를 버리면 그때서야 지금 이 작은 감자가 얼마나 중요한 것인지 알게 될 거야. 하지만 그땐 이미 늦었겠지. 그러니 인간 몸이 살아 있을 수 있도록 영양 공급을 해주는 모든 것에 항상 감사해야 해!"

잔소리인지 혼을 내는 건지 알 수 없는 폭풍 같은 타시의 말이 끝났을 때, 하나하나 다 맞는 말만 골라서 하니 한 마디도 반박할 수가 없었다.

부탄의 전통복 고와 키라를 입은 남편 타시와 나

이렇게 많은 부탄 사람들은 나라와 자연을 진정으로 사랑하며 이 땅에서 자라는 모든 것에 감사하며 살아간다. 그리고 사람이든 자연이든 남에게 나쁜 일을 하면 반드시 나에게 되돌아온다고 믿기 때문에 말과 행동을 신중하게 한다. 이런 마음씨는 농사일에서도 엿볼 수 있는데 작물을 위해 농약은 쓰지 않거나, 필요할 때는 최소한으로 사용한다. 살생을 금하는 불교의 가르침으로 '사람이든 동물이든 남을 해치거나 함부로 죽일 권리가 없다'는 것을 늘 가슴속에 간직하며 살아가기에 의도치 않게 다른 존재를 해쳤을 때 죄책감을 느끼는 사람들을 많이 보았다.

몇 해 전, 아빠가 부탄에 방문했을 때였다. 여름에 파리가 많아서 신문지를 돌돌 말아 파리를 잡고 있는 아빠를 보며 타시는 정말 큰 충격을 받았다. 그때는 해충을 잡는 것이 뭐가 문제인지 알 수 없어서 타시의 반응에 그저 웃었는데 "파리는 그렇게 맞아 죽을 때 얼마나 고통스럽겠어요"라는 타시의 말에 더 이상 웃을 수가 없었다. 아빠와 나는 파리를 죽이지 않고 손으로 잡아서 창문 밖으로 내보내는 법을 배웠다.

오전 일과가 끝나면 점심을 먹고 어머니가 일하시는 걸 구경하러 간다. 어머니는 집 옆의 작은 통나무집에서 시간이 날 때마다 전통 치마 '키라'를 만드셨다. 보통 치마 하나를 만들 수 있는 옷감을 짜는 데 일주일 정도 걸린다. 그러나 디자인에 따라 훨씬 더 걸리기도 했다.

나무로 만든 이 옷감 짜는 기계를 책에서 본 적이 있었던 것 같은데 눈앞에서 한 올 한 올 짜는 걸 보니 참으로 신기했다. 이렇게 수작업으로 만들어지는 키라는 가격이 상당이 비싸다. 치마 중간중간에 전통 문양이 들어가기도 하는데 이 문양을 실크 실로 넣는 경우도 있다. 문양의 개수에 따라 가격도 올라가는데 비싼 것은 100,000눌트럼(약 200만 원)이 넘는 고급 키라도 많다.

타시의 사촌동생 결혼식에 초대받아 키라를 입어본 적이 있다. 기품 있고 아름다운 전통옷을 꼭 입어보고 싶어 타시 누나의 전통복을 빌려 입었는데 보기엔 예쁜 옷이지만 입고 나서는 숨조차 제대로 쉬기 힘들었다. 남녀 옷 모두 허리를 졸라매야 하는 띠가 있는데 어찌나 세게 졸라매는지 허리가 호리병처럼 들어가고 '장기가 아래위로 나눠지는 건 이런 느낌일까' 하는 생각이 절로 들 정도였다. 허리띠를 묶는 방식이 아닌, 최대한 졸라매어 허리띠를 사이에 끼우는 방식이기에 이 정도로 하지 않으면 흘러내릴 수 있다고 한다.

이렇게 이방인에겐 힘든 옷이지만 전통복을 일상복처럼 입고 다니는 사람들이 나는 너무 좋았다. 길이든 일하는 장소든 어디에서나 전통복을 입은 사람들이 일반 옷을 입은 사람들보다 훨씬 많다. 전통복에서 우러나오는 부탄인의 정체성과 자부심은 무엇으로도 대체할 수 없다는 생각이 들었다.

카페를 오픈하기 몇 달 전, 엄마가 부탄에 오셨다. 비행기에서 내리자마자 부탄의 풍경에 홀딱 반해버린 엄마는 타시 부모님께 양해를 구하고 내가 머무는 방에서 함께 3개월을 지내셨다. 처음 만나는 우리 엄마와 타시의 부모님은 결코 편한 관계가 아님에도 진심으로 환영하며 서로 반가워하셨다.

엄마가 부탄에 어느 정도 적응하실 무렵, 주방은 두 어머님들의 요리 교실이 되었다. 타시 어머니께서 전통 방식으로 버터와 치즈, 요구르트 만드는 법을 보여주셨는데 먼저 큰 통에 우유를 넣고 며칠 삭혔다. 2~3일후, 약 10분 정도 쉬지 않고 통을 흔드니 그 안에서 우유가 요동을 치며 가장자리에 노르스름한 버터가 끼기 시작했다. 한 사람 한 사람 돌아가며 통을 흔드니 몽글몽글한 버터들이 떠다니기 시작했다. 그렇게 한 30여 분이 지나고 우유는 큰 냄비에 부어 놓고, 통의 가장자리에 붙어 있는 버터까지 다 긁어내니 제법 많은 양의 버터가 나왔다. 버터 작업을 끝내고 이제 버터를 뺀 우유를 불에 올려 끓여준다. 아무런 첨가물 없이도 우유가 끓기 시작할 때쯤 또 몽글몽글한 것들이 형성되는데, 그게 바로 치즈였다.

식초나 아무런 첨가물을 넣지 않았는데도 치즈가 뭉쳐지는 게 참 신기했다. 그걸 보자기에 걸러 꼭 짜니 요즘 집에서 만드는 리코타 치즈 비슷했다. 하지만 유지방을 버터로 뺐기에 훨씬 가벼운 느낌의 치즈였는데, 삭힌 우유로 만든 치즈라 맛은 조금 시큼했다.

열일한 우유는 이제 빼줄 것은 다 내어주고 반투명의 물만 남았다. '이건 어떻게 하나, 버리나?' 생각했는데 이 물은 식혀서 빈 물병에 넣은 뒤 냉장고에 차게 보관하여, 밥 먹고 한 잔씩 마시면 소화가 잘 된다고 한다. 역시 우유는 끝까지 쓸모없는 것이 없다.

이번엔 우리 엄마 차례. 여름의 끝 무렵에 온 엄마는 텃밭에서 노각을 따서 소금에 절인 후, 노각무침을 만드셨다. 시장에서 사 온 소고기로 장조림을 만들어 노각무침 비빔밥에 장조림을 얹어 한입

먹으니 가족 모두 다 행복해졌다.

자식들이 잘 먹는 것에 아주 큰 보람을 느끼는 우리 엄마는 식구들과 떨어져 산 지 꽤 오래되다 보니 이런 시간들이 무척 아쉬웠다고 한다. 엄마는 이참에 싱싱한 먹거리를 바로바로 내어주는 텃밭도 바로 앞에 있으니 신나게 맛있는 음식을 만들어주셨고 우리도 신이 나서 맛있게 먹었다.

2020년, 코로나 바이러스로 인해 엄마는 부탄에 1년 동안 머무르셨다. 한 달에 두세 번, 쉬는 일요일이면 타시와 나는 부모님들을 모시고 소풍을 갔다. 어머님들의 맛있는 도시락을 먹고 이야기를 나누며 주말을 보내다 보니 한해가 금세 지나갔다.

타시, 한국에 오다

우리 부모님께 인사도 드릴 겸, 커피 만드는 법도 배울 겸 찬바람이 쌩쌩 부는 2011년 겨울에 타시가 한국에 왔다. 아리랑 TV를 보면서 한국에 무척 오고 싶어 했는데 드디어 오게 된 것이다.

한국에 먼저 와 있던 나는 사촌 언니와 함께 공항에 마중 나갔는데 한국의 초겨울 날씨에 타시는 온몸이 꽁꽁 얼어 있었다.

"내가 여긴 많이 춥다고 했지! 그런데 넌 안 믿었지? 하하하하."

엄마는 집안 정리를 하고 타시를 맞이할 준비를 하며 이래저래 바쁘셨다. 아니, 그러고 보니 엄마는 인도에서도 바쁘셨다! 엄마는 인

아들은 만두피를 밀고, 아버지는 주전자 뚜껑으로 만두피를 찍어내시고,
부탄과 한국의 두 어머니는 만두를 빚으신다

도에서도 자주 게살 된장찌개를 끓이셨다. 이번에도 아침 일찍부터 게를 푹 끓여서 육수를 내어 게살을 일일이 발라내고 계셨다.

"엄마, 왜 게살을 다 발라내요? 그냥 먹으면 되는데."

"아니, 타시가 게를 보면 죄책감을 느껴서 못 먹을까 봐 그래."

"그렇게까지는 안 해도 돼요."

엄마의 행동이 참 유별나다는 생각이 들기도 했지만, 한편으론 엄마의 사려 깊은 마음이 참 고마웠다.

부탄에 가기 전에는 부탄은 불교국가라서 살생을 하지 않고 채식 위주의 식사를 할 거라는 생각을 했었다. 하지만 유목민의 식습관이 아직 남아 있어 각종 고기류를 건조해서 먹고 유제품 섭취를 많이 한다. 그중에는 육식을 하시는 스님도 많은데, 발우공양 전에 항상 이렇게 기도하신다고 한다.

너의 희생으로 내 몸에 필요한 영양을 받을 수 있으니 정말 고맙다. 다음에 더 좋은 곳에서 환생할 수 있도록 기도하마.

이런 이유로, 많은 절과 가정에서 매년 희생되는 가축들과 이름 모를 존재들을 위해 제사를 올린다. 특히 우리는 식당을 운영하고 있어 많은 양의 고기를 손질해야 한다. 그래서 제삿날은 꼭 문을 닫고 '너희의 희생으로 우리가 돈을 벌며 잘 살아가고 있다. 정말 고맙다'라고 기도한다.

한국에 온 타시에게 우리 이모님이 맛있는 음식을 사주신다고 해서 외사촌 식구들과 다 함께 해산물 뷔페에 갔다.

타시가 먹어보고 싶어 했던 신선한 초밥들과 맛있게 구워진 큼직한 새우들이 즐비했다. 그런데 타시는 딱 한 그릇, 그것도 새 모이만큼 음식을 가져왔다. 다 먹고 다시 먹으러 가자고 하니까 자기는 벌써 배가 부르다는 것이다.

'어? 이게 아닌데……'

가만히 눈치를 보니, 처음 만나는 가족들 사이에서 몇 번 음식을 가져다 먹는 게 굉장히 부끄러웠던 것 같다. 그때부터 우리 엄마는 발에 불이 나도록 열심히 종류별로 열심히 음식을 가져다주셨다. 엄마는 행여나 하나라도 놓칠까, 나도 처음 보는 해산물까지 모두 타시 앞에 가져다주셨고 '음식을 남기면 안 된다'는 철칙이 있는 타시는 정말 배 터지게 먹어야만 했다. 결국 이모님이 눈치껏 말린 다음에야 (내 말은 엄마 귀에 들어가지도 않으니) 음식 행렬은 끝이 났다.

집으로 돌아오는 길에 타시에게 물어봤다.

"음식이 별로였니? 왜 많이 안 떠다 먹었어?"

"아빠가 항상 말씀하셨거든. 뷔페 음식을 먹을 때는 소량씩 떠서 자주 가져다 먹으라고. 접시에 산처럼 많이 떠오면 다음 사람이 먹을 게 별로 없으니까. 그래서 조금 떠오긴 했는데 도저히 부끄러워서 일어날 수가 없었어."

아, 그랬구나! 부탄에서는 결혼식이나 승진 등 큰 행사가 있을 때 다양한 음식을 만들어 뷔페식으로 접시에 덜어 먹는다.

타시, 한국에 오다. 킹크랩과 대게 먹은 날.
타시의 표정이 얼어붙어 있다

"하하하, 내 생각이 맞았구나, 나도 그렇게 생각했었어. 그런데 이제 다 같은 가족인데 부끄러워하지 않아도 돼. 너 때문에 엄마가 얼마나 바쁘셨는 줄 알지?"

타시는 "응, 다음에 이런 자리가 있으면 알아서 잘 먹을게"라고 웃고는 엄마에게 "신경을 많이 써 주셔서 감사합니다"라고 꾸벅 인사를 드렸다.

이번엔 여의도에 근무하고 계셨던 형부에게 전화가 왔다. 타시한테 킹크랩과 대게를 사주신다고, 퇴근 시간에 맞춰 여의도로 오라는 것이다. 약속 장소로 가려고 버스를 탔는데, 하필 퇴근 시간과 맞물려 버스는 만석이었다.

버스에 탄 후 서 있는데 타시가 고개를 숙여 누군가에게 인사를 했다. '응? 타시가 아는 한국 사람이 없을 텐데!' 놀라서 "누구한테 인사하는 거야?"라고 물어보니 그냥 눈이 마주쳐서 인사했다고 한다. 그러고는 나한테 이렇게 물어왔다.

"버스 안에 사람들이 이렇게나 많은데 정말 조용하네. 그리고 다들 정말 무표정이야. 버스 안에서 이야기하면 누구한테 혼나는 거야?"

"아니, 그런 건 아닌데 괜한 오해를 할까 봐 서로 조심하는 거야."

맞다, 우린 언젠가부터 그랬던 것 같다. 사람들 간의 단절감이 비좁은 버스에서도 여지없이 나타나고 있었는데, 이미 익숙해져버린 나와는 달리 타시에겐 굉장히 새롭게 느껴졌나 보다. 그도 그럴 것이, 부탄의 버스 안에선 10분만 타고 있어도 버스에 탄 사람들은 나에 대해 많은 걸 알게 된다.

오후 6시경, 형부를 만나 노량진 수산시장으로 갔다. 정말 오랜만에 수산시장에 온 나와, 수산시장을 처음 와본 타시는 이것저것 신나게 구경했다. 처음 보는 멍게와 해삼을 보며 "이건 사람이 먹는 거니?"라고 물어보는 타시와 깔깔 웃으며 구경하다 형부가 가게 앞의 대형 수조 앞으로 우리를 불렀다.

"타시, 어떤 게가 좋아 보여?"

타시는 정말 순수하게 어떤 게가 멋있는지를 묻는 걸로 알아들은 것이다.

"이거요."

"오케이! 사장님, 이 게로 주세요!"

형부는 시원스레 외쳤고, 새우튀김 하나를 먹고 돌아오니 타시가 고른 킹크랩은 이미 붉게 잘 쪄져 있었다.

"타시, 이거 네가 고른 게야. 잘 골랐네, 맛있겠다."

하아, 게를 쪄서 들고 집으로 돌아가는 길에 타시는 아무 말도 없었다. 그랬다, 나도 미처 이것까진 생각하지 못했다. 형부와 나의 의도는 이런 게 아니었는데, 어쩌다 보니 타시의 마음을 상하게 하는 결과가 되어버렸다. 문화적 차이로 인해 나에게는 웃지 못할 일이, 타시에겐 아직 잊지 못할 사건이 되었다.

엄마는 게를 정말 좋아하기 때문에 킹크랩과 대게살만큼은 다른 식구들에게 절대 양보하지 않는다. 그런데 웬걸, 타시 먹으라고 집게발 살을 야무지게 발라 주셨다. 헉! 우리는 모두 충격을 받았다. 그러나 아직도 수산시장에서의 여운이 남아 있던 타시는 멀뚱히 쳐다만 보고 있었고 결국 언니가 한마디 했다.

"타시는 정말 이쁨을 많이 받네! 엄마가 게살을 발라주는 사람은 타시가 처음이야. 빨리 먹어요!"

이런 이해의 차이로 인해 어지간하면 화를 내지 않는 타시도 처음으로 나에게 화를 냈던 일이 기억난다. 인도에서 학교 다닐 때였다. 점심을 먹으러 어느 식당으로 갔다. 각자 먹고 싶은 음식을 주문했고 음식이 나오자 나는 내 것을 타시한테 맛보라고 권했다.

"타시! 이거 먹어봐, 맛있어!"

"아니, 괜찮아."

"그래? 그럼 나는 네 거 먹어봐도 될까?"

"그래, 먹어봐."

이 대화에서 화가 날 만한 대목이 어디 있겠는가. 그런데 점심시간 이후 타시는 표가 날 정도로 나한테 화가 나 있었다.

"기분이 안 좋아 보이네. 왜 화가 났는지 알 수 있을까?"

"아무것도 아니야."

"아무것도 아닌 게 아닌데? 말 좀 해봐."

"…… 너는 항상 그런 식이야."

"내가? 뭐가? 내가 뭐 잘못한 게 있었니?"

"그게 네 잘못이 아니라는 건 나도 알아. 그래서 몇 번을 그냥 넘어갔는데 계속 반복되다 보니 너무 섭섭해."

"그 섭섭한 게 뭔지 알려줄래?"

"너는 왜 한 번 이상 권하지 않는 거니?"

"뭐? 내가 물어봤을 때, 네가 다 괜찮다고 했잖아."

"아니, 그게 아니라 우리나라에선 상대방이 괜찮다고 해도 기본으로 서너 번은 더 물어봐. 특히나 우리 엄마는 상대방이 지칠 때까지 권하고 물어보셔. 첫 번째 권할 때 덥석 '예'라고 답해본 적이 없어서 네가 두 번째 물어보면 먹어보려고 했는데, 너는 항상 한 번만 물어보곤 거기서 끝이야. 저번에 아이스크림도 그렇고. 말은 안 했지만 이런 적이 많아."

"미치겠다, 정말. 이게 네가 삐진 이유였니? 나는 싫다고 하는데 다시 권하는 게 실례라고 생각하기 때문에 그런 거였어. 진작 말을 해주지. 그럼, 어떻게 해야 할까? 이제부터 내가 세 번까지는 다시 물어볼까?"

"그래, 세 번까지 물어봐 줘. 세 번째에도 내가 아니라고 하면 그건 정말 아닌 거야."

정말 웃기다. 우린 이렇게 정말 웃긴 연애를 했다.

그 후 부탄에서 타시 부모님과 함께 생활했을 때, 나는 타시 어머니의 권함을 이긴 적이 별로 없었다.

이렇게 산다,
그리고
이렇게 간다

부탄 아버지, 어머니 이야기

타시 아버지는 어머니를 만나기 전, 이미 네 번의 결혼과 이혼을
했다. 일부다처체가 아닌, 결혼하고 아이들도 낳고 사시다가 위자료
주시고 이혼하는 것을 네 번 반복하셨다. 타시의 어머니는 아버지의
마지막 인연이었는데 나이 차가 무려 24살이나 났다.

어느 날, 어머님이 손님맞이에 분주하셨다. 누가 오시나 물어보니
아버님의 전(前) 부인 사이에서 낳은 자식들이 온다는 것이다. 공무
원, 건축업, 연극 연출 등 다양한 일을 하며 인맥이 넓은 아버지께 부
탁할 일이 있어 온다는 것이다.

'전처, 그리고 그 자식들? 그럼 서로 원수 같은 사이가 아닌가?'

굉장히 의아했다. 그리고 그분들이 왔을 때 나는 더 놀랐다. 타시보다 나이가 한참 많은 분들이 다 같이 앉아서 웃으며 밥을 먹고, 무슨 문제가 있는지 상의하고……. 그냥 사촌들이 놀러 온 것 같은 분위기였다. 그들이 가고 나서 물었다.

"어머님은 아버님의 전처 식구들이 오면 불편하지 않으세요?"

"마음이 마냥 편하지는 않지. 하지만 타시와 동생, 누나는 아버지의 사랑을 받고 아직까지 함께 살고 있지만 저 아이들은 아버지 없이 자랐잖아. 자주 오는 것도 아니고 한 번씩 와서 아빠 얼굴 보고 가면 얼마나 좋니. 그래서 이렇게 오면 밥 한 끼 해서 아빠랑 다 같이 맛있게 먹게 해주고 싶은 마음이야."

부탄에서의 만남과 헤어짐, 결혼과 이혼은 사회적 편견에서 비교적 자유롭다. '만남과 헤어짐'의 자유라는 것은 '문란하다'는 의미와는 다르다. 불교철학의 윤회와 인연의 가르침과도 밀접한 관련이 있는 것 같다. 윤회의 굴레 속에서 살아가는 존재들은 그들의 전생부터 쌓여온 인연이 있는데, 많은 혼란과 방해요소(내적, 외적)로 인해 전생으로부터 이어진 현생을 올바로 인지하지 못하고 실수를 반복한다. 사람들 간의 만남과 헤어짐도 이 실수에 해당한다. '만날 사람은 만나게 된다'는 말처럼, 만나야 할 사람을 만나면 오랫동안 함께 사는 것이고, 실수로 인연이 아닌 사람을 만났다면 헤어지고 다시 만날 것이며, 이번 생은 혼자 살아가는 여정이라면 그냥 혼자 사는 것이다. 굉장히 간단하게 느껴진다. 그리고 '이것을 마음으로 이해할 수 있다면 삶이 조금 더 편안해지지 않을까'라는 생각이 들었다.

내가 만난 많은 부탄 사람들은 행동과 말의 무게가 무거웠지만, 그 말과 행동의 결과가 아니다 싶을 때는 그것을 끊어버리는 것에도 대담한 사람들이었다. 물론 부탄에서도 편부모의 숫자가 계속 늘어감에 따른 사회적 고민은 늘어가고 있고, 가정을 지키기 위해 자신의 감정을 희생하며 살아가는 사람들도 있다. 결국은 자신의 선택, 그리고 그에 따르는 책임, 남겨진 이들에 대한 편견 없는 보살핌이 중요하다는 것을 타시의 부모님을 보며 새삼 느끼게 된다.

한 집에 돼지 셋

2019년, 돼지해가 돌아왔다. 부탄에서는 새해에 제사를 올리는데, 우리가 조상님께 올리는 제사와는 그 의미가 조금 다르다.

림도(Rimdo)라고 불리는 이 의식은 부탄인들 믿음의 중심에 계시는 구루 린포체와 그 주위의 많은 신들, 그리고 보이든 보이지 않든 존재하는 모든 분들에 대한 감사함을 표현하고 무사무탈한 생을 보내게 해달라고 기원하는 의식이다. 림도는 새해 하루만이 아니라 그해의 신성한 날, 가족들의 결정 하에 몇 번이든 제사를 올릴 수 있다.

우리나라에서는 자신이 속한 해를 '황금~해' 등으로 부르며 아주 좋은 해로 받아들이지만, 부탄에서는 '자신의 해가 돌아오면 몸과 정신을 굉장히 조심해야 한다'고 한다. 여행은 자제하고 구설수에 오를 수 있으니 말과 행동을 더 조심하라고 한다.

그리고 가족 중 누군가가 속해 있는 해가 오면 림도를 할 때 그 규모와 정성이 조금 더 커지는데 2019년 돼지해는 아버지, 어머니께 정말 많은 일을 가져다주었다. 가족 구성원 중 한 사람만 속해도 걱정인 해인데 이미 아버지와 어머니, 두 돼지띠가 계셨던 집안에 나까지 더해졌으니 돼지띠 3명이 있었던 2019년의 그날, 아버지는 해가 뜨기 전에 일어나 오전 6시면 도착할 족히 10명이 넘는 스님들을 맞이하기 위해 분주히 차를 끓이고 아침밥을 만드셨다.

림도는 2~3일에 걸쳐 진행이 되는데 적게는 몇 만, 많게는 몇십 만혹은 몇백 만의 만트라를 외워야 한다. 경전 외우는 것은 스님들이하시게 되는데 중요한 일이 많을수록 암송해야 할 경전의 수도 늘어난다고 한다. 보통 일반 림도를 할 때 6~7명의 스님들이 오시는데 이번 돼지띠 해는 이 정도 규모의 스님들로는 어림 없었다.

동이 트기 전, 아버지는 전날 마련해두신 솔 나뭇가지를 앞마당에서 태우셨다. 소나무 타는 냄새가 참 좋았다. 마치 향을 태우는 것 같았다.

해가 뜰 무렵이 되자 타시와 타시의 매형, 매부는 각자 차를 몰고스님들을 모시러 가고, 어머니와 남은 가족들은 손님맞이 준비를 했다. 아버지는 집의 가장 위에 모신 불당을 마지막으로 확인하느라 앉을 새가 없었다.

스님들이 도착하면 아침식사와 차를 대접하는데, 이날의 음식들은최대한 부탄 전통식으로 정갈하게 준비했다. 림도 때가 되면 어머니는 주방에서 나오실 새가 없었다. 아침 준비 후 차와 다과를 준비하고, 다과 후 점심을 준비하고, 점심 후 또 차와 다과, 다과 후 저녁을 준비해야 하니 얼마나 바쁘실까. 물론 두 딸들과 나도 도와드렸지만 우리는 아직 어설퍼서 옆집 사는 이모님께서 도와주셨다. 이렇게 큰 규모의 림도가 있을 때는 다른 가족, 혹은 이웃들이 서로 도와준다. 품앗이처럼 서로 도우며 이런저런 이야기를 나누다 보면 시간은 훌쩍 지나갔다.

림도를 지내는 방식은 다양하다. 꼭 집에서 제사를 드리는 것만 있는 것은 아니다. 달력의 빨간 날인 어느 신성한 날에 가족들과 함께 점심 도시락도 준비하고, 제사에 올릴 음식도 준비하여 해발 4,000미터에 있는 첼렐라 패스(Chelela pass)에 갔다. 그곳에는 화덕 비슷하게 생긴, 소나무를 태울 수 있도록 만들어진 곳이 있다. 'Ssang-phue(쌍퓌)'라고 하는 것으로 태워 올리는 제사를 지내기 위한 곳이다. 이곳에 도착한 후, 아버지는 제일 먼저 소나무를 태우고 어머님과 사촌오빠인 스님은 마련해간 음식, 어머니가 집에서 직접 빚은 술과 어제 만든 과자, 과일, 밥과 반찬 등등 제사를 위해 가져간 모든 음식을 태우기 위한 준비를 하셨다.

가족들은 소나무가 타고 있는 곳 앞에 조용히 서 있고, 앞에 계신 스님이 불경을 외우신다.

"이 세상의 모든 존재들이여! 오늘 저희가 작은 정성을 준비했으니 부디 오셔서 마음껏 드시고 가세요. 모든 이들의 평안과 고통 없는 삶을 위해 보살펴주소서!"라고 불경을 외운 뒤, 음식들을 하나씩 태운다. 이 땅의 모든 존재, 산의 정령들, 땅의 주인들, 수호신 등이 오셔서 배부르게 드시라고 각종 음식들을 태우며 연기를 보시한다. 과일, 우유처럼 '이게 과연 탈까?' 하는 생각이 드는 음식들도 태웠는데 술과 소나무를 함께 넣고 태우니 은은히 타들어갔다.

가족들 개개인의 기도는 각기 다를 수 있지만, 시부모님은 "이번 생에 인간으로 태어난 이유와, 그에 따른 사명을 알고 올바르게 잘 걸어갈 수 있도록 안내해주시고, 보호해주십시오"라고 기도하는 것을 빼먹으면 안 된다고 누누이 강조하셨다.

그래, 모든 일에는 원인과 결과가 함께 존재하는데 인간의 탄생에도 그 원인, 즉 이유가 있지 않을까? 삶을 떠날 때 태어남의 이유, 살아감의 이유, 떠남의 이유와 그 결과를 아는 사람은 과연 있을까?

생각이 많아졌다.

점성술을 공부하는 한 스님과 이야기를 나눈 적이 있다.

자신이 공부한 바로는 지금 이 세계에 인간의 눈에는 보이지 않지만 함께 공존하여 살아가는 존재들이 최소 약 2,000가지 혹은 훨씬 더 많은 것들이 있다고 하셨다. 그 존재들은 그들의 차원 혹은 패러다임 속에 서로 방해하지 않고, 방해받지 않고 살아가고 있지만, 그 사이에서 발생하는 교집합이 있을 수도 있다는 것이다. 그 속에 도움을 받는 인간도 있고, 의도치 않게 불이익 혹은 상해를 입을 수도 있다고 한다.

한국식으로 예를 들면, 어느 가족이 집을 새로 짓다가 인간은 알아채지 못하지만 그곳 지신(地神)의 영역을 건드려 방해했을 때, 알 수 없는 문제가 그 가족에게 일어날 수 있다. 그리하여 무엇인가를 시작할 때 고사를 지내며 미리 허락을 구하는 의식이 한국에도 있다. 이러한 믿음과 행위가 한국에선 무속신앙, 샤머니즘으로 분류되어 그 영역이 제한적이지만 자연과 굉장히 가깝게 살아가는 부탄에서는 함께 공존하는 존재들에 대한 예의를 표하고, 도움이 필요할 때 부탁도 드리며, 어쩌면 살아감에 가장 중요한 비중을 둔다고 해도 과언이 아니라는 생각이 든다.

아버지, 어머니는 자신의 어린 시절에 겪었던 이야기를 자주 해주신다. 지금보다 훨씬 더 자연과 가까이 있었고 어떠한 방해 요소도 없이 살던 그 시절, 통사(Tongsa)라는 지역에서 어린 시절을 보낸 어머니는 도깨비불에 관한 이야기를 많이 해주셨다.

달빛에만 의존해서 길을 걸어야 하는 밤이 오면, 가끔씩 집 앞쪽에 둥둥 떠다니는 도깨비불을 볼 수 있었어. 이 불이 나타나면 나는 재빨리 아빠에게 알렸지. 아빠는 채소 담는 큰 자루를 가지고 나와 그 불을 자루 안으로 덮어 가둔 다음, 몽둥이로 패주었어. 날이 밝고, 아빠와 나는 마을의 여기저기를 다니며 둘러보는데 아무 이유 없이 삭신이 쑤신다는 이웃을 만나면 그 불의 주인이 누군지 확인하고 집으로 돌아와 자루 속에 있는 그걸 자유롭게 보내주셨어. 그러고 나면 이유 없이 아프던 그 사람은 씻은 듯이 나았지. 이 말은 즉, 그 사람이 잠들었을 때 그의 혼이 도깨비불이 되어 이리저리 쏘다니고 있었던 게지.

한 날은 잠을 자고 있는데 꿈인지 생시인지 알 수 없는 희미한 의식 속에 파란 불의 형태를 한 '자'를 본 적이 있단다('자'라는 정령은 그 지역의 수호신으로 불린다). 나는 깜짝 놀라 잠에서 깨어 이불을 뒤집어쓰고 덜덜 떨고 있었지. 왜냐하면 수호신은 우리를 지켜주시지만, 그의 불꽃이 사람의 몸 어딘가에 닿기만 해도 그 부위는 마비가 된다고 믿었기 때문이야. 실제로도 이런 일을 겪으며 사지마비가 된 사람들을 몇몇 본 적이 있어.

붐탕(Bumthang)에서도 한참을 더 올라가야 하는 싱카르라는 지역 출신인 아버지는 소인(小人, Mee chung, 미충)들의 흔적을 많이 봤다고 하셨다. 거구의 설인, 예티(Yeti)에 대해선 들어본 적이 있지만 소인에 대해서는 처음 들어보는 터라 너무도 흥미로웠다.

싱카르 마을의 고개를 넘어가서 산 밑으로 내려가면 많은 병을 치료해준다고 믿는 성스러운 물이 흐르는 곳이 있단다. 예전에는 이곳에 자주 갔었지. 아주 이른 아침, 물을 길으러 산길을 가다 보면 소인들이 피워놓은 아주 조그마한 장작들과 타다 만 재들을 볼 수 있었어. 어떤 날은 그들이 먹던 것으로 보이는 작은 열매류들도 보았단다. 어릴 때는 신기한 마음에 그들을 볼 수 있기를 간절히 바랐는데 "그들을 방해하지 말아라"라고 하시는 마을 어른의 말씀에 그 마음을 접어야 했지.

와아, 도깨비불과 소인이라니! 동화책에나 나올법한 일들을 눈앞에서 직접 본 어른들의 말씀에 나는 점점 깊이 빠져들어 갔다.

책 읽는 것을 좋아하는 나는 가방에 책 한 권은 꼭 넣어 다니거나, 자기 전에 책 읽는 걸 좋아해서 머리맡에 항상 책을 둔다. 하루는 타시가 이렇게 말했다.

"너는 책 읽는 게 어떻게 재미있을 수가 있어? 나는 살면서 책 한 권을 다 읽어본 적이 없어."

아니, 책을 끝까지 다 읽어본 적이 없다는 말을 이렇게 당당하게 하다니!

"어떻게 책을 읽지 않을 수가 있어? 적어도 교과서는 읽었을 거 아니야. 책에는 재미있는 이야기들이 참 많아. 네가 상상하는 그 영역을 넓힐 수도 있어."

이렇게 말하고는 나도 모르게 타시를 무시하는 투로 "지금부터라도 책을 읽어봐. 많은 지식을 얻을 수도 있고, 좋은 점이 많아" 하며 가르치려고 했다.

하지만 내 생각이, 책을 많이 읽는 것만이 항상 옳은 것은 아니라는 것을 깨닫기까지는 그리 많은 시간이 걸리지 않았다. 타시와 어느 특정 주제에 대해 이야기하면, 나는 그 주제에 대해 내가 알고 있는 모든 지식을 다 동원해서 이야기해도 어느 시점이 되면 이야깃거리가 뚝 끊겼는데, 타시는 주제에 대해 나보다 훨씬 넓게 그리고 깊이 있는 자신의 주관을 이야기했다. 그런 일이 반복되면서 '내가 타시보다 책에서 얻은 지식이 많은 똑똑한 사람이었을 수는 있지만, 삶에서 듣고 보고 경험에서 배운 지혜에서는 내가 한참 뒤떨어져 있구나. 타시는 나보다 지식과 정보에 대해선 많이 알지 못하지만, 나보다 지혜로운 사람이다'라는 생각이 들었다.

조금 혼란스러웠다. 책을 읽으면 지식은 물론 지혜도 쌓을 수 있는 것이 아닌가? 물론 책에서 많은 지혜를 배울 수도 있다. 그러나 나는 지식과 지혜를 구별도 못하는 어리석은 사람이었음을 받아들여야만 했다.

'그럼 타시는 이런 지혜를 어떻게, 누구에게 배웠을까?'라는 의문이 생겼다. 인디언 연설문을 엮어 놓은 어떤 책에 이런 이야기가 나온다.

> 어린아이가 삶을 일찍 마치는 것도 안타깝고 슬픈 일이지만, 나이 드신 연로한 어른이 돌아가시는 것은 크나큰 슬픔이고 참으로 비통한 일이다. 왜냐하면 노인이 죽으면 그 사람만 죽는 것이 아니라 그가 살아오면서 쌓아온 지혜도 함께 사라지기 때문이다.

타시는 어릴 적에 외할아버지 손에 자랐다. 그때 부탄 시골에는 TV도 없던 시절이었다. 타시의 유일한 친구는 자연과 외할아버지였다. 밭에서 볼일을 보고 나면 잎사귀로 어떻게 뒤처리를 해야 하는지 등의 가장 기본적인 것부터 부탄의 역사, 부처님 이야기 등 셀 수 없이 다양한 분야에 대해 외할아버지의 이야기를 들으며 컸다고 한다. 물론 절대적으로, 혹은 과학적으로 증명된 이야기들은 아닐 수 있다. 하지만 외할아버지가 살아오면서 직접 보고, 겪은 이야기들은 적어도 왜곡된 것은 아닐 것이다. 그런 자신의 경험들을 손자에게 이야기해주며 마음속에 비옥한 토양을 품고 클 수 있도록 손자의 어린 시절에 많은 거름을 주신 것이다.

이렇게 타시 내면의 토양에 외할아버지로부터 받은 거름과 아버지, 어머니, 그리고 살아오며 만난 많은 스승님들의 거름이 더해져 심지 굳은 아름드리나무가 자란 거라는 생각이 든다.

어느 겨울, 죽음을 배우러 가셨다

부탄에 온 지 얼마 지나지 않았을 때, 친하게 지내는 켐포(kempo, 불교 학교에서 학생들을 가르치는 선생님) 스님에게 굉장히 흥미로운 이야기를 들었다.

궁금한 게 셀 수 없이 많던 나는 켐포 스님이 집에 오실 때마다 시간 가는 줄 모르고 질문을 쏟아냈는데 어느 날, 불교 명상에 관해 여쭤보았다.

"선생님, 요즘 사람들이 명상에 대해 많이 이야기하는데 명상이라는 건 무엇인가요?"

웰빙 시대에 요가 명상이 한창 유행하고 있을 때, 인도에서도 요가를 배우며 명상도 하곤 했지만, 정작 명상의 정확한 의미가 무엇인지는 잘 알지 못했다.

이론상으로는 마음을 비우고 무(無)의 상태를 유지하라고 하는데, 내 마음과 정신을 '없음'의 상태로 만드는 것은 불가능했다.

"연지야, 불교에서 말하는 '무의 상태(Emptiness)'라고 하는 것은 아무것도 없는 허공을 말하는 게 아니란다. 너 자신의 생각을 비워내고 또 비워내서 어느 한 가지에 집중을 하는 것, 그것을 무의 경지에 이르게 하는 명상법 중의 하나라고 할 수 있다. 쉽게 생각해서 사과 하나를 떠올리고는 너의 모든 신경과 생각을 사과에만 집중하는 연습을 해보렴. 너의 생각은 사과이고, 사과는 너의 생각이며 거기엔 아무런 감정도 존재하지 않아. 너의 생각은 자꾸만 사과 하나에서 나무로, 땅으로, 하늘로 뻗어나가려고 할 거야. 네가 생각하는 것을 가만히 내려다볼 수 있는 연습을 해야 한단다. 사과에서 벗어나 나무를 보려 할 때 알아차리렴. 그러고는 생각을 다시 사과로 돌려놓으렴. 그렇게 연습을 하다 보면 눈을 감아도, 감지 않아도 현재에 집중할 수 있고 네 자신의 생각과 행동을 제3자의 입장에서도 바라볼 수 있게 된단다. 이로 인해 너의 생각은 과거의 기억에 얽매이지 않고, 미래의 걱정에서 벗어나 온전한 현재를 살아갈 수 있다."

내가 생각했던, 눈을 감고 머릿속에 오직 깜깜한 배경만을 남겨둬야 했던 그 명상과는 판이하게 다른 것이었다.

"선생님, 이런 명상 외에도 혹시 다른 재미난 수련법이 있나요?"

"연지야, 혹시 죽음을 준비하는 공부에 대해 들어봤니? 아주 중요한 거란다."

"세상에……. 죽음을 공부하는 방법이 있고, 또 그걸 배우는 사람이 있나요?"

"그럼, 아마 펠장(아버님)과 치미(어머님)도 이 수련을 하셨을걸? 부탄에서는 거의 모든 사람이 적정 연령이 지나면, 혹은 더 이른 나이에도 관심이 있는 사람이면 포와(Phowa)라는 수련을 배우러 간단다."

"어떻게 죽음에 대비하는 수련을 하는 건가요? 저는 감히 생각조차 못하겠어요."

선생님께서는 포와의 수련 과정을 아주 간단히 설명해주셨다(스승님들의 방법에 따라 다를 수도 있다).

첫 번째로 가장 중요한 것은 자신에게 가장 잘 맞는 스승님을 찾아가는 것. 보통 약 3주에서 한 달 가량 지속되는 수련 과정 중 죽음의 순간, 인간의 혼이 머리 정수리로 나올 수 있도록 미리 길을 열어두는 수행 방법이 있는데, 이 부분은 정말 신기하고 흥미로웠다.

사람이 죽는 순간, 그의 영혼은 육체에 존재하는 어느 구멍(눈, 코, 입, 귀, 생식기)으로든 나올 수 있다. 그중 정수리로 혼이 나오는 것을 최고로 생각한다. 나는 말씀을 듣고 나서 '정수리에는 구멍이 없는데 어떻게 나온다는 건가?' 하는 의문이 생겼다.

선생님께서 이에 대해 말씀하시기를, 수행의 거의 막바지에 들어설 때쯤, 스승님께서 마른 볏대를 가지고 다니시며 한 명 한 명의 정수리를 조심스레 콕 눌러 보신다고 한다. 그러면 수행을 완성한 분의 정수리는 마치 신생아의 앞머리 부분이 부드럽게 열려 있듯, 정수리 부분도 부드럽게 열려 볏대가 들어간다고 한다.

"어머나, 어떻게 그게 가능할 수 있나요? 선생님도 이 수행을 하셨나요?"

"그럼, 당연히 했지. 볏대가 손가락 한 마디 정도 들어갔어. 아무런 느낌도 나지 않더구나."

선생님께 들은 포와라는 수행법이 나에게는 적잖은 충격이었는지 한동안 곰곰이 생각에 빠졌다.

가게를 오픈하고 선생님과 나눈 포와에 대한 대화의 기억이 점점 희미해져 갈 때쯤, 아버님과 어머님은 짐을 꾸리셨다. 작은 나라지만 남쪽의 열대기후와 밀림을 가진 지역에서 해발 6,000~7,000미터의 고산 지대까지 다양한 기후를 지닌 부탄에서는 추운 겨울을 나기 위해 많은 이들이 따뜻한 남쪽으로 이동을 한다. 특히 많은 스님들도 방학을 맞이하여 큰스님을 따라 겔레푸(Gelephu), 푸나카 지역으로 많이 이동하는데, 이 시기에 큰스님들께서는 머무는 지역에서 1~3달간 많은 강연을 하신다.

매해 겨울이 다가오면 부모님도 가르침을 받기 위해 떠날 준비를 하신다. 차 한 대에 매트리스, 가스, 냄비 등 거의 모든 집기를 다 챙기신다. 언제나 생활에 필요한 최소한의 물품만 챙겼다고 해도 이미 짐은 한가득이었다.

그런데 2017 겨울, 그해 부모님의 짐은 딱 배낭 하나씩이었다.

"어? 올해는 다른 곳으로 가세요? 짐이 너무 단출해요."

"이번에는 그리 오래 걸리지 않을 거야. 그리고 가진 것을 최대한 간소화하는 것이 좋지."

"어디 가까운 곳으로 가세요?"

"그리 멀진 않아" 하시고는 길을 떠나셨다.

시부모님은 약 3주 후에 돌아오셨다. 그리고 아버지는 이야기보따리를 풀어주셨다.

"포와 수행을 배우고 왔단다."

"아, 포와! 켐포 스님께서 말씀해주셨는데 잊고 있었어요!"

아버지의 설명에 의하면, 처음 3일 동안은 스승님께 구전으로 포와에 대한 경전을 전수받는다. 그 후 남은 기간 동안 자신만의 수련을 혼자서 해야 한다. 두 분은 이 기간 동안 '죽음을 어떻게 받아들이는가'에 대해 배우셨다고 했다. 아버지, 어머니는 아흥 림포체(Ahyung Rimpoche) 님께 부탁드렸는데, 이분은 연세가 많은 환생 스님으로 유명한 분이라고 하셨다.

"와, 그럼 아버지, 어머니의 정수리도 열렸나요?"

"아니, 우리는 이번에 성공하지 못했어. 굉장히 어려운 수행이기 때문에 계속해서 노력해야 한단다."

잊고 지냈던 포와의 기억을 떠올린 나는 이것에 대해 조금 더 알고 싶은 마음에 관련 서적을 찾아보았다. 그리고 포와라는 것이 구루 린포체께서 남겨주신 위대한 경전 《바르도 퇴돌(Bardo Thedol, 《티베트 사자의 서》)》에서 비롯된 것임을 알 수 있었다.

포와는 부탄 불교에서 매우 중시되는 구루 린포체(파드마삼바바) 님의 가르침으로 '어떻게 죽음을 맞이해야 하는가, 죽음 후 49일간의 여정'에 대한 가르침을 일컫는다.

구루 린포체께서 남겨두신 책 《바르도 퇴돌》에 따르면 이 수행을 배우기 위해서는 먼저 포와에 대한 깊은 지식이 있고 견문이 있는 스승님을 선택하여 찾아가는 것이 아주 중요하다고 한다. 물론 자신의 마음가짐이 가장 중요하겠지만, 그의 가르침으로 인해 올바른 포와를 실현할 수 있는지의 여부가 달려 있을 만큼 스승님은 아주 중요하다. 구루 린포체 님이 남겨주신 책의 해석조차도 저마다 다를 수 있기 때문에 이에 대한 깊은 내공이 있는 스승을 선택하여 찾아가는 것이 첫 관문이다.

《바르도 퇴돌》에서는 죽음의 시간이 왔을 때, 그리고 죽음 속으로 들어갔을 때, 막연한 두려움에 빠지거나 혼란에 빠지지 말고 살아생전 미리 예습했던 죽음의 길을 따라 바르게 나아가라고 말하고 있다.

전생에 대한 미련과 남은 욕심을 다 끊어버리고, 아주 환한 빛이 나는 그 길을 따르라고 한다. 죽음을 앞둔 사람이 있는 집에서는 임종의 순간에 스님이 사자(死者)의 혼을 바른 길로 인도해주십사 하고 자신이 따르는 큰스님께 부탁 드려 며칠 집에 거주하시기도 한다.

죽음의 시간이 오면 가족들은 슬픔을 내비추어서는 안 된다. 조용하고 차분한 분위기 속에서 스님은 그에게 속삭이듯《바르도 퇴돌》을 읊어주신다. 죽음의 순간, 그가 공포에 떨지 않고 자신에게 집중할 수 있도록, 막연한 두려움으로 생을 떠나지 못하고 길 잃은 영혼이 되지 않도록, 구루 린포체의 사후세계에 대한 가르침을 잊지 않고 잘 따라갈 수 있도록 일러주시고 또 일러주신다.

그가 완전히 숨을 거두었을 때, 스님은 정수리를 확인하신다. 사자의 정수리가 부드럽게 열려 있을 때, 스님은 가족들에게 "사자의 혼이 정수리로 나갔으니 다음 생에 좋은 존재로, 혹은 깨달음에 한 발짝 가까이 다가선 자로 환생할 것이다"라고 말씀해주신다.

삶에 관한 공부와 수행을 잘 마친 고승들은 자신이 현재의 육신을 떠나 다른 곳으로의 여행을 떠나는 날을 자신에게 남은 숨의 횟수로 안다는 이야기를 들었다. 그 한숨, 한숨에 집중하여 두려움이 아닌, 온전한 마음 그리고 감사한 마음으로 또 다른 여행을 받아들이는 것. 그것이 부탄에서의 죽음에 대한 정의가 아닐까 하는 생각이 든다.

죽음에 대해 생각해보지도 않고, 마치 죽음은 나에게 영원히 오지 않을 것처럼, 끝이 어딘지도 모른 채 살아가던 나에게 죽음을 정면으로 마주하고 미리 준비하시는 시부모님의 이야기를 들으며 새로운 세계에 눈뜬 듯한 기분이 들었다. 들으면서도 처음에는 이해가 잘 안 되어 한국에 관련 서적이 있는지 찾아보았다. 정말 감사하게도 구루 린포체께서 남겨주신 《바르도 퇴돌》을 한글로 번역 및 해석한 《티베트 사자의 서》라는 책이 있었다. 단순히 책만 읽었다면 '아, 이런 문화를 가진 나라와 사람들이 있구나' 정도로 생각했을 것이다. 그런데 이를 실제로 중시하며 수행을 거듭하는 사람들 사이에서 살다 보니 책의 한 구절 한 구절이 더 큰 의미로 다가왔다.

나도 언젠가는 나와 인연이 닿아 있는 스승님께 죽음을 어떻게 맞이하는지에 대해 자세히 배워야 할 것이다. 지인 분들의 이야기와 책으로 구루 린포체 님의 가르침을 조금 공부해보니 삶이라는 것에 대해 조금 떨어져서 생각해보게 되었다.

"인간을 힘들게 하는 모든 것, 자신이 놓지 못하는 욕심과 무언가에 대한 애착, 이 모든 것이 덧없는 것임을 깨닫고 모든 존재에 이로운 행동들로 바른 업(카르마)을 저축한 후, 죽음에 이르러 얽히고설킨 고리에서 벗어나 진정한 자유를 찾을 수 있도록 해야 한다"고 구루 린포체 님은 우리에게 알려주신다.

　'진정한 자유'라는 것은 '해탈'을 의미하는 것이겠지만 '모든 것에서 벗어나는 것이 과연 좋기만 한 것인가'라는 세속적인 의심에서 나는 아직 벗어나지 못한 것 같다. 두터운 나의 자존심과 삶에 대한 애착에서 눈을 뜨고 벗어나기 위해, 나의 중심에 있는 진정한 나를 알기 위해, 그리고 죽음을 통해 삶은 단순히 태어나서 살아가는 것만이 아니라는 것을 공부하기 위해 나는 부탄에 왔다는 생각이 든다.

항상
가까이
있었구나

하늘과 구름, 땅과 흙

8월의 막바지, 요즘 비가 참 자주 온다. 오전부터 내리쬐는 강한 햇볕에 식물도 동물도 지쳐 늘어질 시간이 되면, 시원한 바람이 불어오면서 누군가 물뿌리개로 뿌리는 듯 얌전한 비가 오기 시작한다. 비는 소리 소문 없이 오기 때문에 집안에 있으면 오는 줄도 모르고 있다가, 바람에 실려온 수분을 흠뻑 머금은 흙의 냄새가 느껴지면, 문을 활짝 열어놓고 한동안 시원한 비와 좋아하는 땅의 냄새를 맡고 있다.

하늘이 높아지는 가을이 오는 게 가끔은 아쉽다. 봄, 여름에 낮게 떠 있는 구름들과 산 위의 하늘을 보고 있노라면, 하늘과 땅 중간의 거리가 참 가까이 느껴져 저 산꼭대기에 오르면 하늘을 만질 수 있을 것만 같은 착각이 들기도 한다.

몇 해 전, 가게에 어느 외국인 손님이 왔다. 옷차림은 여느 다른 이들과 다를 것 없이 평범했는데 어? 신발이 없네? 게다가 양말도 신지 않고 그냥 맨발이었다. 친분이 있었다면 호기심으로 가장한 오지랖에 왜 시내에서 신발을 안 신고 다니는지 물어보고 싶었지만 처음 보는 분이었고, 더욱 내 호기심을 잠재운 건 이를 바라보는 사람들의 태도였다.

"타시! 저 사람 봐봐, 신발을 안 신고 다녀."

"그렇네, 그런데 그게 왜? 나쁘지 않은데?"

타시 뿐만이 아니었다. 우리 직원들도, 다른 손님들도 그분의 발을 봤지만 나처럼 갸우뚱하거나 별다른 반응을 보이는 사람은 없었다.

식사를 마친 그분이 가게에서 나가 아스팔트 위를 걸어가는 것을 계속 바라보았다. 그가 내 시야에서 사라질 때쯤 "바닥에 핀 같은 게 있을 수도 있으니까 조심해야 할 텐데……"라고 타시가 중얼거렸다.

그분의 맨발 도보는 이상하게도 내 머릿속에서 꽤 오랫동안 잊히지 않았다. 생각해보면 뭐 그리 특별한 모습도 아닌데. 맨발로 다니는 모습조차 자연스럽게 받아들이지 못한 고정관념에 묶여 있던 내 자신을 마주하게 되어 조금 충격을 받았던 이유이기도 했고, 자유로운 그분의 행동에 감동받아 그런 것일 수도 있을 거란 생각이 든다.

'맨발에 감동까지야!' 하는 생각이 들 수도 있지만 그분은 신발 없이 가기 꺼려지는 화장실부터 땅에 떨어져 있을 뭔지 모를 오염물질

등을 신경 쓰지 않는 모습이었다. 그는 사람들의 시선에서 자유로웠고 '땅, 흙과 항상 교감하며 살아가는 분이구나'라는 생각이 들게 했다.

아스팔트 깔린 도로가 점점 늘어나는 팀푸지만 그래도 아직까지는 시내를 조금만 벗어나도 흙길에 잡초들이 무성하다. 자연과의 거리가 이렇게나 가까운 곳에 자신의 잣대로 남을 평가하지 않는 사람들 사이에서 신념대로 산다는 것은 얼마나 복 받은 일인가.

'그분의 걸어가는 뒷모습이 아주 편안하고 가벼워 보였던 이유는 온전한 자신을 살아가고 있기에 그런 것이 아닐까'라는 생각을 해 본다.

여름 수행의 가르침

어릴 때, 나는 정말 뚱뚱했다. 아빠는 내가 살을 조금이라도 빼길 원하셨기에 매주 일요일이면 집에서 멀지 않은 어린이대공원에 가서 2시간씩 걸어야 했다.

아빠는 배낭에 약수 받을 통과 함께 나무 꼬챙이도 꼭 챙기셨다. 당시 소아비만으로 인해 뒷발꿈치를 살짝 부딪히기만 해도 아파했던 나를 보고 아빠는 기필코 살을 빼게 하리라 마음먹었다.

한 걸음 떼기가 힘들었던 나를 움직이게 하려고 아빠는 뒤에서 꼬챙이로 콕콕 찔러댔다. 우리는 그렇게 힘든 오르막을 올라갔다. 잠시 후 꼬챙이의 효과도 얼마 가지 않아 결국 최후의 수단이 등장했다.

아빠가 "연지야, 내려올 때 바이킹 태워줄게!"라고 하면 그때부터 없던 힘이 불끈 솟아났다. 그 당시 내가 살던 부산에 있는 어린이대공원의 산 중턱 위까지 올라가면 제법 큰 놀이공원이 있었는데, 그곳은 채찍과 당근이 함께 있는 최적의 장소였다.

이런 어린 시절을 보낸 나에게 산은 '굳이 힘을 들여 꼭 올라가야 하는 곳일까' 하는 의문의 대상이었다. 이곳에 와서도 산 위의 절에 가기 위해 파로 탁상을 처음으로 오른 것이 부탄에 도착하고 약 3년 정도 지나서였던 것 같다.

어느 날, 우리 외할머니의 젊은 시절 모습과 많이 비슷했던 양 선생님이 가게에 오셨다. 산을 무척 좋아하는 양 선생님은 미국에서 세계은행에 재직하다가 은퇴하고, 경제학자였던 남편 빌이 어드바이저로 부탄 정부의 초청을 받아 이곳에 오게 되었다고 한다. 이들의 노후계획은 '어디든 산이 있는 곳에 1년씩 가서 살자'였는데 그 첫 번째 장소가 이곳 부탄이었다.

타시와 나는 양 선생님 내외와 함께 산에 다니다 얼떨결에 산을 사랑하게 되었다. 우리가 처음으로 함께 오른 산은 초겨울, 11월 중순에 방문했던 탈라카 절(Talakha Gonpa)이었다. 이 절은 팀푸 시내 어디서나 보이는 산꼭대기에 위치한 절인데, 길을 잘 몰라서 두 번의 시도 끝에 도착했다. 산을 정말 좋아하는 빌은 늘 이렇게 이야기했다.

"산에서 길을 잃게 되면 무조건 전기 송신탑을 가까이 두고 걸어,

그러면 목적지에 도착하게 될 거야."

당시 스마트폰의 내비게이션에도 나오지 않던 그 초행길을 결국은 송신탑과 수도관을 봐가며 드디어 도착했다. 바람 피할 곳 없던 산꼭 대기의 절에 도착하니 감사하게도 그 절의 스님 한 분이 우리를 응접실로 안내해주셨다. 온몸이 얼어 있던 일행은 응접실에 놓여 있던 화로와 스님이 내어주신 밀크티로 한기가 싹 녹아버렸다. 우리는 도시락으로 준비해간 내 주먹보다 더 큰 주먹밥을 스님과 함께 나눠 먹고, 절에 대한 이야기도 들으며 시간을 보냈다. 그 분위기가 너무 좋아서 떠나기 싫을 정도였다.

부탄에서 길거나 짧은 트레킹을 다니다 보면 산중의 길 끝에는 항상 절이 있다. 물론 요즘은 관광객을 위한 트레킹 코스가 많아져서 그냥 일반 능선을 따라가는 코스도 많지만 나는 '길 끝에 절'이라는 도착지가 있는 등산로가 좋았다.

부탄 사람들은 산에 갈 때 절에 보시할 과일과 우유, 향 등을 잊지 않고 꼭 챙긴다. 산중의 절에 도착하면 아무리 깊은 산속 절이라고 해도 관리하는 스님이 꼭 계신다. 누구든 처음 보는 사이지만 힘들게 도착하여 스님 얼굴을 뵈면 그렇게 마음이 편할 수가 없다.

그 후로 가게 단골손님으로 오다가 친해지게 된 내 친구, 킨장의 소개로 깊은 산속에 있는 환생 스님들이 공부하시는 불교 학교, 구루 린포체의 발자취가 남겨져 있는 동굴 등 많은 곳을 갈 수 있었다. 특히 환생 스님들과 친분이 있었던 킨장의 도움으로 불교 학교의 교장, 교감 선생님과도 친분이 생겨 자주 방문하며 식사도 함께하고, 하룻

우리를 산으로 이끌어주신 양 선생님과 빌.
가게 마칠 시간이 되어가면 종종 간식을 만들어서 오신다

밤 자고 오기도 했다.

"연지야, 이번 주 너희 쉬는 날에 타시랑 같이 절에 가자. 스님들 뵌지도 오래되었고 마침 그날이 얄네(Yarney)가 끝나는 날이야!"

"좋아! 나도 환생 스님들 만난 지 오래 되서 뵙고 싶었어. 그런데 얄네가 뭐야?"

"나도 자세히는 잘 몰라, 올라가서 스님 선생님께 물어보자!"

오랜만에 간 불교 학교에는 무슨 축제라도 하듯 많은 학생들이 여기저기 나와 있었고 모두들 부산히 움직였다. 환생 스님들과 교장 선생님을 만나 함께 점심 식사를 마친 후에 그들은 얄네가 무엇인지 알려주었다.

지천에 새싹이 피어나고 음력 달력의 우기가 시작될 때 즈음, 얄네가 시작된다. 이 의식은 그 옛날, 부처님이 살아계셨을 때부터 내려오는 중요한 가르침에서 비롯된 의식이라고 한다. 양력으로 7월쯤 시작된다. 석가모니께서 계셨던 그 시절, 비가 오면 더욱 무럭무럭 자라나는 새싹들, 반가운 비에 온몸을 적시러 나오는 지렁이, 달팽이, 개구리 등 자연에 살고 있는 작고 연약한 존재들이 행여 산속에서 지내는 스님들 발밑에서 짓눌려 고통받고 죽을 것이 염려되신 붓다께서는 "비가 오는 우기 3개월 동안 수행자들은 여행을 금하라"고 하셨다. 이러한 붓다의 수행 목적이 오늘날까지도 귀감이 되어, 1980년대 어느 큰스님께서 여름 수행을 알리신 후 지금까지도 부탄에서 행해지고 있다.

약 3주간의 수행 시기에는 스님들이 집 밖 출입을 최대한 삼가하고 간단한 아침과 점심 식사를 하신 후, 오후 12시 이후부터 다음 날 해가 뜰 때까지 어떤 음식도 드시지 않는다. 이 시기에는 스님들이 밖에 나가 음식을 구할 수 없기에 인근 주민들은 곡식을 보시하기도 한다.

몇천 년 전에 주신 스승의 가르침을 순수하게 지켜나가는 사람들을 보며 왜 '어느 하나 하찮은 목숨은 없고, 보호받아 마땅하다'라고 하는지 이해가 되었다.

이곳에 살면서 만나는 많은 이들은 각자의 직업에 맞춰 살아가지만, 마음속에는 항상 부처님의 가르침을 품고 살아간다. 부탄이 '수행자가 많은 나라'라고 불리는 이유는 단순히 불자가 많아서가 아니라 '부처님의 가르침을 마음속에 항상 간직하고 사소한 것에서부터 동정심을 베풀며 실제로 행동을 하기 때문'이라는 생각이 든다.

사실 이곳에 오기 전까지는 인간 중심의 생각을 하며 살았다. 무엇이 '중요하다'고 하는 개념은 나를 중심으로 하는 그 범위 내의 한계까지였다.

창틀에 갇혀 탈진해가는 벌에게 꿀물 한 방울을 주면 그것을 마시고 나서 훨훨 날아간다. 그 벌을 보며, 곤충 같은 존재를 도와준다는 행동을 거의 해본 적이 없는 내 모습이 스스로도 어색하게 느껴졌다. 한편으로는 사소한 손길일 수도 있지만, 벌에 대한 연민을 가지고 행동을 했다는 것에 '내가 이렇게 변해가는구나'라는 생각이 들곤 한다.

대가를 바라지 않고 마음에서 우러난 한 번의 행동이 이곳의 많은 부탄 사람들에게는 기본적인 덕목이고, 매순간 실행하며 살아가고 있으니 이들을 어찌 수행자라 말하지 않을 수 있을까.

불교는 종교가 아닌 삶에 대한 공부 방법 중 하나인 철학이자, 배운 것을 직접 행해야 하는 수행임을 이곳 사람들을 보면 잘 알 수 있다. 누군가에게 도움을 주고 뭔가 좋은 일을 한다는 것은, 결국 나 자신의 좋은 카르마(업)를 저축하는 거라고 어느 스님께서 말씀해주셨다. 인간으로 환생한다는 것은 넓디넓은 깊은 바다에서 수영하고 있던 거북이가 백 년에 한 번 숨을 쉬러 올라왔는데, 때마침 지나가던 동그란 고리를 목에 거는, 그만큼 희박한 가능성이라고 하셨다. 우리는 인지능력과 사고를 할 수 있고, 그로 인해 깨달음을 얻을 수 있는 인간으로 태어난 만큼 궁극적인 목표인 윤회를 벗어나는 해탈을 위해 정진해야 한다. 그 단계에까지 한 번에 도달하지 못한다 하더라도 해탈에 한 발짝 더 가까이 다가가는, 다음 생을 위해 '나 자신만을 위한다'는 한계를 벗어나 많은 이들을 보듬을 수 있는 마음을 가질 수 있도록 끊임없이 마음공부를 해야 한다는 것이다.

많은 세월과 세대를 거쳐오며 부탄의 스승들은 사람들에게 궁극적인 진리(ultimate truth)를 깨우칠 수 있도록 가르쳐 왔다고 한다. 경제적으로 성공한 삶을 추구하는 시대 요구에 결박되지 않고, 그 옛날 붓다께서 늘 강조하셨던 궁극의 진리, 누구나 태어남과 죽음이 있는 이 삶에 대해 의문을 가지고 모두가 공평하게 똑같은 출발 지점에서 시작하지 않는 인생에 대해, 왜 그런 것인지 늘 물으며 반복되는 윤회의 목적을 알기 위해 공부를 거듭해야 하는 것이다.

이러한 가르침을 일상에서 항상 접해서 그런 걸까? 이곳 부탄 사람들은 요즘 한국 사회에서 '금, 은, 흙수저'라고 빗대며 '삶의 출발선이 왜 이렇게 공평하지 않나' 하는 것에 대한 생각이 굉장히 다르다.

이곳 사람들에게 현재의 삶은 오래전부터 이어진 삶의 일부분이기에 이번 생에 자신이 태어난 환경을 받아들이는 것에 대해 굉장히 유연한 태도를 가지고 있다. 태어나서 대략 70~80년의 생을 살고 나서 혼이 지금의 육신을 떠나는 일회성의 삶이 아니라, 내가 과거에 행했던 좋았거나 나빴던 업이 차곡차곡 저축되어 지금의 내가 존재한다는 것이다. 그래서일까, 내가 만난 많은 부탄 사람들은 자신이 부잣집이든 가난한 집이든 어느 환경에서 태어났는지에 대한 불만이 거의 없었다. 그러면서 공통적으로 하는 말이 있다.

"이번 생에 내가 좋은 환경에서 태어난 것은 전생에 좋은 일을 많이 했기 때문이다. 그로 인해 이번 생 역시 내 복을 더 많이 나눠 살면서 다음 생을 준비해야 한다. 이번 생에 내가 다른 이들보다 조금 부족하게 태어난 것은 전생에 잘못된 일을 많이 저질렀기 때문이다. 이번 생에 좋은 일을 많이 행해서 다음 생에 조금 더 나은 삶을 살 수 있도록 준비해야 한다."

와. 이 말을 들었을 때 이들은 종교를 떠나 삶을 바라보는 의식 수준이 굉장히 높은 사람들이라는 생각이 들었다. 삶에 어떤 상황이 닥쳐도 그 상황을 유연하게 받아들이는 사람들의 내공이 느껴졌다.

현재를 살아감과 동시에 과거를 되새기며 돌아오는 다음 생을 지각하고 준비하는 이곳 사람들. 이들은 과거와 미래의 지혜와 함께 현재를 살아가는 것 같다.

안녕, 곰아

내가 살고 있는 팀푸는 좁은 협곡 사이에 위치해 있다. 그래서 앞을 보아도 산이고 뒤를 보아도 산이고 양옆을 보아도 산이다. 처음엔 사방으로 둘러싸인 산을 보며 조금 답답한 느낌이었다. 거주 10년 차인 지금은 산속에 폭 둘러싸여 오히려 아늑한 느낌이 든다.

양 선생님 내외와 함께 산에 다니기 전, 타시는 트레킹을 많이 두려워했다. 물론 지금도 여전히 무서워하지만, 그때는 정말 우리끼리 산에 간다는 것은 생각하지도 못했다. 우리 둘 다 지독한 길치인 이유도 있지만, 타시가 정말 두려워했던 건 곰이었다.

차를 타고 산중의 절을 찾아가는 길가에는 작고 하얀 꽃들이 수북이 피어 있었다. 어느 날은 꽃이 너무 예뻐 사진을 찍기 위해 차를 세워달라고 부탁했다.

꽃 옆을 자세히 보니 새끼손톱만 한 딸기가 달려 있었는데 타시 말로는 그게 야생딸기란다. 뭐? 이게 진짜 딸기라고? 부탄에 살면서부터는 딸기를 잊고 지냈는데! 딸기라는 말을 듣자마자 홀린 듯 덥석 하나 따서 먹어보았다. 으악! 너무 시잖아. 나중에 인터넷에서 찾아보니 한국에서는 '뱀딸기'라고 불리는 약용으로 많이 쓰이는 딸기였다. 이곳에서는 제철에 따다가 설탕에 절여 잼을 만들어 먹는다고 한다. 아무튼 이 미니어처 딸기에 정신이 팔린 나에게 타시는 빨리 자리를 뜨자고 재촉했다.

"왜 자꾸 가자고 하는 거야? 우린 급한 일이 하나도 없는데. 나, 이

딸기 좀 따가도 될까?"

"하아, 이 딸기는 곰이 좋아하는 음식이야. 갑자기 나타날 수도 있다고. 빨리 가야 해!"

"이 조그만 것들을 곰이 먹는다고? 에이, 장난하지 마. 내가 믿을 것 같니?"라고 하긴 했는데 타시 얼굴을 보아하니 장난은 아닌 것 같아 서둘러 가던 길을 갔다.

시내에서 약 6~7시간 걸렸던 스님들의 학교를 가던 길, 양 선생님이 갑자기 "베어! 베어! 베어!"라고 소리쳤다.

나는 화들짝 놀라서 '진짜 곰이 나왔나?' 했는데 양 선생님은 혹시라도 인근에 있을지도 모르는 곰이나 야생동물들이 소리를 알아채서 우리와 맞닥뜨리지 않고 먼저 도망가라는 의미로 소리를 내야 한다는 것이다. 야생동물, 특히 곰이 많은 미국의 국립공원에서 하이킹을 할 때는 냄비 같은 걸로 꽝꽝 치며 다니는 사람들도 있다고 한다.

그때부터 타시랑 나는 "곰곰곰~ 돔돔돔~(부탄말로 '돔'은 '곰'이다)" 쉬지 않고 소리를 질렀다.

특히나 봄과 가을에는 날씨가 참 좋아서 산을 찾는 사람들이 많은데, 호루라기 같은 소리 나는 물건을 지니는 게 좋다고 한다. 킨장이랑 함께 처음 산에 갔을 때도, 킨장이 갑자기 노래를 크게 불렀다. 이 모습을 보고 타시는 노래도 잘 못하면서 뭘 그렇게 떵떵거리며 노래를 부르냐며 놀려댔었는데, 실은 우리만 몰랐던 산에서의 법칙을 많은 사람들이 이미 알고 있었던 것이다.

곰이 좋아한다는 딸기. 곰은 간식으로 도대체 몇백 개를 먹어야 할까?
그 큰 손으로 딸 수나 있을까? 입으로 따먹는 걸까?

산에 오르기 전, 나는 마음속으로 기도를 드린다.

'오늘, 저희가 당신의 땅을 오르기 위해 여기에 왔습니다. 최대한 방해하지 않고 조용히 다녀가겠습니다. 도중에 길을 잃지 않도록, 사고가 나지 않도록 안내해주시고 보살펴주세요. 고맙습니다.'

그런데 요란하게 소리를 내라니. 처음에는 힘든 산행에 기분을 돋우기 위해 노래를 부르고 휘파람을 부는 줄 알았는데 완전히 나만의 착각이었다.

가만히 생각해보면 그건 일리 있는 행동이다. 곰이 사람을 잡아먹기 위해 기다리는 것도 아닐 테고, 보통은 서로를 보고 놀라서 허둥대다가 곰의 앞발에 맞으면 치명적인 부상을 당하거나 목숨을 잃기도 한다. 우리는 곰이라는 존재를 이미 알고 있음에도 막상 마주치면 놀라는데 인간이라는 존재에 대해 학습되지 않은 곰은 인간을 보면 얼마나 놀랄까? 그래서 큰 소리로 인기척을 내어 '우리가 여기에 있다'는 것을 먼저 표현하고 마주치지 않도록 하는 것이 필요하다.

Present

나는 어떻게 살고 있나

나는 게으른 사람이다. 계획을 세우면 그 계획을 실행해야 한다는 생각조차 신경 쓰는 것이 귀찮아서, 어지간해서는 일을 계획하지 않는다. 그래서 지금까지의 삶은 굉장히 즉흥적인 선택에 따라 살아왔음을 이 글을 쓰며 새삼 깨닫고 있다.

산다는 것에 정해진 답은 없다. 그러니 각자의 삶을 살면 되는 것이지만, 이렇게까지 매 순간의 선택을 아무 준비 없이 맞이하고 결정하는 사람이 많지는 않을 거라는 생각이 든다.

이 시점에서 되돌아본다.

나는 과연 어떻게 살아왔고, 어떻게 살고 있는지.

스무 살을 넘기고 난 후, 삶의 굵직한 변화를 맞은 건 약 세 번 정도였다.

첫 번째, 인도에서 살기

2005년의 인도는 지금처럼 많이 위험한 곳으로 알려져 있지는 않았다. 그 당시에도 많은 사건과 사고가 끊이지 않았지만 요즘 같은 수준으로 쉽게 뉴스와 정보를 접하지는 못했기에, 겁도 없이 배낭여행 겸 어학연수를 갔었고 대학 공부까지 하기로 결정한 것이었다.

인도로 가기 훨씬 전부터 이 나라와 관련된 책을 여러 권 읽으며, 인도 사람들의 삶에 대한 철학은 우리와는 좀 다르다는 것을 느끼고 있었다.

늦은 밤, 친구 민숙이와 벵갈루루 공항에 도착하여 처음으로 눈을 마주쳤던 많은 택시 기사들의 눈빛은 '여기는 다른 곳이다'라는 사실을 일깨워 주었다. 그들은 상대방의 눈을 끝까지 쳐다보았다. 사람을 아래위로 훑어보는 것과는 달리, 내가 그 사람의 범위 내에서 사라질 때까지 쳐다보았다.

뭐지? 상대방이 눈을 마주치든 말든 그건 중요한 게 아닌 것 같았다. '텔레파시를 쏘아대는 것일까? 아니면 내 영혼까지 들여다보려고 하는 걸까?' 별의별 생각이 다 들었다.

이런 희한한 경험은 인도로 첫발을 내디딘 순간부터 떠날 때까지 변함이 없었다. 나중에 학교에서 친해진 친구들에게 물어보고 싶었지만, 혹시나 실례되는 질문일까 봐 묻지는 못했다.

인도에서는 몇 년을 살아도 어딜 가나 나를 향한 눈들이 있었다. 내가 특별히 잘나서 그런 것은 아니고, 그냥 거의 모든 사람들을 그렇게 쳐다보는 게 그 사람들의 일상이었다. 오죽하면, 지금도 한국인들의 눈보다 인도 사람들의 눈이 선명히 기억나기도 하고, 나도 이런 행동에 익숙해져서인지, 사람들과 대화할 때 눈을 가만히 쳐다보는 버릇이 생겼다.

'인도에 있으면서 요가는 한번 배워 봐야지'라고 생각했다. 학교 친구 스와티에게 괜찮은 요가학원을 소개시켜 달라고 부탁했는데, 의외로 가까운 곳에 위치해 있었다. 집에서 5분 정도 걸어가면 3개의 동이 있는 아파트 단지가 있었는데, 그 안에 강습실이 있었다. 한 클라스당 6~7명 정도의 강습생이 있었다. 나지막한 목소리를 가진 선생님도, 학생들도 다 그 아파트에 거주하는 주민들이었다.

요가 강습을 다닌 지 약 일주일 정도 지났을 즈음, 마무리로 아주 짧게 명상하는 법을 배웠다. 요가로 피로해진 몸을 조용한 찬팅(Chanting) 소리로 진정한 다음, 누워서 선생님 말씀에 따라 의식을 머리부터 발끝까지 옮겨갔다. 그런데 이게 웬일인가! 나의 의식이 팔에 도달하기도 전에 잠이 들고 말았다. 얼마나 지났을까. 요가 선생님의 따뜻한 손이 내 발에 닿는 것을 알아차리고 나서야 잠에서 깨어났다. 잠들었던 시간은 길어 봐야 5분여 남짓밖에 되지 않았다. 그런데 어떻게 이렇게나 개운할 수가 있을까? 타지 생활로 인한 긴장감과 이유 모를 만성피로에 시달렸던 나는 집으로 걸어서 돌아오는 길에 날

개를 단 것 마냥 가벼운 발걸음을 경험했다.

　돌아보니, 인도로 가려고 한 나의 선택은 개인적으로 꽤나 큰 결정이었음에 분명하다. 그런데 그때 어떻게 고민을 전혀 하지 않고 눈옆을 가린 경주마처럼 마음이 가는 곳으로만 내달릴 수 있었을까.

　나에게는 한 가지 믿음이 있는데, 그것은 마음과 생각이 동의하는일이라면 끌리는 대로, 주저 없이 선택하여 나아가면 된다는 것이다. 어차피 고민거리가 있다는 것은 그 일에 대한 전적인 신뢰가 있는 것이 아님을 뜻하니 미련 없이 돌아선다면 나중에 뒤따르는 후회도 없다. 하지만 이런 성향 때문에 종종 많은 기회를 놓치기도 한다. 어쨌든, 인도에서 살아보겠다고 결정한 것은 나에게는 옳은 결정이었다.

　과연 내가 선택을 한 것인지, 정해진 길에 들어서서 가고 있는 것인지는 인생 공부를 계속해야 하기에 확실하지 않다. 그런데 이렇게돌아서서 보니 '후회 없는 시간을 보냈다'라는 생각이 든다면 '옳은선택을 했구나'라고 생각해도 될 것 같다.

두 번째, 부탄에서 살기

　'매력 넘치는 인도를 떠나기는 참 힘들겠구나'라는 생각을 했었다. 그때 또 다른 매력덩어리가 내 가슴에 들어왔다. 하루라도 빨리 가고싶어 안절부절못하게 만들었던 나라, 부탄이었다.

　인도에서 부담스러운 눈빛을 많이 보다가 겨울방학 한 달 여행으로 이곳에 발을 들여놓던 순간, 나도 모르게 사람 눈을 보는 것이 버릇이 되었나 보다. 나도 부탄 사람들의 눈을 바라보고 있었다.

어쩜 이럴까, 이곳 사람들의 눈은 어떤 감정이나 느낌이 실려 있지 않은 그냥 깨끗한 느낌의 웃는 눈이었다. 국경을 넘어 마주치는 사람들마다 보여지는 그 선한 눈빛에 '마음이 녹는다'는 것이 무엇인지 알게 되었다.

살면서 '마음 놓임'이란 것을 처음으로 경험하게 해준 나라를 다시 떠나야 한다는 것은 정말 힘든 일이었다. 그리고 다시 부탄으로 돌아오기로 한 2011년의 선택은, 나의 선택이 아니라 이미 정해져 있었던 거라는 생각을 했다.

다시 돌아왔을 때, 나는 여기서 오래 살 거라고 생각했다. 그런데 누구 마음대로? 부탄에서 산다는 건, 정말 어려운 일이었다. 외국인의 자유여행은 물론 '몇 달 살이' 같은 건 어림도 없는 곳이다. 해외자본의 유입에도 굉장히 민감하여 정식 승인받은 FDI 프로젝트가 아닌 이상 외국인은 경제활동을 할 수도 없다.

자국민 보호 및 이중, 삼중의 불법 결혼을 방지하기 위해 외국인과의 결혼도 아주 까다롭고, 그마저도 2012년부터 약 5~6년 정도는 아예 금지되어 있었다. 2018년부터는 다시 규제가 풀렸다고 하나, 부탄 법원에서 승인받는 외국인과 부탄인의 결혼율은 굉장히 낮다고 한다.

'연지랑 타시, 우리 결혼하자!'

그렇게 나는 부탄인과 결혼하여 현지에 정착한 최초의, 그리고 단 한 명의 한국인이 되었다. 결혼을 하겠다고 온 것은 아니었지만, 어차피 할 거면 좀 빨리하면 되는 것이었다.

타시의 성품, 그를 키워주신 부모님의 성품, 그리고 이 나라의 성품을 보니 주저할 이유가 없었다. 겁도 없이 나 혼자 그렇게 결정하고 나서, 엄마에게 장문의 메일을 보냈다. 아빠한테는 겁이 나서 말도 꺼내지 못했지만 엄마는 흔쾌히 "오케이!"라고 하셨다.

그래, 내 마음이 이렇게도 원하는데 결혼이 '인륜지대사'라고는 하지만 나한테는 이것저것 잴 것 없는 '선택'일 뿐이었다(이렇게나 이기적인 딸임에도 모든 것을 이해해주신 부모님과 가족들에게 진심으로 감사드린다).

한국에 있는 오빠에게 부탁하여 공증받은 영문 가족관계서를 받은 후에, 우리의 결혼식 절차는 진행되었다.

집집마다 다르긴 하지만, 부탄에서는 보통 첫째 결혼식을 아주 성대하게 치른다. 모계사회인 이곳에서는 신부 측 집에서 결혼식을 올리고 신랑은 데릴사위 식으로 이후 신부의 집에서 거주한다. 타시 누나의 결혼식만 해도 거의 일주일간 파티가 열렸었다. 신랑 신부는 끊임없이 축하하러 오는 손님들을 맞이하느라 아침부터 종일 서 있어야만 했고, 다른 식구들은 끊임없이 음식 장만을 해야 했다.

요즘은 호텔웨딩 혹은 특정 장소를 대여하여 하루만 치르는 결혼식도 많아졌지만, 10~15년 전만 해도 집에서 치르는 경우가 대부분이었다고 한다.

타시네 집 앞, 사과나무가 있는 앞마당에 큰 텐트를 치고 몇 날 며칠씩 신부, 신랑 측 식구들과 친구들이 먹고 즐기는 큰 행사였다. 이렇게 치르는 결혼식이기에 남은 둘째, 셋째들은 결혼식을 치르는 것에 크게 연연하지 않을 뿐더러 식을 올리지 않고 법적 혼인 신고만

하고 사는 사람들이 많다.

타시와 나는 이럴 때 정말 잘 맞는다. 우리는 결혼식은 하지 말자고 했다. 타시의 부모님도 이러한 우리의 의견을 존중해주셨고, 한국에서는 인사만 드리는 것으로 결정했다. 워낙 오래 보아온 사이였기에, 특별한 선포도 필요 없이 자연스럽게 서로의 가족들 속으로 스며들었다는 생각이 든다.

이제 부탄에서 살게 되었으니, 무슨 일을 하며 먹고살지 선택을 해야지.

세 번째, 요식업을 하게 되다

어릴 때, 누군가 나에게 "꿈이 뭐니? 커서 뭐가 되고 싶니?"라고 물어오면 딱히 멋진 대답을 하지 못했다. 어려서 무엇이 되고 싶은지, 그 무엇이 '무엇인지' 잘 몰랐는데 '어떻게 대답을 해야 할까?'라는 생각은 한 적이 있다.

앞서 이야기한 것처럼, 계획이 있는 삶을 살아오지 않았기에 지금까지 이것저것 건드려 가며 마음이 설레는 일들을 골라서 해왔다. 내가 원하는 그 무엇이, 무엇인지 알아내 보려고 해도 어디 하나 마음 꽂히는 것이 없었다.

어느 날, 민숙이랑 사찰에 가서 절을 하고 기도를 했다.

민숙이가 물었다.

"무슨 소원 빌었니?"

"소원? 내 소원은 세계평화밖에 없는데."

"너는 정말 이상한 애구나!"

공부를 열심히 하지 않았으니 '좋은 성적 나오게 해주세요'라고 기도하는 것도 염치없는 일이고, 내 노력을 쏟아부은 일이 별로 없으니 부탁을 드릴 거리도 없었다. 나는 그저 '세계가 평화로우면 그 속에 있는 나도 평화로울 것이니 이 얼마나 간단하면서도 모두에게 이로운 기도인가'라는 생각으로 태평하게 살고 있었다.

고등학교를 졸업하고 대학가기 전에 시간이 많이 남았다.

'옳거니! 아르바이트를 해야지.'

그러고는 집에서 얼마 떨어져 있지 않은 곳에 있는 맥도날드에서 일을 하게 되었다. 햄버거를 만드는 주방에서도, 주문을 받기 위해 카운터에서도 일을 했다.

음식 만드는 일이 이렇게나 재미있다니! 매뉴얼대로 만드는 것이기에 맛은 보장되어 있었지만 하나의 완성품이 내 손에서 만들어져 손님들이 맛있게 먹는 것이 좋았다.

같은 시기, 빵을 너무나도 좋아하는 빵순이기에 제과 · 제빵 학원에서 빵 만드는 법도 잠깐 배웠다. '아! 가르쳐주는 대로만 만들면 정말 빵이 맛있게 잘 나오는 거구나'라는 걸 경험했다.

어릴 때부터 집에서 혼자 달고나를 만들며 태워버린 국자가 수도 없이 많은 내가 무언가를 만들어 먹는다는 것에는 영 젬병인 줄 알았는데, 제대로 배우니 결과물도 제대로 나왔다.

지금은 조그만 카페를 꾸려오다 좌석이 60개나 되는 한식당을 운영하고 있다. 목 좋은 가게 자리를 소개받고는 홀랑 계약을 해버렸을 때도, 테이블을 주문하여 공간을 채울 때까지도 미처 자각하지 못했다. 내 능력은 이 정도의 큰 식당을 운영할 정도가 되지 않는다는 것을. 이렇게 큰 가게를(내 기준) 오픈하는 데 당시 메뉴는 고작 5~6개밖에 되지 않았다. 함께 판매한 카페의 음료 메뉴는 15가지가 넘어갔다.

이렇게 큰 난관에 봉착했을 때는 엄마한테 전화를 해야 한다. 엄마와 나는 매일 화상 통화를 하며 메뉴를 고민하고 요리 연습을 해야 했다. 그런데 정작 더 큰 문제는 따로 있었다. 잡채를 만들어야 하는데 현지에서는 구할 수 없는 당면, 간장, 참기름 등등을 해외 배송 택배로 받아서 요리하게 되면 한 그릇 가격은 이미 판매 적정 가격을 훌쩍 넘어가버렸다.

비빔밥 역시 한겨울에는 당근 같은 채소를 구할 수 없으니 구색 맞추는 것도 쉽지 않았고, 김치를 담글 배추는 직접 기르지 않는 한 답이 나오지 않았다.

한식당에서 빠질 수 없는 삼겹살은 돼지 반 마리를 사서 직접 손질해도 코딱지만큼 나오고……. 아, 이를 어찌 한담! 히말라야 산속에서의 한국 음식 재료 공수는 나의 요리 솜씨와는 비교가 안 되게 중요한 문제였다.

고기를 구하는 것은 가게를 운영한 지 7년이 되어가는 지금까지도 힘든 부분이다. 하지만 다행히도, 부탄 정부에서는 지금껏 인도에 의존했던 농산물 수입을 자급자족으로 개선하려는 노력을 하고 있던 시기였다. 곳곳에 비닐하우스에서 재배하는 사람들도 많아지고, 따뜻한 남쪽 지방에서 재배하는 농산물이 점점 많아져 채소 수급은 한결 쉬워졌다.

2014년, 한식당은 열었지만 약 1여 년간은 제대로 된 간판을 걸지 않았다. 카페에서부터 단골로 와주셨던 분들의 격려와 추천으로 식당은 운영되었다. 그런데 좋아서 시작하긴 했지만 나는 요리를 전문적으로 공부한 사람은 아니었다.

'프로가 아닌데 어떻게 한식이라는 이름을 써서 돈을 받고 팔 수 있을까. 혹시나 나로 인해 한식에 대한 이미지가 안 좋아지면 어쩌나' 하는 걱정을 하기도 했다. 그런데 이제 와서 이런 생각을 한들 돌이키기엔 저질러 놓은 일들이 너무도 많았다.

'그래, 해보자. 마진이 적더라도 최대한 좋은 한국 식자재를 공수하고, 깨끗하고 정직하게만 내놓자'라는 마음으로 하다 보니 현지 분들에게 통했던 것 같다.

가게를 운영하며 제일 즐거웠던 것은 뜻밖에도 많은 다양한 사람들을 만나는 것이었다. 하루하루가 '선물 같다'는 생각이 들 정도로, 내가 지금 하고 있는 일이 정말 좋다고 느끼게 해준 다양한 사람들을 만났고, 동시에 다른 이들을 힘들게 만드는 사람들도 만났었다.

우리 가게의 약 90퍼센트의 손님은 부탄 현지 분들인데, 그들의 한국에 대한 애정은 정말 어마어마하다. 음식은 물론 드라마부터 아이돌 가수 등 거의 전 연령대가 한국 문화에 푹 빠져 있다고 해도 과언이 아니다.

오죽하면 한국인이 다섯 손가락 안에 들 정도로 한국 사람이 없는 곳에서도 슈퍼마켓에 가면 다양한 브랜드의 한국 라면, 과자, 막걸리, 소주, 떡볶이 등등이 수입되어 다양하게 진열되어 있다.

친한 단골손님들은 내가 바빠서 못 볼 것을 염려하면서 때때로 유명한 드라마를 다운로드해주기도 한다. 이렇게 현지 분들의 한국에 대한 사랑으로 인해 덕을 보는 것이 많다.

외국인 손님들도 종종 오는데 주로 현지에 파견 나와 2~3년 정도 거주하는 직장인들과 그의 가족들이다. 놀라운 것은 외국인들이 한식을 참 많이 좋아한다는 것이다. 그들 입맛에는 내가 만드는 한국 음식이 향이 세고 매울 줄 알았는데 오히려 마늘, 고추 장아찌, 파김치 같은 반찬을 내가면 밥이 나오기 전에 다 먹어버리는 사람들이 많아 몇 번씩 다시 채워드릴 때가 많다.

배낭여행을 다니면서 한 번씩 가던 한식당은 대부분 현지에 거주하는 한국인들이 손님이었다. 우리 가게에는 한국인이 없으니 한국 손님이 거의 없는 것은 당연한 것이지만, 현지 분들을 비롯한 다양한 국적의 손님들이 많이 들어오니 신기하기도 했다.

좌석 수가 좀 있다 보니 관광철에는 단체 관광객들이 종종 오기도 한다. 삼겹살을 제외한 한 끼 식사 가격이 평균 7,000~8,000원 정도로 한국 물가를 생각하면 그리 높은 가격은 아니지만, 의도치 않게 '고급 한식당'으로 소문이 나서 그 기대치를 맞추는 것에 고민이 많았다.

부탄의 슈퍼마켓에 진열되어 있는 한국 식품들

어느 날, 한국 관광객 세 분이 오셨다. 들어오자마자 다짜고짜 직원한테 "여기 한국 사장 어딨어? 우리가 저녁밥도 다 먹고 쉴 시간인데도 이렇게 물어물어 찾아왔단 말이야. 일단 맥주 3병!" 하며 주방에서 들릴 정도로 고함을 질렀다. 맥주 달라고 하셨으니 술이 나간 몇 분 뒤 "사장 좀 나와 봐!"라며 또 큰 소리를 냈다. 나가 보니 일행 중 한 분이 하는 말인즉 "이 교수님이 누군 줄 알아? 어렵게 찾아왔는데 대접이 이것밖에 안 돼? 안주 없어?"라고 해서 "맥주 주문하셔서 술 드렸습니다. 여기는 밥집이라 별다른 안줏거리가 없습니다"라고 응대했다.

"안줏거리가 없다고? 그럼 마른안주라도 내와 봐!" 하며 잊고 지냈던 욕들을 섞어 의미 없는 말들을 내뱉었다.

나도 화가 나서 손이 부들부들 떨렸다. 해발 2,400미터 산속에서 마른안주를 찾는 소리에 웃기기도 하고, 이런 사람을 처음 대하다 보니 고구마 먹고 목이 꽉 막힌 것처럼 아무 말도 나오지 않았다. 타시는 다 알아듣지는 못하지만 분위기가 이상해지니 나에게 어서 집에 올라가 있으라고 했다. 뒷수습은 타시가 했지만 정신을 차리고 보니 너무 분했다.

이런 비슷한 일이 몇 번 더 있었다. 한번은 친분이 조금 있는 분이 단체 관광객(약 20명)과 함께 오신다고 연락이 왔다. 그 당시엔 개인적으로도 일이 많아 힘들기도 했고, 단체 손님들로 인해 기존의 손님들을 받지 못하는 일들이 많아져 더 이상 받지 않고 있을 때였다. 그래서 안 된다고 말씀드려도 전혀 소용이 없었다. 그러고는 하시는 말씀이 가관이었다. 오는 도중 생선을 샀는데, 일행 중 음식 잘하는 분이 있어 너희 가게에서 매운탕을 끓이려 한다, 그러니 무를 좀 준비해두라고 하는 것이다.

"가게 주방을 좀 써도 되겠어요?" 정도의 최소한의 예의를 기대한 것은 사치였고, 같은 한국인으로서 이 정도는 당연한 것처럼 말씀하셨다. 안 된다고 거절하면서도 참 속이 상했다. 그동안 마음 따뜻한, 내 부모님 같은 분들이 많이 오셔서 그분들이 가실 때면 눈물을 글썽일 때도 많았다. 이젠 나도 모르게 사람과 거리를 두게 되는 느낌이 들어 씁쓸했다.

부탄은 다른 여행지에 비해 많이 고된 여행지임을 알고 있다. 그래서 한국 분들이 오신다고 하면 '얼마나 힘드실까' 하는 마음에 조금이라도 더 신경 써서 준비하고 기다렸는데, 마음의 준비 없이 강도가 센 분들을 만나다 보니 나도 모르게 트라우마가 생긴 것 같다.

가끔은 어려움도 있다. 하지만 조그만 나라 안, 나의 작은 공간 속에서 다양한 사람들을 만나고, 서로 다르게 살아가는 이야기를 나누며 조금씩 성장해나가고 있다는 생각을 한다.

아무런 대가 없이 그저 이 나라가 좋아서 몇 개월, 혹은 년 단위로 지내며 봉사활동을 하는 사람들을 본다. '진정 좋아하는 일을 할 때 사람의 표정은 이런 것이구나' 하고 배우고, 스님들과 이야기하며 삶의 넓이만이 아닌 한계 없는 깊이에 대해서도 배운다. 손님들과 대화하며 표현의 중요함과 받아들임에 대해서도 배운다. 각기 다른 상황 속의 내 모습은 어땠었나, 하고 되돌아보니 까마득히 멀었다는 생각이 든다.

내가 만난, 그리고 같이 살아가고 있는 현지인들처럼 외부, 혹은 내부의 자극에 흔들리지 않는 중간 상태의 마음을 유지하기 위한 내공을 쌓기 위해서는 아직은 배울 게 너무도 많은 삶의 중간 지점에 와 있다.

나는 어떻게 살아갈까

태국 방콕의 호텔에 혼자 있다. 유효 기간이 거의 임박한 여권을 재발급받아야 하는데, 부탄에는 한국 대사관이 없다. 할 수 없이 인접 국가 중 방역을 잘하고 비행편이 주기적으로 있는 태국으로 왔다.

앞으로 이곳에서 격리, 비자 발급 포함 3주, 부탄 입국 후 격리 3주, 총 6주간의 소중한 시간을 어떻게 보내야 할까.

매일 30분 정도, 하늘을 멍하니 바라보았다. 우기에 접어든 6월의 방콕 하늘에는 한바탕 비를 쏟아낸 후 뭉게뭉게 피어오르는 통통한 뭉게구름부터 끊임없이 변화하는 다양한 구름들이 감탄을 자아내게 한다.

어느 책 제목처럼 "아무것도 하지 않고, 아무것도 걱정하지 않을 자유"가 주어진 나는 시간을 보낸다는 것에 대해 생각하게 되었다.

시간을 기다리기.

시간을 미워하기.

시간을 사랑하기.

시간을 불평하기.

시간을 외면하기.

시간을 아끼기.

격리 1일차, 새벽 6시에 눈이 번쩍 떠졌다.

이런! 원 없이 잘 수 있는 멍석이 깔렸는데도 나의 정신은 일찍부터 나를 깨웠다. 생전 처음 경험하는 상황에 놓인 나는 동이 트는 아침부터 무엇을 할까, 고민했다.

첫날은 시간을 기다리는 날이었다.

주도적으로 시간을 활용하여 능률적인 일을 하는 것이 아니라, 말 그대로 이렇게 할 일이 없을 때의 시간은 어떻게 지나가는지 차분히 관찰하며 기다리는 것이었다.

일이야 뭐든 만들면 되는 것이지만 '언제 또 이런 경험을 할 수 있을까' 하는 마음으로, 해가 떠서 어둠이 올 때까지 주는 밥 꼬박꼬박 챙겨 먹으며 잠이 들 때까지 기다렸다.

다음 날 눈을 떴을 때 전날을 돌이켜보니, 어제 하루는 내가 기억하는 날 중 하루가 가장 긴 날이었다. "어제 어땠어?"라고 묻는 타시의 전화에 나도 모르게 "지겨웠어!"라며 불평이 튀어나왔다.

그렇게 하루가 더 지나 다음 날이 되자 문득 '시간을 아낀다는 것은 무엇일까'라는 생각이 들었다. 눈에 보이지 않는 비물질적인 것이지만, 삶의 구성 요소 중 가장 중요한 부분의 하나인 '시간'의 정의와 이것을 아낀다는 것의 의미에 대해 궁금해졌다. 그리고 그 답은 의외로 아주 짧은 찰나에 얻어졌다.

여느 날과 다름없이 늦은 오후에 멍하니 구름을 바라보고 있었다. 그날따라 구름은 유독 재미있는 형상들로 모여 있기도 했고 쫀쫀하고 밀도 높은, 마치 오랫동안 머랭을 잘 친 계란 흰자 같기도 했다. 해가 지면서 하얗던 구름들은 금빛, 붉은빛 등으로 제각각 변해 갔다. 정신을 차려 보니 시간은 한 시간도 더 훌쩍 지나가 있었다. 나는 내가 보고 있던 구름에 온 마음이 향해 있었고, 이 시간과 사랑에 빠져 있었다. 내가 시간을 사랑하고 아낄수록 시간은 더 빨리 지나간다. 아이러니한 상황. 아인슈타인의 상대성 이론을 다시금 곱씹어 보는 날이었다.

원래 집순이였던 성격이니 '아무것도 하지 않을 자유'가 주어진 격리 생활은 나에게 모든 것이 주어진 금상첨화의 휴가였던 것을 그날 알게 됐다.

'전통문화의 보존과 기술적 발전이 조화롭게 함께 발전해야 한다'는 정부 정책에 따라 어느 곳에 가든 LTE 인터넷 사용이 가능한(지형에 따른 차이가 있음) 지금 이곳, 파로의 시골 호텔에서 영화와 드라마를 실컷 보면서 얼마 남지 않은 격리 생활을 즐기고 있다.

시간을 사랑하는 법을 알게 된 것은 기쁜 일이었지만, 사랑을 할수록 빨리 지나가는 시간을 어떻게 아낄 수 있는지 모르는 것은 나에겐 큰일 중의 큰일이었다.

살아가는 모습은 비슷하지만, 살아가는 마음은 많이 다른 부탄 사람들. 그들 사이에서 함께 살아가며 궁금한 것들이 참 많았다. 끊임없이 생겨나는 마음속의 물음표를 잠재우기 위해 많은 이들과 이야기하고, 관련서적도 많이 읽었다.

이상하게도 내가 궁금한 걸 알기 위해 더 많은 정보와 이야기들을 접할 때마다 궁금한 것들은 더 늘어만 갔다. 그 과정에서 뜻밖의 시간과 상황에서 '아! 이거구나'라고 답을 얻는 경우도 있었고, 내 안에서만 깨쳐야 하는 경우도 있었다.

알고자 하여 답을 찾아다녔는데, 찾아다닐수록 더 많은 물음표를 던지며 지내고 있는 현재의 나는, 앞으로 어떻게 살아갈지 나 스스로도 궁금하다.

십여 년 전 타시가 고등학생이었을 때, 학교 앞에서 긴 머리를 틀어 올림머리를 하고 있던 연세 지긋한 요기(yogi)를 만난 적이 있었다. 그는 대뜸 "너는 몇 살에 외국인과 결혼할 것이고, 이러저러한 일을 하면서 살아갈 것이다"라고 말해주고 서둘러 길을 떠났다고 한다.

십대의 어느 날, 무방비 상태로 길에서 만난 현자(賢者)에게 1~2분의 찰나의 순간 자신의 미래를 듣게 된 타시는 그 이야기를 까맣게 잊고 지냈다가, 나를 만난 후 노승과의 일을 다시 떠올렸다고 한다. 그 이야기가 현실이 되어 있는 지금, 운명론자와 결정론자의 중간쯤에 위치한 나는 생각에 빠졌다. 궁금증이 또 스멀스멀 올라온다.

'그 스님은 왜, 길 가던 사람을 세워서 그런 이야기를 해주었을까?

그것도 아무런 대가도 없이? 그렇다면 꼭 해주어야 할 중요한 이야기였던 것이다. 그런데…… 왜?'

'졸업시험 3년 낙방. 한국으로 치면 삼수를 하고 인도의 대학으로 유학 온 부탄인과, 대학 생활에 적응하지 못해 휴학을 반복하며 여기 저기 마음 끌리는 곳을 찾아다니다가 결국 자퇴하고 인도 대학으로 유학 온 한국인이 만난 이야기가 재미있을까?'라는 의문이 들기도 했지만 글을 적다 보니 우린 참 재미있게 살았고 앞으로도 그럴 거라는 생각이 든다.

부탄에서 살아간다고 해서 머나먼 타지에서 살고 있다는 느낌은 잘 들지 않는다.

부탄에서는 누구도 나이를 물어보지 않았고, 의식하지 않고 살았기에 이 책을 쓰기 시작하며 내가 이곳에 정착한 지 10년이 되어간다는 것을 알게 되었다.

벌써 10년이 지나버렸다니! 마치 1년이 지나가버린 듯 빨리 지나쳐버린 10년이다. 그만큼 이곳의 모든 것과 진하게 사랑에 빠져버린 것일까.

무엇인가에 쫓기듯 무섭도록 속도가 빨라져버린 세상 속에서 자기만의 걸음을 유지하고 있는, 그리고 그것이 오히려 이곳을 특별하고 이상한 나라로 만들어버린 부탄에서, 나는 나이를 먹어가는 앨리스가 된 기분이다.

처음 부탄에 발을 내딛었을 때의 그 감정은 지금까지도 변함이 없다. 앞으로의 시간 또한 얼마나 빨리 지나가버릴지, 생각만 해도 가슴이 두근거리고 벌써 아쉬운 마음이 든다. 지금 이 시간이, 삶이 내게 준 가장 소중한 선물임을 잊지 말자.

삶에 대한 설렘을 항상 간직하며 또다시 10년이 지나 되돌아보았을 때, 지금처럼 재미있는 삶이었기를 바라본다.

부탄에서의 삶은 '마음 놓임'이다

△◁ 전통의상 작업을 하시는 두 어머니
△▷ 처음으로 부탄 파로 공항에 발을 내디딘 엄마
◁ 엄마가 노각 하나로 만든 비빔밥은
모두가 좋아하는 점심식사다
▽ 알네에 대해 배우고 내려오는 길에.
친구 킨장과 함께

△◁ 쿨한 사돈지간
△▷ 10년 전 부탄에서는 먹고 싶은 건
직접 만들어 먹어야 했다
▽◁ 쌍꿰. 각종 음식을 태워
제사를 지내는 화덕
▽▷ 하늘도, 땅도, 비행기도 너무 가깝다

3부

휘래, 부탄에 삽니다

이 책이 부탄에서 만난 저희 친구이자 동료들에게
기쁜 선물이 되었으면 좋겠습니다.
This book is dedicated to my charros and esteemed
colleagues whom I met in Bhutan: Sonam Tshoki,
Tshering Chuki, Tashi Tshering Dukpa, Tashi Dorji,
Gomati Guragai, Kuenga Lhaden, Scott Standley,
Carolyn HS and Kinzang, and Jana who become my
friends and family in the far-away foreign country,
Bhutan. Sending lots of love and lemonade without
sugar to you.

"Can we go back to page one and do it all over again?
- Winnie the Pooh"

세상에 우연은 없고,
모든 것이 인연이라고 믿는 나라에서

공항명이 검색되지 않는 나라

부탄에 처음 입국하던 날이 떠오른다. 인천공항에서는 부탄의 파로 국제공항으로 가는 직항 비행기가 없다. 그래서 부탄에 가기 위해서는 인천에서 출발해 태국 방콕을 경유해야 했다. 인천공항에서 비행기 체크인을 하면서 이민 가방 하나를 파로로 바로 보내려고 하는데, 공항 카운터 직원이 고개를 갸우뚱했다. 그 직원은 나를 쳐다보며 파로 공항 코드명이 검색되지 않는다는 것이다. 직원은 한참 여기저기 전화를 걸더니 수화물 가방에 크게 'BTN'이라는 공항 코드명을 출력해 붙여 주었다.

그러나 비행기 타기 직전에 알게 되었다. 이 'BTN'이라는 공항 코드명은 이 세상에 존재하지 않는 것이었다. 카운터 직원의 실수로 출발 직전에서야 공항 직원들이 비행기에 실려 있던 내 수화물을 다시 꺼내, 제대로 된 부탄 파로 공항 코드명 'PBH'로 수화물 표시를 바꾸는 소동이 있었다. '가는 사람들이 어지간히 없는 나라인지, 공항에서 이런 실수도 하는구나. 운 좋게 비행기 출발 전에 알게 되어서 다행이지 아니었으면 내 짐은 목적지 없이 떠돌았겠구나'라는 생각이 들어 '픽' 웃음이 났다.

태국 방콕에서 부탄 파로로 가는 비행기는 왼쪽 3열, 오른쪽 3열짜리 조그마한 낡은 비행기였다. 중동 어딘가에서 쓰던 비행기를 중고로 사온 건지, 군데군데 부탄의 국어인 종카어가 쓰여 있는 스티커가 떨어진 자리에는 다시 아랍어가 보였다.

1년에도 12번은 넘게 비행기를 타는 삶을 살고 있다. 하지만, 여전히 비행기를 타는 일은 대부분 나에게 공포로 다가온다. 비행기에 오르기 전이면 수십 번도 더 최악의 시나리오를 떠올린다.

'비행기 사고가 나면 어떡하지?'

'지금 내가 죽으면 우리 가족들은 어떻게 하지!'

심지어 심할 때는 비행기에 올라타는 일이 살아 있는 채 내 장례식에 걸어 들어가는 기분이 되기도 했다. 하지만 부탄으로 가는 비행기에서는 별 생각이 들지 않았다. 이미 밤새도록 늘어진 환승 대기로 인해 정신이 멍해 있는 데다, 출국 준비를 하느라 며칠간 한국에서 여기저기 뛰어다니며 고생했더니 만사가 귀찮은 몸 상태이기도 했다. 그리고 무엇보다, 내가 타고 있는 비행기 안이 이 세상 현실이 아닌 것만 같았다.

내가 앉은 비행기 좌석 7열 앞 뒤, 양 옆 모두 빨간색 승복을 입은 스님들이 미소를 가득 띤 채 앉아 계셨고, 탑승과 동시에 비행기 안에서는 전통적인 불교 음악과 함께 스님들 특유의 낮은 목소리로 웅얼거리는 만트라가 흘러나왔다. 이 비행기의 목적지는 어디인가. 목적지가 있다고 해도 마치 이 세상이 아닌 곳에 있을 것 같았다. 나는 비행기 이륙과 동시에 까무룩 잠이 들었다.

몇 시간 지나지 않아 눈을 떴을 때, 기내에는 어둡지도 밝지도 않은 기내 등이 켜져 있었다. 곧 비행기가 착륙한다는 신호였다. 비행기는 두꺼운 안갯속을 날고 있었다. 안개가 걷히자 비행기 창밖으로 산 중턱이 눈앞인 듯 가깝게 보이기 시작했다. 아직 잠에서 덜 깬 몽롱한 상태에서 기내에서 흘러나오는 부탄 전통 음악과 주변에 앉아 있는 스님들, 뿌연 안개와 그 안개를 헤치며 산과 산 사이를 날아가는 비행기, 이 모든 것이 비현실적으로 느껴졌다. 그렇게 나는 부탄에 도착했다.

많은 사람들이 '히말라야 은둔의 왕국'이라고 불리는 부탄에 호기심을 갖는다. '행복의 나라'라는 설명이 붙는 부탄에 대한 이야기를 들으며 많은 사람들이 이곳을 동경한다는 것도 알고 있다. 사실 나는 부탄이라는 나라를 좋아해서, 부탄을 오고 싶어서 오게 된 것은 아니었다. 국제개발협력 분야에서 일하면서 남아시아 지역 전문가로서 성장하고 싶다는 목표를 가지고 살아왔다. 하지만 나에게 8개의 남아시아 국가 중 부탄은 가장 관심이 없던 나라였다. 그런데 어쩌다보니 부탄에서 지금까지 내가 해왔던 경력에 딱 맞는 자리를 찾았다. 나는 이렇게 부탄에 오게 되었다. 세상에 우연은 없고 모든 것이 인연이라고 믿는 나라에.

조금 다르고, 많이 비슷한

어디 특별하지 않은 나라가 있겠냐마는 부탄은 개발정책 연구 대상으로 매우 특별한 나라다. 경제적 기준으로 최빈국이며 개발도상국이지만 무상의료와 무상교육을 전 국민에게 제공하는 나라. 나라의 정책수립 기준이 '국민의 행복'인 나라. 왕이 자발적으로 자신의 권력을 국민에게 이양한 나라. 세계 최초이자 유일하게 탄소 흡수량이 탄소 배출량보다 더 많은 나라. 75만 명의 국민을 가진 작은 나라지만 단 한 번도 다른 나라에게 주권을 빼앗긴 역사가 없는 나라. '국토의 60퍼센트 이상이 산림으로 보존되어야 한다'는 내용이 분명하게 헌법에 적혀 있는 나라. 그리고 현재 국토의 70퍼센트 이상이 산림으로 보존되어 있는 나라. 소규모 수력발전을 통해 생산된 전기가 나라의 가장 큰 수출품인 나라. 전 국민이 학교와 직장에서 전통의상을 입고 생활하는 나라.

하지만 부탄이 유명한 가장 큰 이유는 따로 있다. 부탄은 국가의 성장을 '국가총생산(GDP)'이 아닌 '국민총행복(GNH)'으로 판단한다는 점이다. 국민총행복은 부탄만의 특별한 개발철학으로 '경제성장이 중요하다는 사실을 인정하되, 경제성장이 사회적 그리고 환경적으로 지속 가능해야 하며 경제성장이 사회에 골고루 분배되어야 한다'는 원칙을 담고 있는 개념이다.

부탄은 남들은 다 뛰고 있는 육상 경기장에서 멈추어 서서 질문을 던지는 나라다.

"그래. 경제성장이 중요한데, 그런데 왜 중요한 거지?"

이미 1970년대, 경제적 지표에 치중한 성장 개념에 질문을 던졌던 나라, 부탄. 사회적인 지속 가능성, 경제적인 지속 가능성, 환경적인 지속 가능성을 고민하는 나라. 그게 바로 부탄이다.

그렇다고 해서 부탄이 '유토피아'라고 말하고 싶은 건 아니다. 이 작은 나라도 크고 작은 사회경제적 문제를 마주하고 있다. 부탄의 전체 실업률은 인구의 2.5퍼센트인데 반해 15세부터 24세까지의 청년 실업률은 12퍼센트에 달한다. 실제로 좋은 교육을 받고도 제대로 된 일자리를 찾지 못하는 청년들은 약물중독에 빠지기도 한다. 부탄의 자살률은 2009년도부터 꾸준히 증가하고 있고, 자살하는 사람들 중 70퍼센트가 청소년이나 청년들이다. '세계 최초의 금연국가'라고 외치지만, 많은 사람들이 불법 밀수로 담배를 구해 흡연을 한다. 학업과 취업 등의 이유로 외국으로 떠난 청년들이 돌아오지 않아, 국내의 우수한 두뇌가 외국으로 유출되는 두뇌 유출 문제 또한 심각하다. 무상의료를 제공하지만, 시골에 거주하는 대다수의 사람들이 병원을 가기 위해서는 3시간 이상씩 산길을 걸어와야 한다. 여전히, 고난도의 수술들은 인프라 등을 이유로 국내에서 이루어지지 못해 인도나 태국 등 인근 국가로 환자들을 보내 치료한다. 이 해외 원정 치료비는 국가 전체 의료 예산의 10퍼센트를 차지한다.

부탄이 '세계에서 가장 행복한 나라'라는 한 해외 재단의 연구결과가 발표되었을 때, 많은 사람들이 열광했다. 그리고 사람들은 부탄을 정답으로 상정해놓고 자신들이 원하는 답을 부탄에서 찾으려 했다.

"정말 부탄은 세상에서 가장 행복한 나라인가요?"
"부탄 사람들은 행복한가요?"
"부탄 사람들은 왜 행복한가요?"
"부탄에 살면 정말 행복한가요?"

이 질문들에 대한 나의 대답은 다음과 같다.
"네", 그리고 "아니요."

부탄 사람들은 늘 웃는 얼굴을 하고 있다. 부탄에서는 많은 이들이 모르는 사람들과도 눈이 마주치면 웃으며 인사해준다. 낯선 사람이 다가와 질문을 하거나 도움을 요청하면, 대부분 웃음과 함께 응답해준다. 그들 마음에 여유가 없다면 이런 모습을 보여주긴 어려울 것이다. 하지만 그렇다고 부탄이 세상에서 가장 행복한 나라라고, 부탄 사람들이 세상에서 가장 행복하다고 말하기는 어렵다.

물론 부탄은 다른 나라들과 비교해 보았을 때 행복할 수 있는 조건이 비교적 잘 마련되어 있는 나라다. 아프면 돈 걱정 없이 치료받을 수 있고, 유치원부터 대학 교육까지 모두 무료니까. 공부를 잘하면 나라에서 외국으로 유학도 보내준다. 거주할 집이 없다면 나라에 집을 마련해달라고 요청할 수도 있다. 부탄에서는 사람이 살아가는데 기본적으로 필요한 권리들을 나라에서 다 보장해준다. 하지만 그렇다고 해서 우리가 부탄을 세상에서 가장 행복한 나라라고 말할 수 있을까?

부탄의 청년 실업률은 높고, 자살률 또한 증가하고 있다. 이혼율도 대단히 높다. 부탄에는 이런 농담이 있다.

'부탄에는 CCTV가 필요 없다. 주위 이웃들이 CCTV 역할을 하기 때문이다. 이 사회에서 비밀이란 없다.'

끈끈한 공동체 의식은 살아가는 데 사회안전망처럼 작용하지만, 때로는 사회감시망으로 작용할 때도 있다.

복잡한 세상에서 단순하게 "예" 혹은 "아니요"로 대답할 수 있는 일들은 많지 않다. 특히, 행복이 그렇다. 행복을 과연 "예" 또는 "아니요"로 손쉽게 정의하고 대답할 수 있을까?

한국 사회에서 부탄에, 그리고 부탄의 행복에 열광하는 것을 보면서 사실 나는 조금 불편했다. 몇 년 전 랩 경연 프로그램에 나왔던 가사처럼, 한국은 "불행도 순위를 매긴다." 나에게는 한국의 행복 열풍도, 부탄을 향한 열광도 그와 별반 다르지 않아 보였다. 앞다투어 행복을 찬양하고, 행복을 전시하고, 행복에 점수를 매기는 사회. 그리고 쉽사리 정답을 원하는 사회.

불교는 삶을 '고해(苦海, 고통의 바다)'라고 했다. 아이러니하게도 부탄 대부분의 철학과 가치들은 불교에 뿌리를 두고 있다. 불교에서 인생은 괴로움의 연속이다. 그렇기 때문에, 사람들은 고통에서 분리되는 상태인 '열반'을 위해 열심히 참선을 하고 명상을 한다. 인간은 예외 없이 고통을 겪는다. 하지만 인간이 고통받는 존재라는 것을 인정하는 순간, 인간은 고통에서부터 자유로워질 수 있는 기회를 얻을 수 있다. 불교에서는 고통의 바다에 허우적대는 것도, 고통의 바다에서 빠져나오는 것도 다 자기 자신에게 달려 있기 때문이다.

내가 부탄에서 살면서 느낀 점은 이곳에선 사람들이 자신의 행복에 순위를 매기지 않는다는 것이다. 행복을 내세우지도, 그렇다고 자신의 불행을 내세우지도 않는다. 고통을 제공하는 '조건'에서 자유로울 수 있는 사람은 없지만, 고통에서 자유로워지는 것이 자신의 선택과 노력이라는 것을 알고 있는 사람들은 분명 그렇지 않은 다른 사람들과는 다를 것이다.

행복에 정답이 있을 수 있을까? 나는 행복에서조차 정답을 찾으려는 사회를 벗어나고 싶었다. 행복에서 정답이 아니라, 나만의 해답을 찾고 싶었다.

나에게 묻는다.

'행복이란 무엇인가?'

'어떻게 나는 내 삶을 행복으로 나아가게 할 수 있을까?'

나는 믿는다.

이런 풍경을 볼 때면 느끼게 된다,
'아, 내가 부탄에 살고 있구나.'

행복은 어디에나 있고, 행복은 어디에도 없다고. 많은 것은 우리 자신에게 달려 있다고. 그리고 나는 나만의 해답을 찾아가는 과정 속에 있다고.

We are meant to be here

(우리는 여기 올 운명이었어)

선선했던 2020년 어느 여름날, 곧 출국을 앞둔 한 동료의 집에 여러 동료들과 함께 모였다. 부탄은 코로나로 인해 국경 봉쇄를 선언하면서 국가에서 띄우는 전세기 외에는 어떤 항공기도 나라에 들어올 수 없고, 나갈 수도 없는 상황이 되었다. 2020년 3월부터 계속된 국경 봉쇄 중에 부탄 정부가 싱가포르에서 자국민들을 데려오기 위해 싱가포르행 전세기를 띄울 때였다. 그리고 두 명의 동료가 그 비행기를 타고 싱가포르에 있는 가족들을 만나기 위해 출국하기로 되어 있었다. 일본, 영국, 벨라루스, 인도, 멕시코 그리고 한국, 전 세계 여러 곳에서 모인 동료들이 출국하는 동료들을 위해 조그마한 출국 파티를 준비했다. 이들 동료 중에는 코로나로 인해 가족의 임종을 지키지 못한 동료도 있었고, 지난 4개월간의 국경 봉쇄로 부인과 생이별 중인 새신랑도 있었다.

이번에 출국하면 부탄으로 돌아오는 비행기가 언제 또 있을지 기약이 없는 상태였다. 돌아올 수 있을지 없을지도 모르는 상태에서, 돌아올 수 있다고 하더라도 3주간의 시설격리를 거쳐야 하는 상황에서 모든 어려움을 무릅쓰고 가족을 만나러 가는 길. 겨우 출국 전날 오후에서야 두 친구는 '코로나 음성'이라는 테스트 결과지와 부탄 외교부로부터 발급받은 출국승인서를 받고, 비행기표를 발급받을 수 있었다.

'가족을 보러 간다'는 설렘과 동시에 다시 돌아올 수 있을지에 대한 걱정으로 다들 말이 없어졌다. 벨라루스 동료인 나탈리가 농담 반, 진담 반으로 자기가 다시 여기 올 수 있을지 모르겠다고, 무엇을 남겨두고 무엇을 가져갈지 모르겠다고 말했다. 여기저기에서 "그런 얘기 하지 마", "말도 안 되는 말 하지 마"라고들 했지만, 사실 누구 하나 그녀에게 돌아올 수 있을 거라고 확실하게 말할 수는 없었다.

국경이 봉쇄되고 4개월이 지난, 저녁 7시까지의 통금이 저녁 9시로 연장된 지 얼마 안 되었을 때다. 정적이 흐르던 순간, 일본인 동료인 토모키가 말했다.

"We are meant to be here."

우린 여기에 올 운명이었다고. 우리가 지금, 여기에, 이렇게 모여 있는 건 이유가 있을 거라고, 우리가 지금 이런 시기에 부탄에 와서 부탄을 위해서 일하는 건 우연이 아니라, 다 이유가 있을 거라고. 그렇기 때문에 나는 다시 돌아올 거라고 믿는다고.

나는 부탄에서 코로나 확진자가 나와서 국경이 봉쇄되기 직전에 부탄으로 입국했고, 그 이후 1년 반이 넘는 기간 동안 자가격리와 통금, 재택근무, 사무실 출근과 봉쇄까지 다양한 상황에서 해야 할 일을 하고 있었다. 국경 봉쇄로 다른 나라로의 여행은 꿈도 못 꾸고, 살고 있는 수도가 아닌 다른 지역으로는 여행을 가지도 못했다. 내가 살고 있는 부탄의 수도 팀푸는 조그마한 동네다. 11만 명 인구의 히말라야 산 중턱, 해발 2,400미터에 자리 잡은 아름다운 수도. 도시 중심부 메인 도로 끝에서 다른 쪽 끝이 보이는 작은 도시에 살면서 대부분의 시간들은 자연과 맞닿아 있는 환경에 감탄하지만, 가끔씩은 도시를 둘러싸고 있는 산들을 보며 갇혀버린 기분이 들기도 했다. 부탄에 산다고 해서 어떻게 모든 것이 마냥 좋을 수만 있을까.

그런데 우연이란 건 없는 거라고, 내가 이곳에 와야 할 운명이었기 때문에 지금 여기 있는 거라고 생각하면 힘든 점들도 어느새 스르르 사라지곤 했다.

종교는 없지만, 그날 저녁 친구들과 모여서 했던 대화는 잊히지 않는다. 여전히 그때 부탄을 떠난 동료들은 아직 부탄에 들어오지 못했고, 언제 이곳에 돌아오게 될지, 어떤 기약도 없이 각자의 나라에서 원격근무를 하며 일을 해나가고 있다.

'세상에 우연이란 없고 모든 것은 인연'이라고 믿는 나라에서 나는 살고 있다. 와야 할 운명이었다고 사람들은 말한다. 하지만 아직은 잘 모르겠다. 이곳에 오고 네 개의, 그리고 또다시 두 개의 계절이 지났다. 여전히 무엇이 날 이곳으로 이끌었는지, 내가 부탄과 어떤 인연을 가지고 있는 건지 대답하기에는 아직 이른 것 같다.

　가끔은 지치기도 한다. 때로는 무언가에 눈물 나게 감사하다. 자주 웃음을 짓는다. 그렇게 나는 부탄에 살고 있다.

환대를 느끼기에
가장 완벽한 곳,
부탄

해발 3,000미터의 캠핑부터 오래된 전통가옥 홈스테이,

그리고 독특한 호텔까지

　스무 살이 되고부터 지금까지 나름 다양한 여행을 해왔다고 생각
했는데, 의외로 부탄에서 처음으로 경험한 것들이 많다. 부탄에서의
여행은 여느 다른 아시아 국가에서의 여행과는 조금 다르다. 부탄에
는 유명한 동남아시아 국가들의 휴양지처럼 아름다운 바다가 있는
것도 아니고(부탄은 중국과 인도 사이에 위치하고 있는 내륙국가다), 그렇다
고 캄보디아의 앙코르와트나 인도의 타지마할 같은 엄청나게 유명한
유적지들이 있는 것도 아니다.
　부탄에서는 어디를 가든 시선에 산이 들어오지 않는 각도는 없다.

부탄에서 가장 유명한 건물,
절벽 위에 지어진 탁상사원

어찌 보면 비슷비슷한 풍경들이다. 수도, 큰 도시, 작은 마을 상관없이 대부분의 장소들이 산속에 폭 안겨 있다. 하지만 자칫 지루해 보일 수 있는 비슷한 풍경 속에서도 부탄 여행은 다른 나라들만큼이나 다채롭다.

공항이 있는 조그마한 도시, 파로에 있는 탁상사원은 부탄을 상징하는 가장 유명한 종교적 유적지이자, 부탄에 오면 꼭 한 번은 들려야 하는 필수 관광지이기도 하다. 서기 8세기경 파드마삼바바가 악마 호랑이의 등을 타고 이곳에 와서 명상한 후, 그 주변으로 1694년 텐진 랍게 스님에 의해 사원이 지어졌다고 한다. '호랑이의 서식지(Tiger's nest)'라는 이름이 이상할 게 없는 해발 3,120미터 절벽 위에 위치한 사원.

2020년, 코로나 시국에 '비대면 여행'이라는 트렌드에 맞춰 그 사원의 맞은편, 평평한 터 위에 부탄 최초의 글램핑 캠핑장이 세워졌다. 캠핑장을 지은 매니저는 럭셔리 호텔 체인의 현지 책임자로 오랜 시간 일해왔다고 한다. 코로나로 호텔이 문을 닫은 몇 개월 동안 가족들과 함께 합심하여 글램핑 캠핑장을 만들었다.

세상에나, 너무나 말끔하게 지어져 있는 글램핑 텐트. 글램핑은 자연과 함께할 수 있다는 캠프의 장점을 그대로 가져오면서 편안함까지 보장해준다. 해발 3,000미터에 위치한 사원을 바라보면서 따뜻한 목욕을 할 수 있는 캠핑장이라니! 코로나로 부탄 외부로의 이동은 물론 부탄 국내에서의 이동 또한 제한되면서 마음대로 갈 수 있는 곳

파로의 높은 산들에
둘러싸여 아침 식사를!

은 내가 거주하고 있는 수도인 팀푸와 팀푸 옆의 도시, 공항이 있는 조그마한 규모의 파로밖에 없었다. 다행히 파로에 바로 이 글램핑 캠핑장이 있었다. 코로나로 갈 곳 없이 무료해하던 부탄 사람들에게 이 글램핑장은 문을 열자마자 단박에 유명한 곳이 되었다. 주말에는 늘 사람들이 북적이는 곳이라 회사 동료와 함께 평일에 휴가를 내고 함께 글램핑장으로 호캉스를 떠났다. 내 가장 친한 친구인 퀸가 라덴은 처음엔 우리 사무실의 인턴으로 커리어를 시작해서 현재 컨설턴트로 일하고 있다. 회사에서는 항상 전통의상을 입고, 예의 바르게 일도 잘하는 동료다. 그러던 퀸가가 어느 날 나한테 물어왔다.

"휘래, 혹시 너 인스타그램 해? 우리, 인스타그램 친구 맺자."

그렇게 들어간 퀸가의 인스타그램 계정은 정말 놀람의 연속이었다. 처음 놀랐던 것은, 퀸가의 프로필 사진이었다.

파격적인 세미 누드 사진에 가까운 모델 사진. 그것이 퀸가의 프로필 사진이었는데, 알고 보니 퀸가는 부탄에서 제일 잘나가는 패션모델이었다. 무려 세계 미인대회에 부탄 대표로도 여러 번 참가했던 유명인사였던 것이다. 사무실에서 늘 조신하게 앉아 일을 하던 친구가 부탄의 대표 모델이라니! 정말 믿기 어려웠다.

두 번째 놀랐던 점은 퀸가의 인스타그램 계정을 팔로우하는 사람들의 수였다. 나라에서 유명한 모델이라고는 들었지만, 퀸가의 계정을 팔로우하는 사람들의 수는 상상을 뛰어넘어 무려 3만 명을 넘기고 있었다! 팀푸 인구가 11만 명이라고 하는데, 그럼 팀푸 사는 사람들의 10명 중 3명이 퀸가를 팔로우하는 셈이었다. 퀸가는 부탄에서 가장 잘 나가는 소셜 인플루언서 중 한 명이었다.

퀸가와 함께 지내며 부탄 20대의 고민들을 더 가까이서 마주 볼 수 있었다. 부탄의 많은 이들이 외국으로 나가 돈을 번다. 퀸가는 11살 때 엄마가 돈을 벌기 위해 미국으로 떠났고, 18살 때 퀸가의 아빠도 엄마를 따라 미국으로 이주했다. 그 이후 단 한 번도 부모님을 만나지 못했다고 한다. 물론 고맙게도 인터넷과 각종 기술들로 인해 부모님과 매일 연락을 하고 화상전화도 하지만, 십수 년이 지나는 동안 부탄에서 부모님 없이 언니와 함께 지냈던 퀸가는 부모님을 만나러 미국에 가는 게 소원이라고 했다.

퀸가는 여러 번 인도에 있는 미국 대사관을 통해 비자를 신청했지만, 번번이 거절당했다. 그런 상황에서 퀸가는 씁쓸하게 농담을 하곤 했다. 자기 이름이 테러리스트로 유명했던 빈 라덴이랑 비슷해서 그런 거냐며 웃는 친구를 보면서 나도 쓴웃음을 지을 수밖에 없었다.

부탄 사람들은 중동이나 미국, 호주 등으로 일하러 떠나는 경우가 많다. 특히 미국 같은 경우는 부탄 사람들이 관광비자로 입국한 후, 허가받지 않고 기한을 넘겨 체류하는 경우가 많다고 한다. 그런 선례 때문에 현재 부탄 사람들이 미국 관광 비자를 받는 것은 매우 제한되어 있다.

가끔씩 코로나 블루(Corona Blue)로 답답해하는 나에게, 퀸가는 자기 차를 가져와 나를 드라이브시켜줬다. 드라이브라고 해봤자 목적지는 채 20분도 안 걸리는 팀푸의 랜드마크인 부다 포인트(Buddha

Point, 큰 부처 좌불상)로, 크게 노래를 틀고 시속 30킬로미터로 달리는 것뿐이었지만(부탄의 도로 사정은 좋지 않다. 여기저기 패인 도로도 많고, 포장이 안 되어 있는 곳도 많다. 그래서 사실상 빠른 속도로 운전하기란 불가능에 가깝다) 그것만으로도 나에게는 큰 힘이 되었다.

내가 부탄에서 가장 좋아하게 된 장소에 가장 좋아하는 퀸가와 함께 오니 너무나 좋았다. 물론 소셜 인플루언서답게 사진을 몇 백 장찍고, 소셜미디어에 올릴 틱톡 비디오를 찍는 친구를 보면서 '참 에너지도 좋다'라는 생각을 하긴 했지만 말이다. 텐트에서 창문을 열면 보이는 탁상사원. 날씨가 좋으면 좋은 대로, 비가 내리면 비가 내리는 대로 좋은 곳. 아침에 햇살과 함께 풀냄새를 맡으며 일어날 수 있는 곳. 해발 3,000미터에서의 글램핑은 지금까지 그 어느 나라에서도 경험해보지 못했던 즐거운 경험이었다.

그런가 하면, 부탄에서는 전통 홈스테이를 경험할 수도 있다. 부탄은 여전히 전통 건축 양식을 지키며 살아가고 있다. 부탄에는 전통을 유지하기 위해 특이한 건축법이 제정되어 있다. 건물에 쓸 수 있는 색상, 건물의 모양, 건물의 층수, 건물 면적당 창문의 수, 건물에 외벽 등에 대한 규정을 국가가 정하고, 그 규정을 부탄 내의 모든 건물에 적용한다. 그래서 부탄에 처음 도착하면 정말 다른 세계로 건너온 듯한 착각이 든다.

팀푸를 떠나 다른 도시나 마을들로 가면 오래된 부탄의 전통 가옥들을 흔하게 볼 수 있다. 농사를 주로 짓는 시골에서 쓰이는 흙과 나무로 지어진 오래된 전통 가옥. 2층짜리 건물에서 1층은 쓰지 않고, 나무로 된 가파른 계단(계단이라고 말하기도 민망한, 사실은 사다리 같은 것)을 타고 올라가면 2층이 가족들의 주 거주 공간이다. 그리고 천장과 지붕 사이의 좁은 공간은 보통 저장고로 쓴다. 양철지붕에서 고추를 말리기도 하고, 말린 고추를 저장고에 널어놓고 1년 내내 쓰기도 한다. 저장고는 햇볕이 들지 않고 대신 바람이 잘 통하는 위치라 얇게 저민 소고기나 돼지고기를 빨랫줄에 걸어 놓고 1년 내내 바람에 말리기도 한다. 냉장고가 없던 시절, 귀한 고기를 오래 먹기 위해서는 수분을 말려 오래 저장해야만 했다. 그러한 전통이 아직까지도 이어져 내려와, 부탄 사람들은 대부분 말린 돼지고기(시캄)와 말린 소고기(샤캄)를 고기 요리의 주재료로 쓴다.

　주말을 맞아 파로의 전통 농가로 팜스테이를 갔다. 쌀농사를 짓는 논들 사이에 위치한 아주 오래된 흙과 나무로 지은 방 3개짜리 농가였다. 홈스테이 주인인 페마 아저씨는 지난 십몇 년간 일본에서 온 봉사단에게 홈스테이 경험을 전해주었다고 한다. 이곳에서 짧게는 일주일씩 머물고 돌아간 봉사단들에게서 온 편지와 액자로 집안 곳곳이 예쁘게 꾸며져 있었다. 페마 아저씨네 집이 있던 마을은 "마을이 꽤 큰 것 같네요?"라고 물어보자 페마 아저씨가 자랑스럽게 "그럼요, 40가구나 되는걸요"라고 말할 만큼 부탄 시골에서는 꽤 큰 편이지만, 내 기준으로는 또 정말 아담한 마을이었다.
　부탄 사람들은 종교적이다. 그리고 무척이나 신실하다. 부탄 사람들 집에서 가장 좋은 방은 세추(제사를 지내는) 방으로, 다르게 말하면 신을 위한 방으로 마련해둔다. 그러고는 그 방에서 매일 아침저녁으로 기도를 한다. 신을 위한 방에는 조그마한 신전이 마련되어 있다. 그 안에는 불상도 있고, 다른 힌두신들의 현신들도 있고, 구루 린포체 상이 들어 있기도 한다. 신전 앞에는 버터로 만든 촛대도 있고, 신전에 바치는 7개의 물그릇과 여러 음식들이 놓여 있기도 하다.

부탄 사람들은 손님이 오면 집에서 가장 좋은 방을 내어준다. 그래서 결론적으로 우리는 페마 아저씨네 집, 세추 방에서 잤다. 부처님, 구루 린포체, 심지어 달라이 라마의 사진이 지켜보는 방 한가운데에 요를 깔고 잠을 청했다. 흔히 우리나라에는 점집에 가면 볼 수 있는 그런 방의 '오방기'라고 불리는 알록달록한 천들 사이에 누워서 '과연 잠을 잘 수 있을까' 싶었다. 하지만 의외로 너무나 개운하게 잘 자고 일어난 아침. 그런데 함께 갔던 친구는 새벽에 자꾸 천장에서 쥐 소리가 나서 잠을 설쳤다고 한다. 그럼, 그럴 수도 있지. 흙과 나무로 지어진 집, 그리고 음식이 가득한 방이라면 쥐가 나올 수도 있겠지. 그 소리를 못 듣고 잔 게 얼마나 다행인지! 자기 전에 그 소리를 들었다면 아마 어렸을 때 들었던 '쥐가 나와서 발가락을 뜯어 먹고 간다'는 괴담이 떠올라 꺼림칙했을 것이다.

페마 아저씨는 우리가 지냈던 짧은 1박 2일 동안 정말 많은 음식을 해주셨다. 말린 돼지고기, 말린 소고기, 아스파라거스 볶음(부탄의 봄은 아스파라거스의 철이다), 감자다찌(다찌는 치즈를 넣고 버무린 부탄의 전통 메뉴다), 고추다찌, 시금치 볶음, 샐러드, 오므라이스, 치즈 볶음, 감자

볶음까지 상다리 휘어지게 차려낸 음식을 보면서 감탄하고, 그 맛에
또 감탄했다. 부탄 음식은 워낙 짜고, 맵고, 치즈가 많이 들어가서 내
입맛에는 너무 느끼했다. 하지만 이곳의 음식을 먹고 나니 부탄 음식
이 원래 그런 게 아니라, 식당에서 파는 부탄 음식들이 그런 것 같았
다. 집 앞 텃밭에서 키워 갓 따온 싱싱한 채소와 담백한 음식들을 1박
2일이 모자라게 정말 양껏 먹었다.

원래 페마 아저씨네 가족은 화장실에서 휴지를 쓰지 않지만, 외국
인들이 온다고 해서 일부러 화장실에 휴지를 걸어 놓으셨다는 말에
마음이 따뜻해졌다. 홈스테이 마지막 날, 페마 아저씨는 떠나는 우리
를 붙잡고 각종 채소와 작년에 농사지은 쌀을 건네주셨다. 우리가 소
박하게 챙겨드린 용돈보다 더 많은 음식을 받아오는 듯해서 마음이
편치만은 않았다. 간곡히 거절하는 우리에게 '부탁'이라며, 끝까지
이것저것 더 챙겨주신 페마 아저씨. 언제든 시간될 때 다시 놀러 오
라는 아저씨의 말에 마치 시골의 외할머니 댁에 놀러간 것 같은 기
분이었다.
팀푸에서 겨우 50킬로미터 떨어져 있는 곳이지만, 페마 아저씨네
서 지냈던 시간들은 마치 다른 나라처럼 생경했다. 공기도 달랐고, 분
위기도 달랐으며 밤에 들리는 소음마저 달랐다. 물론 오래된 집들이
라 방음이 전혀 되지 않아서, 이웃의 통화 소리가 너무 생생하게 들
려 당황스러웠지만 그것마저도 정겨웠다.
이렇게 정겨웠던 팜스테이 경험과는 정반대로 독특한 호텔에서 호

페마 아저씨가 정성스레 준비해주신 부탄식 저녁 식사

부탄의 옛 수도였던 푸나카 성.
왕의 대관식과 결혼식이 치러진 장소다

캉스를 즐겼던 적도 있다. 부탄에 온 지 1년 6개월이 되었을 때였다. 한국으로든 어디로든 휴가를 가는 것이 불가능해 보였을 때, 가장 친한 직장 동료 둘이 임기를 마치고 부탄을 떠나려는 그때, 우리를 위한 플렉스(flex)를 누려보기로 했다.

부탄에는 독특한 호텔들이 많다. 조그마한 럭셔리 부티크 호텔에서는 직원 모두가 숙박객의 이름을 알고, 숙박객이 좋아하는 음식과 못 먹는 음식을 알고 있다. 숙박객의 일정에 맞춰 시간에 상관없이 아침, 점심, 저녁 식사가 제공된다. 또 숙박객의 요청에 따라 각종 티타임이나 칵테일까지 제공해준다. 동료들이 떠나기 전, 코로나로 문을 닫았던 호텔이 1년 6개월 만에 문을 연 그때, 우리는 호캉스를 즐기기로 했다.

우리가 방문한 숙소인 아만코라(Aman Kora) 푸나카는 첩첩산중 속 계단식 논들 사이에 숨어 있었다. '부탄의 엄마의 강'이라고 불리는 모추를 따라가다 보면 아주 오래된 철로 만들어진 흔들다리가 나온다. 그 흔들다리를 건너가면 호텔에서 보내준 버기카가 우리를 기다리고 있다. 버기카를 타고 논 사이사이를 한 10분쯤 달리다 보면 조그마한 전통 가옥이 보인다. 그곳이 바로 숙소다. 그곳의 대문을 지나는 순간, 마치 다른 세계로 들어온 듯한 기분이 들었다. 아무도 와본 적 없는 전설의 장소, 샹그릴라 같은.

도착한 둘째 날은 오후부터 부슬부슬 비가 내렸다. 우리가 방문한 주말, 전체 숙소에 손님이라고는 우리 일행이 유일했다. 우리끼리 전체 숙소를 전세 낸 듯, 비 오는 날 온수풀에 모두 모여 수영을 했다. 호주에서 태어나고 자란 금발머리의 캐롤린은 20년 전 처음으로 부탄을 방문했을 때 만난 킨짱과 결혼을 했다. 그리고 20년 동안 부부는 호주, 일본, 전 세계를 돌아다니며 살다 현재 부탄에 정착했다.

"캐롤린, 원래 호주 사람들은 다 수영을 잘해?"

"그럼, 우리는 걸음마 하면서부터 수영을 배우기 시작한다고."

레인 끝과 끝을 왕복하며 우아하게 수영하던 캐롤린 옆에서 나는 수영장 바닥을 총총걸음으로 걸으며 그녀를 따라다녔다.

캐롤린의 남편인 킨짱은 6남매 중 4번째 아들이다. 킨짱은 인공지능의 논리학을 전공한 박사이자, 로열팀푸칼리지(Royal Thimphu College)에서 학생들을 가르치는 교수이기도 하다. 하지만 늘 껄렁껄렁한 말투에, 여름이든 겨울이든 언제나 쪼리만 신고 다니는 그의 모습을 보면 도무지 그가 부탄 제일의 교수라는 사실을 믿을 수가 없다. 킨짱의 얼굴을 보면 좀처럼 나이를 가늠할 수가 없다. 이십대처럼 보이기도 하고, 삼십대로 보이기도 하고, 교수님이라고 생각하고 보면 사십대로 보이기도 한다.

킨짱은 엄청난 개구쟁이다. 매번 사람들을 놀리고 속이는 것을 좋아한다. 어느 날 킨짱은 맨발로 식당에 성큼성큼 들어오더니, 놀라는 나를 보며 말했다.

"휘래, 나는 요가 수련자야. 요가 수련자는 하루에 12시간 이상 신발을 벗고 맨발로 생활해야 한다고."

킨짱에게 수없이 속아왔던 터라, 이번엔 절대 안 속겠다고 생각했지만 너무나 진지한 그의 말에 '진짜인가? 오, 진짜구나' 하고 결국엔 믿을 수밖에 없었다. 그때, 캐롤린이 웃으면서 말했다.

"휘래, 너 그렇게 속고도 또 속네? 킨짱이 방금 텔레비전에서 요가 수련자들 보고 와서 그래."

한번은 킨짱과 친한 친구들이 다 함께 모여 앉아 '유니콘은 과연 존재하는가?'에 대한 열띤 토론을 벌였다.

"킨짱네 집에는 할아버지의 할아버지 때부터 대대로 내려오는 뿔이 있어, 유니콘의 뿔."

"아니, 그런데 정말로 그걸 믿는 거야? 유니콘이 있다고?"

"본 적이 없다고 해서 존재하지 않는다고 믿는 거야? 그건 너무 일차원적인 시각 아니니?"

"……."

논리학을 전공한 자를 어찌 말빨로 이길 수 있으랴!

밤중에 숙소 방에 붙어 있는 발코니에 나와 앉아 하늘을 바라보았다. 주변에 다른 불빛이라곤 하나도 없는 터라 하늘의 별들은 정말 환하게 반짝거렸다.

부탄 여행은 여러 가지 얼굴이 있다. 조그마한 나라지만 여러 가지 경험을 할 수 있다. 그리고 어디를 가든, 어디에서 묵든 부탄 사람들은 진심으로 손님을 환대해준다. 낯선 이에게 관대하고 친절하며 적당히 가깝게 다가간다. 마이클 앤드류 포드는 자신의 책《환대의 정신에 대해》에서 환대를 이렇게 정의한다.

"환대란 손님이 자신의 영혼을 발견할 수 있는 공간을 창조해내는

조그마한 나무 문을 열고 들어가면 펼쳐지는 동화 같은 세계

능력이다."

부탄은 환대를 느끼기에 가장 완벽한 나라인 것 같다. 이 책을 읽고 있는 당신이 꼭 와봤으면 좋겠다, 이곳에.

세상에 질문을 던지는 부탄의 관광 정책

- High Value, Low Volume (지속 가능한 여행을 위하여)

많은 사람들이 여행을 좋아하고 갈망한다. 여행이 좋은 이유는 여행을 좋아하는 사람들의 숫자만큼이나 다양할 것이다. 누군가는 여행을 통해서 위로를 받고, 누군가는 여행을 통해서 새로운 것을 배운다. 그리고 또 다른 누군가는 여행을 통해서 새로운 자신을 만나기도 한다. 위로든, 배움이든, 또는 성찰이든 여행은 그 자체로 우리 자신을 변화시키는 힘을 가지고 있다. 여행의 힘은 여행자를 변화시키는 것뿐만 아니라 여행지도 변화시키며, 세계를 변화시키기도 한다.

2019년 한 해에만 국경을 넘어 여행하는 사람이 14억 명을 넘어섰다. 무려 14억 명. 세계의 인구가 77억 명이라는 사실을 상기해봤을 때, 2019년에만 세계 인구 다섯 명 중 한 명이 국경을 넘어 여행한 셈이다. 물론 코로나19의 영향으로 2020년 해외 여행객의 수는 급격한 감소세를 보였지만, 언택트(비대면) 여행과 아웃도어 여행이 사람들로부터 새로운 각광을 받는 것을 보면 여행에 대한 사람들의 로망은 그렇게 쉽게 사라지지 않을 것이다.

2019년도 기준으로 관광산업이 직·간접적으로 세계 경제(GDP)에서 차지하는 비율은 무려 10퍼센트가 넘는다. 관광산업의 직·간접적인 고용 효과는 전 세계 고용 비율의 10퍼센트를 차지한다. 수출 측면에서 발생하는 경제적 효과만 무려 8.7조 달러다('조', 0이 12개 들어가는 그 단위 말이다. 잠시 이게 어느 정도인지 감이 안 잡히는 분들을 위해서 간단한 예를 들자면, 〈포브스(Forbes)〉 선정 글로벌 2,000대 기업 중 매출 부문 1위를 차지한 바 있는 세계 최대의 유통업체인 월마트의 2018년도 수익이 5,140억 달러였다). 그리고 전 세계 수출량의 6.8퍼센트, 서비스 수출량만을 놓고 봤을 때는 무려 30퍼센트가 관광산업으로부터 비롯된다.

　　이렇게 다양한 수치들에서 볼 수 있듯이, 관광산업은 거대한 경제적 부를 창출한다. 관광산업의 성장은 새로운 일자리를 창출하는 것뿐만 아니라, 필연적으로 직·간접적인 인프라 시설 확장 및 관련 산업들의 성장을 가져온다. 특히 '제3세계'라고 불리는 개발도상국에게 관광산업은 경제 발전에 중요한 토대를 제공해주기도 한다. 상대적으로 만성적 외화보유고 적자를 가지고 있는 개발도상국에서는 관광산업이 가장 중요한(때로는 유일한) 외화 수입의 루트이기도 하다.

　　하지만 여러 가지 경제적인 효과와 장점에도 불구하고 현재의 관광산업은 경제적 측면만이 아니라 사회, 문화, 환경, 윤리적 측면에 걸쳐 다양한 문제를 야기하고 있다. 경제적 불평등과 관광 수입 누출 문제, 무분별한 관광지 개발로 인한 생태계 파괴와 여행자 유입으로 인한 지역의 사회·문화적 충돌 등의 문제는 무시할 수 없을 정도로 많은 여행지에서 빈번하게 목격되는 현상이 되었다.

우리가 여행을 하면서 쓰는 돈은 어디로 갈까?

캄보디아로 100만 원짜리 패키지여행을 떠난다고 생각해보자. 비행기 티켓값이 50만 원이라고 가정했을 때, 지불한 여행 경비 100만 원 중 항공료 50만 원을 제외하고 남은 50만 원 중 전부는 아니더라도 대부분이 방문한 여행지나 아니면 적어도 캄보디아 경제로 돌아간다고 생각하는 게 일반적일 것이다. 그런데, 정말 그럴까?

세계적으로 유명한 관광지인 태국에서는 관광객이 쓰는 여행 경비 중 오직 30퍼센트만 태국 내에 남겨지고, 70퍼센트나 되는 돈이 다국적 기업과 외국 기업을 통해 나라 밖으로 유출된다. 인도에서는 40퍼센트 정도의 여행 경비가, 캐러비안 지역에서는 80퍼센트가 넘는 여행 경비가 관광지 밖으로 빠져나갈 것으로 예상된다. 관광산업으로 벌어들이는 돈이 그 지역이나 국가가 아닌, 다른 곳으로 새어 나가는 현상을 '관광 누손율'이라고 한다. 많은 개발도상국들에게 관광산업은 나라의 환경, 문화자원을 이용해서 외환을 벌어들이며 국가 경제를 발전시킬 수 있는 가장 중요한(어떤 경우에는 유일한) 산업이다. 하지만 현재의 관광산업은 구조적으로 저개발 국가들이 관광산업으로 벌어들인 외화를 나라 밖으로 누출시키고, 때로는 지역의 경제와 생산을 배제한 채 이루어진다.

'재주는 곰이 부리고 돈은 사람이 챙긴다'는 말처럼 지역의 문화, 환경, 사회적 자원을 이용해서 창출해낸 이윤이 다른 나라로 누출되는 상황을, 우리는 다른 말로 '착취'라고 부를 수 있지 않을까? 현재 관광산업이 구조적으로 이러한 착취를 허용한다면, 그런 관광산업의 구조에 문제가 있는 것이 아닐까? 그리고 그러한 관광산업의 구조 안에서 '나'는 어떤 역할을 하고 있을까? 우리는 이제 스스로에게 질문을 던지며 이전과는 다르게 여행해야 한다. 그렇기 때문에 부탄의 관광정책은 우리에게 많은 시사점을 준다.

부탄은 쉽게 여행을 갈 수 있는 곳이 아니다. 그렇기 때문에 부탄은 오랜 시간 '히말라야 은둔의 왕국'이라는 이미지를 가지고 있다. 1974년도가 되어서야 나라의 문을 외국인 관광객들에게 개방한 부탄은 개방 이후부터 지금까지도 부탄만의 특별한 관광 정책을 실행하고 있다. 부탄을 여행하고 싶은 외국인들은 부탄 정부가 지정한 공식 여행사를 통해 패키지여행만을 신청할 수 있다. 부탄을 여행하는 여행 금액도 인원수에 따라 1일 최소 여행 경비가 정해져 있다. 이것은 다른 어느 나라에서도 볼 수 없는 부탄만의 특이한 관광 정책이다. 1박 기준, 1인 외국인 최소 여행 경비가 200~250달러로 책정되어 있다. 이 최소 여행 경비는 결코 저렴한 편이 아니지만, 여기에는 3성급 숙소, 전 식사, 전 일정 투어가이드와 교통비, 여행 세금 등이 포함되어 있다. 특이한 점은 1인 최소 여행 경비에 1인 1박당 65불의 '지속 가능개발 로열티(Sustainable Development Fee)'라는 부탄 정부의 여행 세금이 붙는다는 것이다.* 이 로열티는 부탄의 무상교육, 무상의

료, 빈곤층을 위한 사회 혜택 등에 쓰이는 정부의 중요한 세수가 되어준다.

많은 사람들이 부탄은 개별 관광객 수를 제한한다고 알고 있다. 하지만 부탄 정부는 따로 개별 관광객의 수를 제한하지 않는다. 정부가 관광객 수를 인위적으로 제한할 필요도 없이, 부탄 정부의 1인 최소 여행경비 정책은 정책 그 자체로 적정 관광객의 수를 조절해주는 역할을 한다. 이 특별한 여행정책 덕분에 부탄은 나라를 천천히 세계에 개방하고, 나라의 관광산업을 차근차근 발전시킬 수 있었다.

부탄이 관광산업의 느린 성장을 추구한 이유는 몇 가지가 있다. 부탄은 인구 75만 명 미만의 작은 나라다. 우리나라와 비교하자면 서울특별시 강남구 주민보다는 많은데, 종로구보다는 적은 인구다. 부탄의 중요한 관광 목적지가 되어주는 유형·무형문화재들은 대부분 조그마한 산간 마을에 위치하고 있다. 유일한 국제공항이 있는 도시, 파로의 인구는 1만 2천 명이고, 왕의 즉위식과 결혼식이 치러졌던 종교적·문화적으로 중요한 도시, 푸나카의 인구는 6천 명대다. 기간산업과 인적 인프라가 부족한 부탄에서 관광객의 대량 유입은 여러 가지 사회적 문제를 일으킬 수 있다.

관광산업의 급격한 성장은 관광지(tourist destinations)에 많은 변화를 가져왔다. 많은 수의 관광객들을 수용하기 위해 관광지에는 대규모의 리조트들이 지어진다. 그리고 대부분의 '휴양형' 리조트들은 아름다운 해변가에, 그리고 울창한 숲속에, 아름다운 풍경 한가운데에 지어진다. 당연한 결과다. 관광객들은 가능한 한 그 지역의 자연 환경

을(혹은 풍경을) 가까이서 즐기고 싶어 하니까. 하지만 이런 대량 관광
(Mass Tourism)으로 인한 대형 리조트들의 등장은 관광지의 취약한 생
태 서식지들이 파괴되는 결과를 가져왔다. 그리고 대부분 그 지역의
환경이 수용할 수 있는 범위를 넘어선 관광객들의 방문으로 많은 문
제를 겪고 있다. 그중 가장 빈번하게 목격되는 문제는 역시 관광산업
의 성장으로 인한 관광지 내 물 부족 문제다.

　특히 부탄은 인구의 절반 이상이 농업에 종사하는 나라다. 산악지
대에 위치하고 있는 나라의 특성상 대부분 농경지에서는 관개수로가
아닌 빗물을 이용해서 농사를 짓는다. 따라서 기후변화로 인한 강수
량의 변화는 부탄 농업이 마주한 가장 큰 도전 과제이고, 많은 농경
지들이 물 부족에 시달리고 있다. 관광산업의 물 소비량은 우리가 상
상하는 그 이상이다. 투어리즘 컨선(Tourism Concern, 영국의 관광 감시
NGO)의 보고서에 따르면, 탄자니아의 잔지바르에 있는 관광지인 키
웬그와(Kiwengwa)와 능귀(Nungwi)에서는 관광객들이 사용하는 평균
적인 물의 양이 지역민들이 사용하는 물의 양보다 무려 16배가 많다.
대부분의 관광지들이 비슷한 상황일 거라고 예상한다. 특히 5성급 호
텔에서 관광객들이 사용하는 물의 양은 하루에 대략 3,200리터로, 그
지역의 지역민들이 하루에 사용하는 물의 양인 100리터보다 32배나
많다.
　관광객들에 의한 과도한 물의 사용은 물의 희소성을 더욱 증가시
킨다. 이는 단순히 지역 사람들이 생활하는 데 충분한 양의 물을 공

급받지 못하는 것에 그치지 않는다. 지역 내 물 부족 문제는 제한된 자원을 차지하기 위한 지역 사회 내 갈등을 증폭시킨다. 더 심하게는 깨끗한 물에 접근할 수 있는 사람들의 기본권을 침해하며, 지역 내 빈곤의 문제를 심화시키기도 한다.

부탄에는 이러한 기존의 관광산업(혹은 대량관광)을 수용할 여력이 없다. 대량관광의 문제는 이미 전 세계 곳곳에서 목격된다. 이탈리아 베니스나 스페인 마드리드에서 벌어진 '반 관광(Anti-tourism) 시위' 뿐만 아니라, 우리나라의 서울 북촌 한옥마을이나 제주도에서도 대량관광으로 인한 관광객과 원주민간의 갈등은 심각한 사회적 문제로 떠오르고 있다.

부탄의 1인 최소여행 경비 정책은 관광객의 수를 지역공동체의 역량에 맞게 적절히 조정하는 역할을 한다. 동시에 여행의 적정한 가격 형성하여 가이드 및 관광업계 종사자들이 적정한 임금을 받고 생활을 꾸려 나갈 수 있게 도와준다.

부탄의 관광산업은 나라 전체 고용률의 6퍼센트를 차지하고 있다. 숫자만 놓고 보았을 때는 그리 높은 비중이 아니지만, 그럼에도 관광산업이 중요한 이유는 관광이 부탄의 많은 청년들에게 중요한 고용 기회를 제공하기 때문이다.

부탄의 여행은 '지속 가능성'이라는 원칙을 기반으로 진화 중이다. 부탄의 관광 정책이 세계 최고라든지, 부탄의 관광 정책을 전 세계의 모든 나라가 따라가야 한다고는 생각하지 않는다. 여러 나라가 마주한 각기 다른 현실과 문제에 부탄의 경험이 만병통치약처럼 쓰일 수는 없고, 또 쓰여서도 안 된다. 하지만 부탄 여행은 다른 어느 나라와도 다르다. 그리고 부탄에서는 여행자와 지역공동체의 요구를 충족하며 '현재와 미래의 경제적·사회적·환경적 영향을 고려하는 관광'이라는 틀 안에서 새로운 여행을 제공하려는 노력이 계속되고 있다. 그렇기 때문에 지금까지와는 다른 여행을 위해, 지속 가능한 여행을 위해, 우리는 부탄의 노력을 주의 깊게 살펴볼 필요가 있다.

부탄을 위해
일합니다

부탄에서 만난 나의 동료들 – 소남, 셔링, 티티, 그리고 타시

　'세계 평화와 인류 행복'이 모토인 국제기구에서 일한다고 해서 그
곳에서 일하는 모든 사람이 사명감을 갖고, 세상을 바꾸기 위해 일하
는 건 아니다. 어느 조직이나 그러하듯 우리 조직 내에도 다양한 사람
들이 존재한다. 직장에서 존경할 수 있는 동료와 상사를 만난다는 것
은 쉽지 않은 일이다. 나는 그렇게 진귀한 동료들과 상사를 부탄에서
만났다. 나에게 어느덧 '가장 소외받는 이'들은 페이퍼에 쓰는, 보고서
에 쓰는 하나의 수사에 지나지 않게 된 건 아닌가 고민하다가 그런 고
민마저도 옅어졌을 때 그리고 삶에 대한 고민이 깊어질 때쯤, 지금의
팀을 만날 수 있었다.

하늘이 맑던 어느 여름날, 직장 동료들과 함께.
왼쪽에서 부터 시계방향으로 타시, 셔링, 나, 페마, 캐롤린, 레기타, 스콧, 티티, 퀸가, 그리고 자나

소남 초키는 나와 일주일 차이로 입사한 입사동기다. 한국으로 치면 기획조정실쯤 될까? 그녀는 부탄의 모든 개발정책 수립 및 실행을 주관하는 정부기관인 국민총행복위원회(Gross National Happiness Commission)에서 10년간 일한 베테랑이자 두 아들의 엄마다. 초키는 정부를 위해 일하면서 한국에 여러 번 출장을 다녀왔다. 한국을 방문하면서 자기가 가장 인상 깊게 봤던 것이 있는데, 그것은 바로 문어와 여행용 가방이라고 했다. 부탄은 내륙국가다. 사방이 산으로 둘러싸여 있기 때문에 해산물을 보기가 힘들다. 그런 이유로 부탄 사람들은 해산물을 즐겨 먹지 않는다. 부탄에서 구할 수 있는 해산물이라고 해봤자, 태국에서 수입해온 참치 캔이거나 냉동새우가 전부니까. 그런 초키가 한국에 가서 놀란 건, 수많은 음식들에 해산물이 들어 있다는 점이었다. 초키는 태어나서 문어를 처음 먹어보게 되었고, 문어의 생김새에 정말 많이 놀랐단다. 그리고 독특한 식감과 해산물 특유의 비릿함 때문에 한국 출장 내내 제대로 밥을 먹지 못했다고 한다.

초키를 놀라게 한 것은 또 있다. 초키가 동대문 시장에서 산 여행용 가방이다. 10년 전에 동대문 시장을 구경하다가 비싸지 않은 돈을 주고 샀는데, 아직도 튼튼하다며 '메이드 인 코리아'가 짱이라던 그녀다.

초키는 나에게 부탄에 있는 친언니 같은 존재가 되었다. 둘 다 오글거리게 하는 것은 딱 질색이지만, 초키는 늘 나에게 '처음의 마음'을 상기시켜주는 사람이다. 내가 무엇을 위해 일하고 있는지, 내가 왜 이곳에 와 있는지를 늘 일깨워준다. 어디에서 일하든 직장생활은 다

거기서 거기다. 갈등도 있고, 스트레스도 받고. 그러다 보면 내가 뭘 위해서 일하는지, 누굴 위해서 일하는지 어느새 잊게 된다. 내가 매일 쓰는 이메일과 기획서가, 보고서와 회의록이 마치 상사만을 위해 존재하는 것 같다는 생각이 들어 힘들 때가 많았다. 부탄 사무실에서 일한 지 일 년 반쯤 지났을 때였다. 상사와의 갈등과 여러 가지 문제로 번아웃(burnout)이 왔다. 거대한 바다에서 방향을 잃고 배회하는 느낌이었다. 열심히 노를 젓고 있지만, 어디로 가는지 모르는 그런 기분……. 휴식이 필요하다고 생각했다. 그래서 회사를 그만두는 것을 생각하기도 했다. 그때 초키와 많은 이야기를 나누었다.

"휘래, 네가 지금 하는 일이 누굴 위한 건지 잊지 마. 너는 부탄을 위해, 부탄 사람들을 위해 일하고 있는 거야. 그래서 휘래, 네가 지금 이 일을 그만둔다면 그건 부탄과 우리에게 정말 큰 손실일 거야."

그때 다시 깨달았다.

지금 나는 무엇을 위해서 일하고 있는가?

지금 이 시기에 국제기구에서 일할 수 있다는 건 특권이다. 감사한 일이다. 코로나 덕분에 일은 더 많아지고, 우리의 생활은 그만큼 더 어려워졌지만 이 어려운 시기에 이곳에서 사람들을 도울 수 있다는 건 참 특별한 거라는 걸 다시 상기한다. 초키가 말로만 소외받는 이들을 생각하는 사람이었다면, 초키의 말은 그다지 와닿지 않았을 것이다. 하지만 초키는 말만 그런 게 아니라 직장에서도 늘 상대의 처지를 이해하고 공감하며, 상대에게 자신의 등을 내어줬다.

셔링 초키는 내 가장 친한 친구이자 동료다. 10년 동안 부탄의 주간신문 기자로 일하다가, 지금의 사무실로 옮겨와 홍보관으로 근무하고 있다. 셔링은 아이가 둘 있는 싱글맘이다. 홍은 직장에서 누구보다 많은 친구다. 금요일마다 퇴근할 때면 가끔씩 회사 가까운 술집에 들러 '마마스 타임'이라며 딱 한 시간, 함께 맥주를 마시고 집에 가기도 한다. 대체로 틱틱거리는 스타일이지만, 가끔은 주말에 자기가 시장을 봐왔다면서 우리 집에 들러 장을 봐온 채소 바구니를 던져주고 가는 그런 사람이기도 하다.

셔링은 두 번의 이혼을 겪고 남편 없이 두 아이를 혼자 키우고 있다. 부탄의 이혼율은 매우 높다. 생각보다 놀라울 정도로 혼자 아이를 키우는 엄마들이 정말 많다. 내가 부탄에서 만난 여자친구들 가운데 반 정도는 이혼 후 홀로 아이를 키우고 있다고 해도 과언이 아니다. 싱글맘인 워킹맘이 어떻게 가능한가 싶지만, 부탄은 여전히 대가족 사회를 유지하고 있기 때문에 가능한 게 아닌가 싶다. 셔링도 주중에는 가까운 곳에 사는 부모님이 아이들을 봐주신다. 가족과 다 함께 공동육아를 하고 있는 셈이다.

셔링의 막내딸 이름은 제첸마다. 6살 제첸마는 한국의 아이돌 그룹인 블랙핑크의 광팬이다. 그래서 셔링이 나를 제첸마에게 처음 소개할 때도 "이 이모는 네가 좋아하는 블랙핑크의 나라에서 온 이모야"라고 소개했다. 곧 블랙핑크의 제니를 만나봤느냐고, 블랙핑크를 아느냐고 반짝거리는 눈으로 물어보는 제첸마에게 나는 장난을 치고 싶어졌다.

"응, 블랙핑크는 이모 친구야."

그 말에 자지러지던 제첸마. 그럼 블랙핑크랑 영상통화할 수 있냐고 수줍게 물어보던 제첸마. 부탄에는 제첸마 같은 아이들이 정말 많다. 지금 부탄에는 한류열풍이 뜨겁게 불고 있다. 한국 음식, 한국 노래, 한국 가수, 한국 드라마, 한국 영화에 열광하는 부탄의 청년들과 아이들. 팀푸 시내에 있는 조그마한 구멍가게를 가도 불닭볶음면과 소주를 쉽게 찾아볼 수 있다. 부탄 중심가의 상점에서는 방탄소년단과 블랙핑크의 얼굴이 담긴 굿즈들을 판다. 내가 부탄에서 발견한 가장 신선했던 한류열풍의 끝판왕은 바로 마스크팩이었다. '아니, 마스크팩이 왜?'라고 생각할지도 모르지만, 이 마스크팩의 이름은 '처음처럼 마스크팩'이다. 마스크팩 앞에 우리나라 소주 사진이 들어 있다. 한국 사람이라면 그 모양을 보고 흠칫할 테지만(분명 한국에서 만들어진 게 아닐 거 같다), 나름 부탄에서는 잘나가는 상품 중 하나다.

티티의 이름은 타시 셔링 둑파다. 하지만 사무실에 이미 너무 많은 타시가 있어서 우리는 그의 이름을 타시 셔링의 앞 두 글자만 따서 '티티'라고 부르고 있다. 티티는 우리 사무실의 모든 현지 직원들 중에 가장 높은 직급이다. 이곳에 오기 전에는 부탄 파운데이션이라는 부탄의 대표 비정부기구에서 대표로 활동했었다. 그 이전에는 대학을 졸업하고 국가 공무원 시험에 합격해 로열 시빌 서비스 커미션(Royal Civil Service Commission〈RCSC〉)에서 커리어를 시작했다.

티티는 나에게 큰오빠 같은 존재다. 듬직하고 믿을 수 있고, 언제든 고민이 있을 때 찾아갈 수 있는 사람. 사실 나는 남에게 내 이야기를 많이 하지 않는 편이다. 누군가에게 힘든 이야기를 하는 것은, 나의 등을 보여주는 일이라고 생각해왔다. 특히 직장에서 약점을 보여준다는 것은 언제든 그것으로 공격받을 수 있다고 생각했었다. 그랬다, 직장에서는 마치 로봇처럼 감정이 배제된 완전무결한 프로페셔널이 되고 싶었다.

올해 초, 직장 대표와의 갈등이 있을 때 근무가 끝나고 티티에게 전화를 했다.

"티티, 나 오늘 이런 일들이 있었는데 어떻게 반응해야 할지를 모르겠다. 어떤 식으로 대응해야 하는 걸까?"

말하는 도중에 나도 모르게 눈물이 나왔다.

마음을 터놓고 약한 모습을 보일 수 있다는 게 사실 별것 아닌 듯해도 나에게는 큰 변화였다. 1시간 내내 전화를 붙잡고 쏟아내는 내 이야기를 흔쾌히 마음을 열고 들어주던 티티. 사실 그가 나에게 준 조언은 내가 알던 것과 크게 다르지 않았다. 하지만 나의 상황을, 나의 감정을 털어놓을 수 있다는 것 자체로 티티는 나에게 정말 큰 힘이 되었다.

하루는 티티와 함께 외부에서 커피를 마시면서 미팅을 하기로 했다. 티티의 빨간색 차를 타고 가려는데, 차의 시동이 걸리지 않았다. 우리나라였다면 당황하면서 공업소에 가네, 마네 혹은 고쳐줄 사람을 부르네, 마네 할 텐데 티티는 웃으면서 말했다.

"휘래야, 지금 배터리가 없어서 그런데, 일단 차를 밀면서 가다 보면 바퀴가 굴러가는 동력으로 시동이 걸릴 만큼의 배터리가 충전될 거야. 그러니까 내가 일단 차를 저기까지 밀어볼게."

둘이서 차를 밀며 끌며, 한 100미터쯤 갔을까? 내리막길을 내려가면서 차의 시동이 걸렸다. 내 인생에서 차를 두 손으로 끌며 커피를 마시러 가는 경험이라니. 그 이후로, 우리끼리 마치 밈(meme)처럼 "커피를 마시고 싶으면 차를 밀어야 해" 하며 서로 웃곤 했다.

부탄에서 지낸 지 2년이 채 안 되었을 때 나는 더 늦기 전에 새로운 분야에서 일해보고 싶다는 바람과, 지금까지는 국가 단위의 정책 형성 과정에서 일을 했다면 이제는 정말 개별적인 프로젝트 단위에서 사람들과 직접 부대끼며 일하고 싶다는 생각으로 이직을 결정했다. 부탄을 떠나기로 결정하자, 모든 일들이 너무 빠르게 진행되었다.

부탄을 떠나기 바로 전날, 동료인 타시의 부모님이 집에서 갖는 저녁식사 자리에 초대해주셨다. 타시로 말할 것 같으면, 우리 사무소의 만능 엔터테이너이자 시키면 시키는 대로 결과물을 턱턱 만들어내는 엄청나게 유능한 친구다. 나보다 나이도 어리고 직급도 낮지만, 일을 대하는 타시의 태도를 보면 그런 것에 상관없이 타시가 항상 존경스럽다.

하지만 그런 타시를 보면서 걱정되는 부분도 있었다. 결국 사무실에서 일은 잘하는 사람에게 몰리기 마련이다. 아직 어리니까, 모든 것이 다 배움의 기회라고 생각하는 타시는 누구보다 일찍 회사에 출근하고, 누구보다 늦게 퇴근한다. 매일 늦게까지 사무실에 남아 일을 하는 타시를 보고 있자면, 저러다가 번아웃이 오면 어쩌나 걱정이 될 정도였다. 나는 늘 타시에게 "일은 적당히 해. 이 일 못한다고 해서 지구는 망하지 않아. 일이 많으면 알려줘. 집에 일찍 좀 가" 하고 잔소리를 한다.

타시를 생각하면 참 애틋하다. 정말 내 친동생처럼 그런 마음이 든다. 부탄을 떠나기 전 동료들과 둘러앉아 마지막으로 서로에게 해주고 싶은 말을 나눴다. 다른 동료들이 말할 때는 눈물을 참을 수 있었는데, 타시가 말할 때는 도저히 눈물을 참을 수가 없었다.

"마담 휘래(타시는 모두에게 마담〈Madam〉 혹은 썰〈Sir〉이라는 극존칭을 붙여 쓴다. 그러지 말라고 수십 번 말해도 말을 듣지 않는 고집쟁이다), 함께 일할 때 너무 즐거웠어. 일을 하면서 일이 이렇게나 즐거울 수 있는 건지 생각할 정도로 항상 너와 일하는 게 너무 즐거웠어"라고 타시가 말하는데 그만 눈물이 났다.

사무실에서 몰래 낄낄대며 웃을 수 있는 친구들이 있다는 것은 정말 축복이다. 둘 다 직장 상사에게 엄청나게 깨지고 나오면서 눈빛을 교환하며 웃곤 했다. 그러면 정말 모든 일이 괜찮아지는 것 같았다.

타시의 어머니와 아버지는 두 분 다 부탄에서 굉장히 유명한 정책 입안자이자 행정가다. 타시의 아버지인 페마는 재무부에서 18년간 일하다가 현재는 부탄의 통계청에서 일하고 계신다. 타시의 어머니는 국민총행복위원회에서 십수 년간 일했고, 국가여성권익위원회 대표를 거쳐 현재는 내무부 차관보로 일하고 계신다.

내가 부탄에서 보내는 마지막 밤이라고 타시의 부모님은 이것저

화려하지는 않지만,
깊은 여운을 주는 부탄의 건축물처럼
부탄에서의 마지막 밤이 지나갔다

것, 육해공 재료를 총동원하여 다양하게 저녁 식사를 준비해주셨다. 타시는 3남매 중 둘째인데, 첫째인 누나는 스리랑카에서 의사가 되었고 막냇동생은 고등학생으로 블랙핑크를 좋아하는 우리나라 청소년들과 다를 것 없는 부탄의 10대다.

그날 팔 다리 여기저기가 벼룩에 물려서 최대한 티 안 나게 물린 곳을 긁고 있는데, 조용히 약을 가져와 발라주시던 타시 어머니. 가족 모두 둘러앉아 이런저런 얘기를 나누던 저녁 시간. 타시의 어릴 적 사진을 보면서 서로 깔깔거리던 정겨운 저녁 시간이 그렇게 흘러갔다.

요란스럽지 않지만, 너무나 행복했던 부탄에서의 마지막 밤이었다.

얼마 전 타시에게 연락을 받았다. 이번에 사무실에서 정규직이자 더 높은 직급의 자리에 지원을 했는데, 내 이름을 추천인으로 넣었다고 했다. 그러고 나서 얼마 안 가 본부에서 연락이 왔다. 타시를 이 자리에 추천할 것인지, 타시가 과연 이 일을 잘 할 수 있다고 생각하는지 등 그의 평판을 확인하는 절차였다.

"타시는 제가 만나본 사람들 중에 가장 주도적이고 적극적으로 자기 일을 해나가는 사람입니다. 분석 능력과 시간관리 능력도 뛰어나고 무엇보다 커뮤니케이션 능력도 뛰어납니다. 이 자리에 타시보다 더 적합한 사람은 없다고 생각합니다. 기회가 된다면 타시와 다시 한번 같이 일하고 싶습니다."

결국 타시는 최소 7년 경력을 요구하는 중간급 커리어 자리에 당당히 합격했고, 여전히 성실하게 일을 해나가고 있다.

부탄에서 만난 친구, 멘토 그리고 롤모델

부탄에서 친구이자 멘토 그리고 롤모델이 되어준 스콧을 만나게 되었다. 처음 만난 그날부터 지금까지 스콧은 내가 닮고 싶은 사람이다. 그는 이 시스템에서 15년 이상 일한, 자기 분야에서 꽤 유명한 베테랑이었다. 경력이나 실력이 누구와도 비교할 수 없을 정도로 뛰어난 사람이기도 했다. 하지만 그래서 그를 닮고 싶은 것은 아니다. 그가 나의 롤모델이 된 이유는 따로 있다. 그는 묵묵히 자기 할 일을 하는, 그러면서 자기 자신을 내세우지 않는, 주변사람들을 늘 응원하고 도와주는 그런 상사였기 때문이다.

내가 처음으로 그를 만난 건 그가 태국에 있고 내가 부탄에서 일을 시작했을 때였다. 코로나로 인해 스콧은 부탄의 사무실로 합류하지 못하고 일단은 태국에서 원격으로 일을 하기 시작했다. 직급으로 따지면 나는 그보다 한참 낮은 직급의 사회 초년생이나 다름없었다. 게다가 그는 내 직속 상사도 아니었다. 하지만 사무실에 합류하자마자 그와 함께 큰 프로젝트를 해나가게 되었다. 짧은 기한 안에 국가의 경제개발정책 제언을 쓰는 보고서였다.

함께 일을 하면서 늘 나의 의견을 귀 기울여 듣고, 나를 동등한 동료로 인정해주는 그의 모습이 참 고마웠다. 처음에는 고마운 마음뿐이었다. 하지만 시간이 지나면서 그가 나에게만이 아니라 사무실의 모든 사람들에게, 그 사람이 인턴이든 보스든 상관하지 않고 동등하게 대해주는 모습에 점점 더 깊은 감명을 받았다.

말하기는 쉽다. 하지만 말을 실천으로 옮기기는 쉽지 않다. 일만 잘하는 사람도 있고, 사람만 좋은 사람도 있다. 하지만 일도 잘하면서 사람도 좋은 동료는 좀처럼 찾기 어렵다. 나도 이제 누군가에게 스콧이 나에게 해줬듯이, 그런 상사가 되어주고 싶다는 꿈이 생겼다.

그러던 그가 회사를 떠나게 되었다. 오랜 시간 전 세계를 떠돌며 살던 그가, 코로나를 겪으면서 락다운으로(부탄의 수도인 팀푸는 총 3번의 락다운을 겪었다) 자기 스스로와 대화할 시간이 많아졌다면서 지금 이 순간은 잠깐 멈추고 가족과 함께 시간을 보내면서 커리어와 삶을 되돌아 봐야 하는 시기 같다고 했다. 부탄에서 일하면서 가장 좋았던 것은, 사람들이라고 했다. 가족과의 시간을 소중히 여기는, 자신의 곁에 있는 사람들을 위해 대부분의 시간을 쓰는 부탄 동료들을 보면서 느낀 점이 많았다는 그는 결국 부탄을 떠나기로 결정했다.

갈등 없는 조직이 어디 있을까. 2020년과 2021년은 조직적으로도 참 힘든 시간이었다. 새로 팀이 꾸려지고, 다양한 문화적 배경을 가진 사람들과 새로운 조직문화를 만들어가야 했던 시간. 그 와중에 코로나 대응으로 업무의 양은 계속 늘어났고, 개인적으로도 다들 힘든 시간을 보냈다. 그런 시간 속에서 스콧은 내가 믿을 수 있고, 의지할 수 있고, 때때로 내가 숨 쉴 수 있는 공간이 되어주었다.

원래도 체력이 강한 편은 아니었는데 최근에는 체력이 더 약해졌다. 체력이 약하면 자꾸 쉽게 짜증이 나고 화가 난다. 도무지 감당할

어느 완벽했던 여름날. 직장 동료들과 함께했던 5시간 등산 도중

수 없는 에너지를 받았을 때, 내가 할 수 있는 것은 별로 없다. 일하면서 나의 모든 에너지를 모두 소진하고 집에 돌아오면, 손 하나 까딱할 힘도 없다. 침대에 쓰러지듯 누워 잠이 들고 다음 날 출근하기 일쑤였다.

더 나은 세상을 위해 일한다면서, 자기 삶을 구성하는 아주 작은 것들조차 스스로의 힘으로 하지 못해서 남에게 도움을 받는 삶을 살았다. 그러면서 점점 회의가 느껴졌던 것 같다. 빨래도, 청소도 제대로 하지 못해 사람을 쓰고, 외국에 나와 살면서 일에 치여 정작 가까운 사람들의 곁을 지키지도 못했다. 결국 지금의 나를 살게 해준 것들은 곁을 내어준 사람들과 사소한 일상들이었는데, 그런 사람들과 일상을 챙기지 못하고 사는 지금이 어떤 의미일까?

마음이 힘들었다. 하지만 스콧과 함께 일하면서 일을 통해 느끼던 그 짜릿함을 기억한다. 동료들과 함께 머리를 맞대고 써냈던 정책 제언이 정부로부터 채택되었을 때. 우리가 함께 쓴 보고서가 정부 보고서에 거의 통째로 반영되어 있을 때. 일을 하면서 '배운다'는 느낌이 들고 진짜 변화를 만든다는 느낌이 들 때. 일하면서 얻은 그 느낌들을 잊지 않고 나아가고 싶다.

> 이 세상에 우연은 없는 거야
> 사람들은 운명을 찾아내어
> 자석처럼 서로를 끌어당겨서
> 힘을 준대, 성장할 수 있도록

어제와 다른 나의 인생은 여기까지 오게 된 거야

널 만났기에

태양처럼 이끌리는 작은 혜성처럼

바위를 만나 휘도는 시냇물처럼

너라는 중력이 손을 내밀어

난 너로 인해 달라졌어

- 뮤지컬 〈위키드〉 넘버 중 〈너로 인하여〉

Gross National Happiness Index, 국민총행복지수를 가지고 있는 나라

'행복의 나라, 부탄.'

가장 성공적인 마케팅 캐치 플레이스라고 생각한다. 예를 들면, '자유의 수호국이자 세계의 경찰국, 미국'이 있고 '삼바의 나라, 브라질' 등이 있다. 나라로서의 마케팅이 가장 잘 된 사례가 아닐까?

사실 '행복의 나라, 부탄'이라는 말을 들을 때마다 괜한 심술이 나기도 한다. 너무 쉽게 만들어진, 주어진 결론으로 뛰어드는 듯한 느낌. 부탄이 세상에서 가장 행복한 나라인지 아닌지는 하나님도, 부처님도 모르는 거 아닌가. 부탄이 이 지구상에서 가장 행복한 나라인지는 나도 모른다, 우리도 모른다. 사실, 그 누구도 모른다.

전(前) 총리(정부의 최고 지도자, 부탄은 대통령제가 아니라 총리제를 택하고 있다)인 셔링 톱게이(Tshering Tobgay)가 부탄에 여행 온 한 여행자와 인터뷰한 내용이 오래 기억에 남는다.

> 부탄이 지구상에서 가장 행복한 나라라고, 그 누구도 말할 수 없습니다. 세상에 부탄보다 더 행복한 사회가 있을 수도 있습니다. 부탄이 세상에서 가장 행복한 나라라고, 그게 사실인지, 아닌지 아무도 증명해낼 수 없지 않습니까? 하지만 한 가지 확실한 것은, 부탄은 국민이 행복해지기 위한 기본 조건을 보장하려고 노력하는 나라입니다. 국토의 70퍼센트가 산림으로 보호되고 있고, 교육과 의료가 모두에게 무료입니다.

부탄은 '국민총생산(GNP)'이라는 경제적 지표로는 세계 최빈국이다. 철도나 도로 등의 기본적인 인프라가 매우 부족하며, 나라의 수출입 경제는 한 이웃나라에 지나치게 의존하고 있다. 그러나 부탄을 '행복의 나라'라고 신성시할 필요는 없겠지만, 그렇다고 부탄을 '낙후된 나라'라고 비판할 이유도 없다. 남들 모두가 경제적 성장만을 발전의 기준으로 삼을 때, 이 히말라야 산속의 조그마한 왕국이 발전의 기준을 '국민의 행복'에 뒀다는 것은 그 철학 자체로 높이 평가할 만하다. 물론 부탄의 '국민의 행복'이라는 기준과 평가 방법이 다른 나라에 맞느냐는 또 다른 문제다.

부탄은 국민의 행복을 총 9개의 영역으로 나눠서 측정하고 있다. 여기에는 심리적 안녕, 건강, 교육, 문화 다양성과 탄력성, 시간 활용, 선치(善治), 공동체 활력, 생활수준, 생태 다양성과 복원력이 포함된다. '행복'이라는 추상적인 개념을 국민총행복지수(Gross National Happiness Index)라는 객관적인 지표로 구체화하고, 이러한 결과를 바탕으로 취약계층을 판단하고, 모든 정부의 중장기 그리고 단기의 개발 정책 및 프로그램을 개발한다. 부탄 정부의 궁극적인 목표는 국민총행복을 증가시키는 것이다. 경제, 사회 그리고 환경적으로 지속가능한 발전이라는 부탄의 개발전략은 세계적으로 많은 관심을 받고 있다.

하지만 세계적인 관심이 곧 세계의 모든 나라가 부탄의 개발정책과 전략을 따라야 한다는 말은 아니다. 또한 이러한 전략이 완벽하다는 뜻도 아니다. 물론 경제적 수치에만 치중하는 기존의 발전 전략에서 경제뿐만 아니라 사회 그리고 환경적으로 지속 가능한 발전이라는 부탄의 발전 철학은 그 자체로 의미가 깊다. 그러나 현재 부탄에서 국민총행복을 측정하는 복잡한 9개의 영역과 33개의 수치는 '국민총행복'이라는 철학을 정책화하는 과정에서 다양한 상충관계를 가진다. 이러한 위험 요인으로 정책을 수립하거나 집행하는 과정에서 효과성이나 효율성이 저하될 수 있다.

내가 일하던 사무실은 주로 부탄 정부와 일하는 사무실이었다. 부탄 정부 중에서도 총리실(Prime Minister's Office-PMO)이나 국민총행복위원회(Gross National Happiness Commisssion-GNHC)와 대부분의 일을 함께했다. 물론 많은 경험을 가지고 있는 것은 아니지만, 부탄 정부와 일하면서 내가 대학원 때 개발학을 공부하면서 배웠던 많은 것들을 다시 현장에서 되짚어 볼 수 있었다.

부탄의 국제개발 혹은 원조정책은 다른 나라와 다르다. 예를 들어, 한국이 농업에 관한 원조를 제공한다고 하면 한국의 원조기관이 그 나라의 수원기관인 농업부와 직접적으로 일을 진행하는 경우가 보통이다. 하지만 부탄은 모든 개발정책과 그에 관한 의사소통이 국민총행복위원회를 통해서 이루어져야만 한다. 또한 추후에 원조자금들이나 원조 기구들 또한 국민총행복위원회를 통해서만 이전이 가능하다.

이러한 부탄의 특별한 정책은 분절화되어 있는 원조를 통일시키고, 세계의 다양한 원조 기관들의 어젠다가 부탄의 국가개발 정책과 일치되게 도와주는 시스템적인 역할을 한다. 원칙적으로는 그렇다. 하지만 부탄에서 일하면서 국민총행복위원회에서 일하는 부탄의 정부 공무원들이 얼마나 많은 업무에 시달리는지 직접 보아왔다. 모든 외국의 원조나 개발협력 일들이 국민총행복위원회를 통해 의사소통이 이루어지고, 확정되고 진행되는 터라 국민총행복위원회에서 일하는 친구들은 정말 눈코 뜰 새 없이 바쁘게 일을 해나간다.

예를 들면 유엔 국제기구를 담당하고 있는 국민총행복위원회의 동료는 둘인데, 그 두 명이 유엔의 9개 상주 국제기구들과 28개의 비상주 국제기구들간의 커뮤니케이션을 오롯이 담당하고 있다. 거기에다 유엔이 아닌 다른 국제금융기구, 예를 들면 아시아개발은행이나 세계은행까지 합치면 그들의 업무량은 실로 어마어마하다.

상대방인 우리 사무소의 입장에서 보자면, 가끔은 힘이 들 때도 있다. 정부 상대기관에서 빨리빨리 피드백을 받아서 일을 진행시켜야 하는데, 그쪽 상황을 보아 하니 밀려 있는 일이 한가득인 것 같으니. 빨리 가는 게 중요한 게 아니라 바르게 가는 것이 중요하다는 것을 알면서도 우리가 받는 펀딩이 가지고 있는 각종 제약(이번 분기까지는 써야 한다, 혹은 이 일에 꼭 써야 한다 등등) 때문에 가끔은 정부와 껄끄러운 분위기가 생겨나기도 한다.

늘 느끼는 거지만, 자국의 개발정책과 결을 같이 하는 개발 원조만을 수용하고, 그 예산이 얼마든, 그 상대가 누구든, 자기 나라의 개발정책과 맞지 않는다고 생각하면 단호히 '노!'를 외치는 그들. 부탄 정부에서 일하는 능력 있는 공무원 동료들을 보면 진심으로 존경스럽다.

세계에서 가장 젊은
민주주의 국가의 도전을
응원하며

자발적으로 민주주의를 도입한 최초의 군주

　부탄의 유일한 국제공항인 파로 국제공항에 도착하면 제일 먼저 공항 건물에 걸려 있는 커다란 왕과 왕비 그리고 당시 세 살배기 첫째 왕자의 사진이 방문객들을 반겨준다. 파로 공항에서 수도인 팀푸로 오는 2차선 고속도로에는 길가에 휴게소들이 띄엄띄엄 마련되어 있다. 사실 휴게소라기에는 그냥 나무판자로 얼기설기 만들어 놓은 간이매점 같은 분위기지만. 그 휴게소들에도 조그마하게 왕과 왕비의 가족사진이 걸려 있었다. 어딜 가나 볼 수 있는 왕과 왕비의 사진에 처음에는 생소했지만 나중에는 점차 익숙해져서 "아, 저 사진은 부탄 국립대학교에 걸려 있는 사진이네!", "오, 저 사진은 처음 보는 사진인데?" 하며 구분할 수 있는 수준에 이르렀다. 부탄에서는 식당을 가도, 마트를 가도, 친구의 집에 놀러가도, 손쉽게 왕과 왕비의 가족들의 사진을 찾아볼 수 있다.

그 외에도 은행에서 나눠주는 달력에도 왕의 얼굴이 그려져 있고, 동료 직원들은 왕의 캐리커처로 된 컴퓨터 배경화면을 이용한다. 부탄에서는 왕이 어떤 영화배우나 가수보다 더 인기 있는 사람이자, 불교 국가의 어느 큰스님들만큼이나 존경받는 존재다.

같은 사무실, 바로 내 옆자리에 앉아서 일하는 고마티는 힌두식 이름에서도 알 수 있듯, 네팔어를 쓰는 부탄 남부에서 태어나 자라온 동료다. 때로는 큰언니처럼, 때로는 엄마처럼, 때로는 제일 친한 친구처럼 함께 지내는 고마티는 힌두교 신자다. 그래서 고마티 집에 놀러가면 방 한편에 기도를 위한 제단이 마련되어 있다. 다른 불교 신자들과는 다르게, 고마티의 기도 제단 위에는 시바와 칼리, 그리고 다양한 힌두신들의 사진이 올라가 있다. 그리고 특이하게 5대 왕과 왕비의 결혼사진 또한 시바신 옆에 나란히 놓여 있다. 이게 무슨 일인가. 나로서는 이해하기 어려운 풍경에 의아하다가도, 왕을 생각하는 마음에 매일 아침저녁으로 기도를 하면서 왕과 왕비의 건강을 빈다는 고마티의 모습을 보며 부탄 사람들이 왕을 얼마나 사랑하는지 잘 알 수 있었다.

다른 나라에서는 쉽게 보지 못하는 풍경이다. 세상 어디에도 자기 나라의 리더를 이렇게까지 진심으로 좋아하는 국민들을 또 볼 수 있을까? 왜 그토록 왕을 좋아할까? 여러 가지 이유가 있을 수 있겠지만, 나는 그동안 왕이 보여준 행동이 자연스럽게 사람들에게 스며들었기 때문이라고 생각한다.

현재 왕인 5대 국왕, 직메 케사르 남기엘 왕축이 2008년 즉위식에서 한 연설의 일부분이다.

나의 통치기간 동안 나는 절대로 왕으로서 국민들 위에 군림하지 않을 것입니다. 나는 국민들은 부모처럼 지킬 것이고, 형제처럼 보살필 것이며, 아들처럼 섬기겠습니다. 나는 국민들을 위해 모든 것을 주고, 무엇도 취하지 않겠습니다. 나는 아이들의 표본이 될 수 있는 좋은 인간상으로 살아갈 것입니다. 나에게 국민들의 희망과 열망을 채우는 일 이외에 개인적인 소망은 없습니다. 나는 호의, 정의 그리고 평등이라는 가치 아래 언제나 변함없이 국민들을 섬길 것입니다.

Throughout my reign I will never rule you as a King. I will protect you as a parent, care for you as a brother and serve you as a son. I shall give you everything and keep nothing; I shall live such a life as a good human being that you may find it worthy to serve as an example for your children; I have no personal goals other than to fulfill your hopes and aspirations. I shall always serve you, day and night, in the spirit of kindness, justice and equality.

그리고 5대왕은 정말 즉위식에서 약속한 행보를 실천하며 보여주고 있다. 권위의식이 없고, 사람들 사이에서 함께 동고동락하는 왕.

그것이 현재 5대왕을 바라보는 사람들의 시선이다. 특히 부탄에 첫 번째 코로나 확진자가 생긴 이후, 왕은 끊임없이 인도와의 국경 접경 지역 및 위험지역으로 가서 사람들을 격려하고 위로하며 위험한 일에도 앞장서는 모습을 보여주었다.

부탄 사람들이 왕을 존경하는 여러 가지 이유 중 가장 큰 한 가지는 왕이 자발적으로 권력에서부터 내려와 의회민주주의를 채택했다는 것이라고 생각한다. 부탄은 1904년 왕국이 건립된 이후 2008년까지 절대군주제의 정치체제를 이어왔다. 하지만 2008년, 부탄은 군주제에서 의회민주주의 국가가 되었다. 세계에서 가장 젊은 민주주의 국가가 된 것이다. 부탄이 한순간에 군주제에서 의회 민주주의가 된 것은 아니다. 역대 왕들의 끊임없는 준비가 뒷받침되어 부탄은 현재의 민주주의 국가가 될 수 있었다.

부탄의 민주화 과정은 굉장히 특별하다. 세상 대부분의 나라들은 민주화에 대한 요구가 국민들로부터 시작되었다. 민주화는 때로 평화적으로 이루어지기도 했지만, 우리나라처럼 많은 나라들이 국민들의 피와 땀을 통해서 민주주의를 쟁취해냈다. 하지만 부탄의 민주주의는 특이하게도 권력의 중심이었던 왕으로부터 시작되었다.

2001년, 4대 왕이던 직메 싱게 왕축은 헌법을 만들기 위해 39명의 각양 각층의 전문가를 소집해서 헌법구성회를 구성한다. 그리고 민주주의 국가로 가기 위한 준비과정으로 대법원과 선거위원회 그리고 부패방지위원회를 설립한다. 당시 4대 왕의 민주주의에 대한 열정과 깊은 이해도를 알 수 있는 여러 가지 실험들이 시도되었다. 2005년, 나라의 모든 사람들에게 헌법 초안이 배포되었고, 모든 가정에서 한 사람씩 대표로 참석하여 헌법 초안에 대해 의견을 나누는 자리가 마련되기도 했다. 2006년, 4대 왕은 당시 24살이던 젊은 아들에게 왕위를 물려주었고 현재 왕이자 5대 왕인 직메 케사르 남기엘 왕축이 민주주의 도입을 위한 노력을 이어서 했다.

2008년 3월, 부탄에서 최초의 선거(국회의원 선거)가 이루어졌고, 그해 4월, 초대 헌법이 국회에 의해 선포되었다. 부탄 최초의 국회의원 선거 당시 80퍼센트에 육박하는 부탄 사람들이 투표에 참여했고, 대부분의 사람들이 시골에서 먼 길을 걸어 나와 자신의 첫 표를 던졌다. 그렇게 부탄은 세계에서 가장 젊은 민주주의 국가가 되었다. 하지만 부탄의 민주주의는 한순간의 선언으로 이루어진 것이 아닌 끊임없는 준비와 민주주의에 대한 고민을 바탕으로 이루어졌다.

2006년과 2007년, 선거위원회는 40만 명이 넘는 투표권자들을 등록하고, 사람들에게 투표 절차를 알리기 위해 여러 번의 모의 선거를 진행했다고 한다. 또한, 이미 1990년대 초반 당시 왕이던 4대왕, 직메 싱게 왕축은 당시 대학생들과의 토론 시간에서 부탄이 민주주의를 받아들여야 할 때가 왔다며 "국가의 운명은 국민의 손에 달려 있다"라고 말하기도 했다.

부탄에 헌법이 채택되고, 민주주의가 시행된 지 올해로 14년이 지났다.

"부탄 사람들은 민주주의를 채택한 지난 10여 년 동안 더 잘 살게 되었나요?"라는 질문에 인프라, 교육과 의료 서비스 등의 여러 통계들은 "그렇다"고 대답한다.

그렇다면, 또 다른 질문을 던질 수 있다.

"그럼, 이러한 발전이 다 민주주의 덕분인가요?"

물론 이러한 발전들이 순전히 민주주의 도입 덕분이라고 말하기는 어렵다. 하지만 많은 전문가들은 부탄 헌법에 보장된 국민의 기본권들은 민주주의와 국민들의 생활수준 향상에 많은 발전을 가져왔다고 본다. 민주주의가 시작된 이래로 지금까지 부탄은 보건, 교육, 인프라 및 기타 핵심 개발 지표에서 상당한 성과를 보여왔다. 그리고 이러한 성과는 민주적으로 선출된 정부가 국민들의 기본적인 생활수준을 강화하기 위해 상당한 노력을 기울였음을 분명히 보여준다. 부탄의 인간개발지수는 2017년 0.612를 기록했다. 이것은 2005년도보다 20퍼센트 이상 성장한 수치다. 부탄은 지난 10년간 나라 안의 절대빈곤을 거의 없앴고, 대부분의 인간개발지수에서 다른 남아시아 국가들에 비해(교육 부분을 제외한) 모든 부분에서 훨씬 더 나은 성과를 보여주고 있다.

앞서 말한 내 가장 친한 동료, 고마티는 1973년생이다. 고마티와 이야기하다 보면, 나는 늘 고마티에게 "고마티, 제발 고마티 얘기로 다큐멘터리를 만들자! 엄청 재밌을 거야"라고 말하곤 한다. 고마티는 15살이 될 때까지도 집안에 화장실이 없었다고 한다. 아니, 마을 전체에 '화장실'이라는 개념이 없었다고 한다. 화장실은 '저기 산속을 걸어 들어가 수풀 속에서 해결하고 오는 일'이라고 정의되었다. 고마티의 어렸을 때 이야기를 듣다 보면, 완전히 다른 세계 같다. 초등학교에 입학하고 나서 학년이 시작하는 3월이면 학교에서 모든 학생들에게 신발 한 켤레, 그리고 옆으로 메는 천 가방 하나씩을 나눠줬다고 한다. 집에서 학교까지는 편도 8킬로미터로 아이의 빠른 걸음으로 걸어도 꼬박 2시간이 걸리는 거리였다고 한다. 학교에서 나눠준 신발은 왕복 16킬로미터의 등하교를 하다 보면 채 반년이 되지 않아 다 닳아버리고, 나머지 반년은 맨발로 학교를 다녔다고 한다. 우산도 없을 때라서, 비가 오면 숲속에서 가장 큰 나뭇잎을 주워다가 머리에 쓰고 그 먼 길을 매일 걸어 다녔다는 것이다. 부탄에서 트레킹을 하며 산을 걷다 외진 곳에서 두리번거리며 화장실을 찾는 나에게 고마티가 "휘래, 여기가 다 화장실이야"라며 들려준 이야기다.

그래서인지 고마티는 모든 물건 하나하나를 엄청 소중하게 아껴 쓴다. 가끔 고마티가 쓰는 노트를 보면, 2010년에 무슨 기념일 날 나누어줬던 것일 때도 있다. 10년 전에 어느 기관에서 공짜로 나누어준 노트를 고이고이 간직했다가 필요할 때 꺼내어 쓰는 것이다. 가끔은 고마티가 너무 억척스러운 아줌마 같을 때도 있다.

부탄에서 엄마처럼 느껴지던 동료, 고마티와 함께 회사 피크닉 도중

"어, 그 가방은 어디서 났어? 나도 갖고 싶어."

그래서 가방을 건네주면, 그 가방은 고마티가 아니라 고마티의 막내아들에게 간다.

"그 신발 진짜 좋아 보인다! 다음에 한국 가면 나도 하나 사다줘."

"한국이 그렇게 화장품이 좋다면서? 아, 나도 크림 하나만 발라보고 싶다."

하지만 그마저도 너무나 사랑스러운 나의 동료 고마티. 아마, 가끔씩 튀어나오는 뻔뻔한 모습에도 고마티가 사랑스러운 것은, 말은 그렇게 하지만 동시에 외국 생활 하는 나를 참 살뜰하게 챙겨주기 때문일 것이다. 어느 날은 고마티가 도시락 통에 수박을 썰어왔다. 1인 가구로 말하자면, 수박은 약간 사치품 같은 느낌이다. 늘 한 통을 사면 반도 먹지 못하고 버리고 만다. 그래서인지, 선뜻 사기가 꺼려지는 과일이 수박이다. 하루는 내가 넌지시 이런 말을 하자, 다음 날 고마티가 큰 도시락 통에 수박을 잔뜩 썰어서 가져다주었다.

"너는 요리도 잘 못하면서 혼자서 어떻게 먹고 사니? 그냥 매일 저녁마다 우리 집에 와서 밥 먹고 가."

고마티는 중등교육을 마치고 16살에 결혼해서 17살에 첫아이를 낳았다. 고마티가 어렸을 때부터 가족끼리 정해놓은 혼처였다. 가끔은 사무실의 여자 동료들끼리 고마티를 놀리기도 한다.

"고마티는 한 번도 연애를 안 해봐서 남녀관계, 그런 건 잘 몰라."

아니, 16살짜리가 뭘 안다고 결혼을 해서 17살에 아이를 낳아 기른단 말인가? 고마티에게는 4명의 자녀가 있다. 첫째 딸은 호주에서 치과의사를 하고 있고, 둘째 딸은 시골집에서 집안일을 돕고, 셋째 딸은 인도에서 애니메이션을 전공하고 있다. 그리고 막내아들은 부탄의 대학에서 식품학을 전공하고 있다. 아이들이 커가면서 아이들과 함께 공부를 했다는 고마티는 결혼을 하고 아이를 셋이나 낳은 후에 다시 공부를 시작해서, 고등교육을 마치고 정부기관에서 일을 하다가 지금의 직장으로 오게 되었다. 당시나 지금이나, 부탄은 아직도 대가족을 이루고 살고 있다. 3대, 가끔씩은 4대가 함께 모여서 산다. 덕분에 어렸던 고마티는 엄마, 아빠, 그리고 할머니, 할아버지 가족 모두와 함께 공동육아를 하며 아이들을 키울 수 있었다고 말한다.

2018년 시행된 민주주의 대한 국민 만족도 조사에서 대부분의 부탄사람들이 현재 그들의 민주주의 정치체제에 대해 만족하고 있으며, 민주주의 체제하에 많은 사람들이 국가적인 의사결정에 전보다더 많이 관여하고 있다고 느낀다고 응답했다. 대부분의 응답자들은 민주주의의 도입이 국민을 더욱더 책임감 있게 만들었으며, 75퍼센트 이상의 응답자들이 헌법에 보장된 기본권을 행사할 수 있게 되었다고도 응답했다.

많은 면에서 부탄의 민주주의는 짧은 시간에도 불구하고 국민에게 큰 문제없이 받아들여졌고 계속해서 성장해 나가고 있다. 부탄의 민주주의는 전 세계로부터 배운 수많은 '가르침'을 바탕으로 도입되었다. 부탄의 민주주의는 지난 14년 동안 4번의 선거를 통해 활력을 얻

었고, 부탄 사회 각양 각층의 다양한 피드백으로 인해 성장해 나가고
있다.

더 나은 민주주의를 위해서

얼마 전, 부탄의 민주주의에 대한 연구 자료를 읽다가 발견한 사실
이 몇 가지 있다.

첫 번째, 부탄에서 스님은 투표할 수 없게 헌법에 명시되어 있다
는 사실이다. 부탄은 정교분리를 지향하고 있기 때문에, 부탄의 헌법
3조는 "종교와 종교인은 정치 위에 머물러야 한다"고 명시하면서 스
님들의 투표를 금지하고 있다. 물론 큰 종교 조직의 스님들은 정치에
관여하지 않는 게 맞다 치더라도, 스님들 대부분은 시골 마을의 구성
원이자 평신도 스님이다. 특히 부탄 동부지역은 대부분의 사람들이
세속에서 스님으로 살아가고 있기 때문에, 나는 헌법에서 스님들의
투표권을 금지한 것은 인간으로서의 기본권을 침해하는 일이라고 생
각했다.

그래서 현지 부탄 동료인 초키에게 물어봤다.

"그런데 스님들의 투표권을 금지시키는 건 기본권 위반 아니야?"

그러자 그 동료는 곰곰이 생각하다 조심스레 대답했다.

"응, 그렇게 볼 수도 있는데 사실 우리는 불교 국가잖아. 부탄에서
스님들은 굉장히 존경받는 직업이고, 영향력도 대단해. 스님들이 투

표를 할 수 있다면, 그 스님들에게 영향을 받아서 많은 사람들이 그들이 투표하는 대로 투표를 할 거야. 한마디로 선거를 좌지우지할 만한 영향력을 가진 집단이라는 거지. 그렇기 때문에, 나는 이것에 대해서는(스님들의 투표권을 제한하는 헌법 조항) 우리의 문화적인 상황을 이해하고 바라봐야 한다고 생각해."

그 말을 듣는 순간, 얼굴이 화끈해졌다. '개발협력 분야에 종사하면서, 하나의 렌즈로 세상을 바라보면 안 된다고, 세상에 하나뿐인 해결책은 없다고, 나라마다의 사회경제적 상황과 문화적 차이를 인정해야 한다고 늘 말해왔는데 나는 또 나만의 경험으로 이 문제를 바라봤구나. 소위 말하는 유럽 선진국의 기준으로 이 나라를 바라봤구나'라는 생각에 한동안 입을 뗄 수 없었다.

물론 부탄의 민주주의는 완벽하지 않다. 내가 이해하고 있는 민주주의는 모든 사회 구성원인 각자가 '주인'이 되어서 사회운영에 참여하는 정치방식이다. 하지만 직접민주주의는 막대한 시간과 비용이 들기 때문에, 대부분의 국가는 대의민주주의를 채택한다. 하지만 대의민주주의는 '누가 나를 대표할 것인가'라는 쟁점을 가지고 있다. 수도인 팀푸시 시장선거에서 선거권을 갖기 위해서는 도시 내에 땅을 가지고 있어야 하고, 땅을 가지고 있다는 증명서가 필요하다. 결과적으로 2016년도에 치러진 시장선거 당시 팀푸의 인구는 115,000명이었지만, 고작 1,335명이 시장 선거에 참여할 수 있었다. 또 국회의원 선거에 출마하기 위해서는 대학 학위가 필요하다. 나라 전체 국민의 오직 11.8퍼센트만 대학에 진학하는 나라에서 국회의원 출마 자격을 이렇게 정해놓는다면, 대부분의 보통사람들은 피선거권을 가질 수조차 없다.

세상에 완벽한 민주주의 국가란 존재하지 않는다. 하지만 우리는 더 나아질 수 있고, 더 나아져야 한다고 믿는다. 그렇기 때문에 부탄의 민주주의는 더 나아져야 하고, 더 나아지기 위해 노력해야만 한다.

봄, 여름, 가을, 겨울
그리고 히말라야

계획하는 게 제일 좋은 서른 살

초등학교 4학년 생일날, 아빠에게 받았던 선물이 기억에 남는다. 프랭클린 키즈 플래너였다. 알록달록한 캐릭터들이 그려져 있었지만, 플래너답게 'To-do list'와 시간 관리가 가능한 조그마한 사이즈의 공책이었다. 그리고 선물을 받은 그날 이후부터 지금까지 나는 20년 넘게 플래너를 쓰고 있다. 대학교에 입학하던 해에 받은 생일선물도 고급가죽으로 만들어진 프랭클린 플래너 검정색 바인더였다. 속지를 바꿔 끼우며 시간이 지나도 계속해서 쓸 수 있는 플래너 바인더. 부탄의 내 책상 위에 올라가 있던 그 검정색 바인더. 처음 선물 받던 그해부터 지금까지 나는 십수 년간 그 바인더를 쓰고 있다.

지난 20여 년간 플래너를 써와서 그런지 몰라도, 나는 무언가를 계획하고 계획에 따라 실행하는 것을 좋아한다. 계획한 것을 모두 다 이루어야 한다는 강박이 있는 것은 아니다. 목표가 생기면 그 목표를 세부 목표로 나누고, 그것을 달성하기 위해 필요한 것들을 적어 내려가는 행위가 그렇게 즐거울 수 없다. 나는 그냥 계획을 짜는 행위, 그 자체를 좋아하는 것 같다.

운 좋게도 계획하고 입 밖으로 소리 내어 떠들던 일들의 대부분은 어떻게든 이루어지는 일이 많았다. 스무 살 어느 날, 우연히 세계일주를 한 사람들의 책을 읽고 '세계일주를 하겠다'는 계획을 세웠다. 방학 내내 그러고도 모자라 휴학을 하고 투잡, 쓰리잡을 뛰었다. 투잡을 뛰면서 과외를 8탕씩 뛰던 스물둘. 결국 통장에 남아 있는 잔고를 탈탈 털어 6개월간 유라시아 일주를 다녀왔다.

또 다른 어느 날, 우연히 영국 원조기관인 DFID(Department For International Development)가 발행한 〈개발(Development)〉이라는 잡지를 보고 '아, 3년 안에 영국에 유학 가서 개발학을 공부하면 좋겠다'라고 생각했었다. 그리고 런던에 있는 학교에 가겠다는 계획을 세웠다. 학교를 알아보고, 영어공부를 하고, 맞는 코스에 지원을 하고 런던행 비행기를 타기까지 처음 잡지를 보고 나서 딱 2년이 걸렸다.

물론 모든 일들이 계획대로 이루어졌던 것은 아니었다. 대학교 때 교환학생을 가겠다고 토플 점수까지 따놨지만, 교환학생 지원 바로 전 학기 수업에서 'D⁻'를 하나 받는 바람에 성적 미달로 교환학생에 지원조차 못하게 되었다. 한창 취업 준비를 할 시기인 대학교 졸업반 때는 건강이 안 좋아지는 바람에 병원과 내 방 침대에 누워 두 달 넘게 천장만 바라보기도 했다. 하지만 그때도 그랬고, 지금도 그렇고 여전히 나는 계획하는 것을 좋아한다. 계획할 수 있는 즐거움, 그리고 운이 좋다면 그 계획을 차근차근 밟아 나가 목표를 이룰 수 있는 즐거움은 나에게 가장 큰 즐거움이다.

그런데, 코로나가 터졌다.

국경 봉쇄, 락다운, 그리고 기약 없는 코로나

부탄에 입국할 당시, 중국에서 코로나 확진자가 급증하기 시작했다. 하지만 당시에는 한국도, 부탄도 코로나의 영향을 크게 받는 지역은 아니었다. 한국에서는 확진자 수가 30명이 채 되지 않았고, 대규모 지역감염도 일어나기 전이었다. 그리고 부탄은 확진자 '0명'의 코로나 청정구역이었다. 그런데 내가 부탄에 입국하고 난 이후 상황이 급변하기 시작했다. 3월 초, 부탄 내 미국인 관광객의 코로나 확진 이후로 부탄에서도 해외유입 코로나 확진자 수가 늘어났다. 그리고 내가 입국하고 나서 2주 만에 국경 봉쇄가 선포되었다. 부탄을 오가는 비행기들이 모두 취소되고, 국경을 접하고 있는 인도로의 육로 또한 막히게 되었다.

도착하자마자 열흘 정도 사무실에 출근했을까, 갑자기 사무실로

부터 자가격리 요청을 받았다. 짧은 기간의 자가격리를 마치고 사무실에 다시 출근한 지 두 달쯤 되었을까, 이번에는 사회적 거리두기로 인한 재택근무가 시작되었다. 하룻밤 사이에 바뀐 상황에 모니터와 노트북, 각종 사무용품을 챙겨 집으로 돌아와 재택근무를 시작했다. 문제는 언제까지 재택근무를 할지 기약이 없는 상황. 그렇게 한 달, 두 달, 세 달을 채우기 전 사회적 거리두기 완화로 재택근무를 끝내고 다시 사무실로 출근을 시작했다. 사무실로 출근하면서도 국가적인 락다운이 선포될 거라는 루머로 마음 졸였다. 혹시나 락다운이 될 때를 대비해 매일 퇴근할 때마다 재택근무에 필수적으로 필요한 노트북을 집으로 가져가기도 했다. 그러던 여름 어느 날, 새벽 5시에 친한 친구로부터 전화를 받았다.

"오늘 새벽 3시에 락다운이 선포되었대요. 7시부터 통행금지라니깐 어서 나가서 생필품 살 수 있으면 사놔요!"

그리고 정말 기약 없는 락다운이 시작되었다.

코로나로 인한 자가격리와 재택근무 때도 괜찮았다. 심지어 처음에는 며칠이었다가 1주, 2주 그리고 3주가 되어버린 국가적인 락다운으로 집 밖으로 나갈 수 없었을 때조차 그 모든 것이 괜찮았다. 락다운 기간이 정해져 있다면, 아마 나는 정해져 있는 락다운 기간에 맞춰 계획을 세웠을 것이다. 정신적으로나 신체적으로나 준비를 하고, 그리고 기본적인 생필품들을 계산해서 준비해놨을 것이다. 하지만 내가 가장 못 견디겠던 것은 코로나가 가져온 불확실성이었다. 부

탄에 입국하고부터 지금까지 기본적인 것조차 예측을 할 수가 없었
다. 재택근무를 하게 되었을 때 얼마나 재택근무를 하게 될 것인지.
락다운이 시작되었을 때 얼마나 락다운이 지속될 것인지. 이 코로나
로 인한 사재기는 얼마나 지속될 것인지. 코로나로 인한 국경 봉쇄는
언제쯤 완화될 것인지. 아무도 아는 사람이 없었고, 확실한 것 또한
없었다. 불확실한 상황이 나를 거의 반쯤 미치게 할 것 같았다.

그 와중에 나를 미치지 않게 잡아준 것이 있었다.

부탄의 산, 히말라야.

히말라야가 전해준 위로

해발 2,400미터. 산속 깊숙이 위치하고 있는 미세먼지 하나 없는
동네. 그 동네가 바로 팀푸다. 부탄의 수도이자 내가 살고 있는 곳. 팀
푸를 '동네'라고 표현한 이유는 사실 우리 기준으로 보면 팀푸는 인
구로나 크기로나 서울의 동네만 하기 때문이다. 인구 11만의 조그마
한 동네. 팀푸의 인구는 서울의 관악구 신림동보다도 적다. 팀푸 시내
의 메인도로인 노르지 람은 연세대학교 정문에서 신촌역 6번 출구까
지보다 약간 더 짧은 거리다. 시내 중심부에 위치한 직메 도르지 왕
축 국립병원은 팀푸의 유일한 병원이다. 그동안 내가 경험해본 많은
나라의 수도 중, 팀푸는 가장 작은 수도다.

팀푸 시내에서는 동서남북 어디를 바라보아도, 높은 산들이 눈앞에 있는 듯 가깝게 보인다. 사실 동네 자체가 산속에 위치하고 있다고 하는 말이 맞을 것이다. 하지만 이런 동네 뒷산들이 사실은 모두 3,000미터 혹은 4,000미터 이상의 높은 봉우리들이다. 그래서 아침저녁으로 산 중턱에서부터 뭉게뭉게 구름들이 피어오르는 풍경을 볼 수 있다. 바람의 방향에 따라 피어오르는 안개인지 구름인지 모를 일렁이는 아지랑이를 보고 있자면 내가 꼭 동화 속에 들어와 있는 것처럼 느껴지곤 한다.

가끔 일에 치이고, 기약 없는 상황에 지칠 때면 점심시간 1시간을 이용해서 사무실 근처의 산으로 짧은 산책을 다녀오기도 했다. 사무실에서 10분만 차를 타고 나가면 팀푸에서 내가 가장 좋아하는 장소가 나온다. 울창한 산속 조그마한 오솔길. 봄, 여름, 가을 그리고 겨울. 시시각각 다른 풍경을 보여주는 동네 뒷산에서 '눈이 시리게 맑은 하늘'이라는 표현을 이제야 제대로 이해하게 되었다. 왕복 8킬로미터 남짓한 그 길을 걸으며 바람에 부딪히는 나뭇잎 소리들을 듣다 보면 여러 가지 생각과 잡음이 오가던 머릿속도 약간은 정리가 되었다.

주말에는 동네 친구들과 함께 팀푸를 둘러싸고 있는 이 산 저 산을 함께 트레킹 다녔다. 차를 타고 30분만 동네 밖으로 나가면 왕복 2시간짜리부터 왕복 3박 4일까지 다양한 트레킹 코스들이 있다. 팀푸에 사는 우리는 새로운 동료의 환영회도 등산으로, 떠나가는 동료의 송별회도 등산으로 한다. 등산의 민족, 중장년 한국인들이 가장 좋아할 만한 근무 환경이다.

어렸을 때는 산에 가는 것을 끔찍이 싫어했었다. 여름이면 덥고, 겨울이면 추운 산에 오를 바에는 차라리 더 덥고 더 춥더라도 바다에 가겠다고 징징대곤 했다. 그런데 시간이 지나다 보니, 처음에는 그냥 저기 있는 산이 그 자체로 좋았다가, 이제는 산을 오르는 것이 좋다. 산이 그 자체로 좋아졌다. 오르막길에서는, 혹은 힘에 부치는 산길에서는 '내가 왜 사서 이 고생을 할까' 후회한다. 하지만 산에서 뿜어나오는 좋은 기운과 때때로 만나는 멋진 풍경에 기뻐하다가, 마지막에는 못내 아쉬워하면서 내려오는 길. 산에서는 소소한 기쁨과 성취감을 자주 만날 수 있어서 좋다.

9월 초, 3주간의 전면적인 락다운이 끝나던 날. 아침 일찍 친한 동료들과 모여 신발 끈을 동여매고 걷기 시작했다. 락다운이 풀렸어도 여전히 트레킹은 허용되지 않아서 깊은 산속으로 들어갈 수는 없었지만, 팀푸는 그 자체로 산이 아닌가! 집 앞에서 시작해서 동네의 끝에서부터 끝까지 팀푸를 둘러싸고 있는 7~8개의 산 중턱을 따라 무조건 걷기 시작했다. 락다운이 풀리고 나서도 한동안 차량 운행이 금지되었기 때문에 텅 빈 2차선의 아스팔트 도로가 우리의 트레일이 되어주었다. 그 길을 우리는 끝이 나올 때까지 걷고, 또 따라 걸었다.

히말라야. '히말라야'라는 단어만 들어도 가슴 뛰는 사람들이 많다. 나도 히말라야라는 단어에 반한 덕분에 네팔 히말라야 트레킹을 다녀오기도 했다. 히말라야. 혹은 히말. 네팔이나 파키스탄의 히말라야는 웅장한 느낌이다. 압도되는 느낌은 높은 산맥, 사람의 접근을 허락

△ 울창한 원시림으로 둘러싸여 있는 수도, 팀푸
◁ 락다운 해제 날, 다섯 시간의
아스팔트 트레킹을 마친 후
맨발로 잔디밭을 밟으며 즐겼던 티타임

하지 않는 신성한 그 무언가. 같은 히말라야 산맥인데 부탄의 히말라야는, 부탄의 산은 뭔가 다르다. 부탄의 수도이자 내가 살고 있는 동네 팀푸는 해발 2,400미터의 히말라야 산 중턱에 위치하고 있다. 팀푸는 사람들이 사는 동네이면서도 산이고, 산이면서도 사람들이 살고 있는 곳이다. 부탄의 히말라야는 저기 먼 곳 어딘가에 그림처럼 존재하는 게 아니라, 일상과 가까이 맞닿아 있다. 그래서 좋다.

락다운 기간 중 저녁 늦게 도시 전체에 전기가 끊긴 적이 있었다. 나중에 들어보니 도시의 주 전기 공급원인 댐에서 이상이 생겨 급하게 점검을 하느라 전기 공급을 중단했었다고 한다. 집에 촛불 하나 없이 그냥 깜깜한 방 안에 멍하니 앉아 있다가 창문 커튼을 젖히고 밖을 바라봤다. 하늘에서 별이 쏟아질 줄 알았는데, 그냥 깜깜했다. 태어나 한 번도 보지 못했던 어둠이었다. 정말 칠흑 같은 어둠. 그런 어둠을 본 적이 언제였나! 그렇게 감탄하고 있는데 하나 둘씩 하늘에 박혀 있는 별들이 눈에 들어오기 시작했다.

한때 나를 둘러싸고 있는 공기가 마치 젖은 수건처럼 무겁게 느껴질 때가 있었다. 무엇을 해도 사라지지 않는 불안이 빽빽하게 차 있는 영원 같은 시간. 사막을 걸었던 운동화 속 모래알처럼, 불안은 다 털어냈는가 싶을 때도 빼꼼 얼굴을 내밀었다. 그런 수많은 날들에게 위로가 되었던 것은 나사(NASA)에서 공개한 한 장의 은하계 사진이었다. 사진 속의 우주는 아름다웠다. 이 아름다운 우주에 내가 속해 있다는 감동과 함께 이 넓은 우주와 영겁 같은 시간 속에 유영하는 나란 존재를 생각하면 그 무엇보다 위로가 되었다.

부탄에서는 산이 나에게 그런 위로의 존재였다. 인간의 개입을 찾아볼 수 없는 자연 그대로의 원시림을 걷다 보면 나도 이 아름다운 자연의 일부라는 사실에 진한 감동이 밀려온다.

요가를 시작하면서 배운 한 문장이 있다.

Don't try to find yourself, just be you.

(너 자신을 찾으려고 하지 마, 그냥 너 자체가 돼.)

비슷하게, 나는 부탄에서 산을 오르면서 내가 조금 더 좋아졌다. 산을 잘 올라서가 아니라, 무엇을 더 잘해서가 아니라, 더 나은 사람이 되어서가 아니라, 더 좋은 사람이 되어서가 아니라. 산을 잘 못 올라도, 중간에 포기하더라도, 더 나은 사람이 되지 않더라도, 더 좋은 사람이 되지 않더라도. 이 아름다운 자연의 한 부분이 나라면, 그냥 그 자체로 충분했다. 그냥 있는 그대로의 나를 받아들이고, 감사하며, 좋아하게 되었다. 봄, 여름, 가을, 겨울. 계절에 따라 바뀌는 산처럼, 나도 삶의 단계를 따라 자연스럽게 그냥 내 자신이 되어 살아가고 싶다.

안녕, 부탄

이 글을 다듬고 있는 지금, 나는 부탄을 떠나 다른 나라로의 파견을 앞두고 있다. 한국에 도착해서 공항을 나와 집으로 가는 길, 부탄을 떠나온 지 아직 하루밖에 되지 않았는데 부탄에 있었던 2년 가까운 시간들이 모두 꿈처럼 느껴졌다. 분명 나는 그곳에 있었는데, 마치 모든 것이 다 한낮의 꿈이었던 기분. '내가 정말 그곳에 살았었나?' 하는 생경한 느낌. 참으로 설명하기 어려운 기분이다. 마치 동화 속 어느 한 대목에서 살다 온 것만 같다.

왜 하필 부탄이었을까?

가끔 생각했다. 남아시아 지역전문가가 되고 싶다는 꿈을 가지고 커리어를 시작했을 때, 나에게 남아시아는 인도, 파키스탄, 아프가니스탄, 네팔, 스리랑카 정도의 나라들이었다. 부탄은 내가 미처 생각지 못한 나라였다. 그런데 그런 나라에 이렇게 오게 되었다. 그리고 세상에 다시 만날 수 있을까 싶은 동료들과 친구들을 만났다.

부탄에는 '사랑해'라는 말이 없다. '사랑'이라는 단어가 부탄 종카어에는 존재하지 않는다. 대신 부탄 사람들은 '당신과 함께할 수 있어 내 마음은 빛납니다'라는 말을 쓴다. 부탄에는 '미안해'라는 말도 존재하지 않는다. 대신 종카어로 사람들은 '나에게 화나지 마세요'라는 말을 쓴다. 이러한 차이에 대해 부탄 친구들과 둘러앉아 한참을 이야기했던 기억이 난다. 그때 한 친구가 말했다.

"부탄에서 우리는 상대방에 대한 감정을 나타내는 단어들이 적은 편이야. 대신 우리는 내 안의 감정을 표현하는 많은 단어들이 있어. 예를 들면 에스키모인들에게 '눈'을 지칭하는 많은 단어들이 있듯이 말이야."

물론 부탄에서의 모든 시간들이 평화롭고 행복했던 것은 아니다.

아무리 부탄이 행복의 나라라고 하더라도, 직장인의 삶은 여느 직장인들과 다름없이 여러 문제를 마주하기도 했다.

그럼에도 부탄은 나에게 특별한 나라다. 다른 어느 나라에서도 받아보지 못한 환대를 느끼게 해준 나라이자, 특별한 나의 친구들을 만나게 해준 나라. 그런 부탄을 이 글을 읽는 여러분들에게 소개시켜 줄 수 있어 무척 기쁘다.

당신과 함께할 수 있어 내 마음은 빛납니다

△◁ 부탄에서 가장 잘한 일은, 125cc
베스파 스쿠터를 산 일. 덕분에 매일매일
이 '모토사이클 다이어리'를 찍는 기분
△▷ 산속 조그마한 암자. 자연의 일부처
럼 보인다
▽◁ 해발 2,200미터에 위치하고 있던
나의 일터, 유엔 사무소
▽▷ 태초의 모습 그대로를 담고 있는
듯한 원시림을 걷던 5월

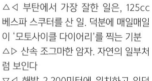

△ 사무실 앞에서 부탄 전통의상인 키라를 입고 찍은 프로필 사진
◁ 팀푸에서 가장 유명한 카페인 'Ambient Café'에서 퀸가와 거울 셀카
▽ 나의 사랑하는 동료들과 팀푸의 전경이 보이는 '도드라' 하이킹에서

우리는 부탄에 삽니다

초판 1쇄 발행 2022년 8월 25일
초판 2쇄 발행 2023년 5월 25일

지은이 고은경 이연지 김휘래

펴낸이 김현숙 김현정
디자인 정계수
펴낸곳 공명
출판등록 2011년 10월 4일 제25100-2012-000039호
주소 03925 서울시 마포구 월드컵북로402, KGIT 센터 9층 925A호
전화 02-3153-1378 | 팩스 02-6007-9858
이메일 gongmyoung@hanmail.net
블로그 http://blog.naver.com/gongmyoung1
ISBN 978-89-97870-67-7 03810

이 책의 저자 초판 인세 전액과 출판사 수익금 일부인 5,181,640원이 부탄의 청소년들을 위해 기부되었습니다.
기부금은 리드부탄(READ Bhutan)의 31개 산간 오지 학교 도서지원 프로그램과
유스 디벨로프먼트 펀드(Youth Development Fund)의 청소년센터 약물중독재활프로그램에 쓰일 예정입니다.